Reimund Bender

Annette Biemer

Henner at home

- Roman -

Reimund Bender
Annette Biemer

Henner at home

- Roman -

Bibliographische Information der Deutschen Bibliothek:
Die Deutsche Nationalbibliothek verzeichnet diese
Publikation in der Deutschen Nationalbibliografie;
detaillierte bibliografische Daten sind im Internet über
http://dnb.d-nb.de abrufbar.

Impressum
© 2023 Reimund Bender und Annette Biemer
1. Auflage
Herstellung und Verlag: BoD - Books on Demand,
Norderstedt
Coverillustration: Joscha Bender
Covergestaltung: Hayo Henning
ISBN: 978-3-7583-1785-9

Reimund Bender
ist im Hauptberuf Förster und lebt mit seiner Frau im mittelhessischen Hohenahr. Er leitet seit Jahren kreative Schreibgruppen und ist Mitglied in der Autorengruppe Braunfels, mit der er immer wieder Lesungen zu bestimmten Anlässen und Themen durchführt. Im Mittelpunkt seiner Autorentätigkeit stehen Geschichten mit Humor, Spannung und Regionalbezug.

Annette Biemer
lebt mit ihrem Mann im mittelhessischen Wetzlar, wo sie auch die Text- und Kulturwerkstatt ausdrucksSTARK betreibt. Da sie nichts weniger mag als Routine, genießt sie es, mit Künstlern und anderen Kreativen zu arbeiten. Im Laufe der Jahre sind zahlreiche Bücher erschienen. Besonders am Herzen liegen ihr regionale Eigenheiten sowie charmante Charaktere.

Joscha Bender (Cover)
ist Diplomkünstler und studierte als Meisterschüler Bildhauerei an der Kunstakademie Düsseldorf. Er arbeitet gegenständlich figurativ mit Materialien wie Stein, Bronze und Gips. Seine Arbeiten werden in unterschiedlichen Galerien deutschlandweit gezeigt, sind in Sammlungen vertreten und wurden mit Stipendien ausgezeichnet. Außerdem malt er gerne Illustrationen für seinen Volleyballverein, die nach jedem Sieg in den sozialen Medien veröffentlicht werden.

Die Personen im Roman sowie Henners Heimatdorf und einige Details aus den vorkommenden Orten sind frei erfunden. Jede Ähnlichkeit oder Namensgleichheit wäre rein zufällig und keinesfalls beabsichtigt.

Coming Out? Oder besser nicht?

Henner stieg die Kellertreppe hinunter in sein geheimes Reich, in dem er schon seit geraumer Zeit aus Schrott Kunstwerke der besonderen Art fertigte. Sven, dem Kunststudenten, den er und Milena bei ihrer wilden Reise gen Osten kennengelernt hatten, hatte er von seiner heimlichen Leidenschaft erzählt. Im Dorf jedoch wusste niemand so recht, was er im Keller so trieb. Zwar war allen klar, dass der Anfang vierzig jährige Henner ein komischer Kauz war und bestimmt eigenartige Sachen vollbrachte in der vielen Freizeit, die er als Frührentner besaß, aber Kunst? Nein, auf Kunst würde bei ihm ganz bestimmt niemand kommen. Bei ihm, der jeden Tag nur mit Blaumann und uralten braunen Lederschuhen durch die Gegend lief und auf sein Äußeres gar nicht achtete! Der immer etwas ungepflegt wirkte ob seiner wirren, strähnigen blonden Haare! Bei Künstlern stellte man sich ja häufig komische Käuze vor, aber bei Henner versagte das Klischee. Er wirkte einfach zu echt, zu bodenständig. Was er ja auch war. Retro war bei ihm kein Lebensstil, es war einfach aus seiner Sicht normal. Wobei sich schon sehr viel geändert hatte, seit er mit Milena unter einem Dach lebte. Henner war in den wenigen Wochen selbständiger geworden, als in den ganzen Jahren zuvor. Was wahrscheinlich auch daran lag, dass Milena nicht gewillt war, die Rolle seiner seligen Mutter Else, die Henners Alltag fest im Griff gehabt hatte, zu übernehmen.

Dass Milena sich mit einem wie ihm einließ, konnte er kaum fassen. Er schmunzelte verträumt bei dem Gedanken an sie, an ihre braunen Augen und ihre langen, braunen Locken.

Vielleicht sollte Henner bei der Dorffete, die er und Milena demnächst zur Feier ihrer Rückkehr von der großen Reise planten, ein Coming Out wagen, ging es ihm durch den Kopf. Wobei: Mit dem Begriff Coming Out konnte er nicht viel anfangen Wahrscheinlich hatte er ihn noch nie gehört und wenn doch, so konnte er ihn sicher nicht zuordnen. Henner grübelte, wie das wohl vonstattengehen könnte. Am besten erst mal warten, bis alle betrunken sind, dachte er. Das würde schnell gehen.

Henner selbst trank ja nichts. Das hieß, natürlich trank er, aber keinen Alkohol. Seit er vor mehreren Jahren einen Unfall gebaut und sich dabei den Rücken versaut hatte, rührte er keinen Tropfen mehr an. Er trank Traubensaft, wann immer er welchen bekam.

Wenn also alle bei guter Laune wären, könnte er auf einen Stuhl steigen und um Aufmerksamkeit bitten: „Hört mal kurz alle zu, ich muss euch etwas beichten!" Henner verwarf den Gedanken so schnell, wie er ihn gefasst hatte. Peinlich wäre das. Wahrscheinlich würden die Leute einen Arzt rufen, weil sein Kopf dunkelrot vor Scham sein würde.

Überfordert von seinen eigenen Gedanken, vertagte Henner die Überlegungen in Sachen Kunst.

So viel passiert in kurzer Zeit

Während Henner im Keller vor sich hin werkelte, blieb Milena erschöpft und zugleich erleichtert am Küchentisch sitzen. Nun war sie also wieder hier im Hause Henschel, zusammen mit Henner, dass diesem nun alleine gehörte, seit seine Mutter Else so tragisch ums Leben gekommen war. Milena nippte an ihrem

8

Kaffee und ließ ihre Gedanken in die Vergangenheit schweifen. Es war noch gar nicht so lange her, da war sie aus Polen nach Deutschland gekommen, um in der privaten Pflege zu arbeiten. Doch am Ende hatte sie es nicht mehr ausgehalten bei dem alten Herrn, den sie betreute und war geflohen. Was es bedeutete, weglaufen zu müssen, kannte sie. Schließlich war sie zuvor nach Deutschland gekommen, um ihrem Ex Bartek aus dem Weg zu gehen.

Das Kapitel Pflege war seit ihrer Rückkehr von der Reise mit Henner abgeschlossen.. Die ‚Tochter des Alten', wie die einzige Angehörige des zu Pflegenden von ihr genannt wurde, hatte Milena das Leben schwer gemacht. Milena hatte Geld des alten Herrn gefunden und behalten: ihr persönliches Schmerzensgeld. Mit Hilfe von Henners bestem Freund Mo war es hoffentlich gelungen, die aggressive Frau ein für alle Mal abzuschütteln.

Beim Gedanken an Mo musste Milena schmunzeln. Ohne Mos Hilfe hätte vieles nicht funktioniert und würde auch vieles in Zukunft nicht laufen, darüber war Milena sich im Klaren. Mo betrieb eine Kfz-Werkstatt, die im Grunde weit mehr war als das. Vielmehr fungierte sie als eine Art Kommandozentrale des ganzen Dorfes. Hier trafen sich die üblichen Verdächtigen, um zu rauchen, zu trinken und Heavy-Metal-Musik zu hören. Mo hatte Milena nach ihrer Flucht vor dem Alten mit Koffer und erhobenem Daumen an der Straße stehend aufgegabelt und mitgenommen. Das war der Tag, an dem sie Henner kennenlernte. In Gedanken versunken, schüttelte Milena den Kopf. Obwohl sie sich an jenem Tag schon ordentlich den Frust von der Seele getrunken hatte, konnte sie sich noch genau an den

Moment erinnern, als dieser unglaublich hinterwäldlerisch aussehende Mann in Blaumann den Raum betreten und etwas davon gefaselt hatte, dass es seiner Mutter nicht gut ginge. Dabei hatte diese zu jenem Zeitpunkt bereits tot im Schuppen gelegen.

Obwohl Milena selbst gut Hilfe hätte gebrauchen können, kümmerte sie sich um Henner. Damals war die Angst vor der Tochter des Alten noch ein Thema. Die Sache mit dem Geld war noch nicht geklärt und Henner hatte sie schließlich auf ihre Reise Richtung Polen begleitet. Mit Unimog und Miniwohnanhänger unterwegs hatten sie viele skurrile Momente erlebt. Dass sie schlussendlich nie in Polen angekommen waren und Milena ihre Pläne, mit einer Freundin ein Café zu eröffnen, begraben musste, war jetzt nicht mehr wichtig.

Wenn ihr damals am ersten Tag jemand gesagt hätte, dass sie einmal bei diesem Eigenbrötler namens Henner Henschel bleiben würde, hätte sie laut gelacht. Nun aber musste sie feststellen, dass sie zusammen mit Henner glücklich war.

Unweigerlich sprangen ihre Gedanken von Henner zu ihrem Ex Bartek, mit dem sie immer noch verheiratet war. Zumindest auf dem Papier. Mit Bartek, ihrem hoffentlich letzten großen Problem, musste sie irgendwie fertig werden.

Milena ärgerte sich, dass sie noch immer nicht mit Henner über ihre ungeklärte Beziehung zu ihm gesprochen hatte.

Damals mit Bartek

Seufzend dachte Milena daran zurück, wie sie Bartek damals kennengelernt hatte. Sie erinnerte sich noch genau an das Wochenende im März. Ihre Schwester Maria hatte sie nach langem Hin und Her überredet, mit ihr tanzen zu gehen. Ihr Vater würde sich an diesem Abend um die kranke Mutter kümmern. Milena machte sich schließlich zum Ausgehen zurecht, obwohl sie am liebsten einfach nur früh zu Bett gegangen wäre. Die bleierne Müdigkeit war ihr ständiger Begleiter geworden. Doch Maria duldete keinen Widerspruch.

In der noch nicht lange geöffneten Disco empfing sie ein anderes Leben. In dem von grellen Lichtblitzen zerfetzten, mit lauter Musik beschallten Lokal schlugen sich viele junge Frauen und Männer die Nacht um die Ohren. Maria zerrte Milena sofort auf die gut gefüllte Tanzfläche. Es roch nach Schweiß, Alkohol und dem Rauch unzähliger Zigaretten. Die Bässe der Musik dröhnten in ihrem Körper. Sogar ihr rotes Kleid, das Milena schon lange nicht mehr getragen hatte, schien von dem dumpfen Hämmern der Bässe zu flattern. Nach einer guten halben Stunde mussten sie eine Pause einlegen.

Gerade wollten sie die Getränke bestellen, als der Barkeeper zwei Gin Tonic vor sie hinstellte. Er zeigte mit dem ausgestreckten Finger auf zwei Männer an der gegenüberliegenden Seite der Bar. Die Frauen bedankten sich beide artig bei ihren Spendern, indem sie ihre Gläser hochhielten. Das verstanden die beiden jungen Männer als Aufforderung, zu ihnen zu kommen.

Milena klopfte das Herz bis zum Hals. Der größere der beiden Typen, breitschultrig, mit dunklen gegelten

Haaren und einem Dreitagebart, setzte sich auf den freien Barhocker rechts neben ihr. Er hielt ihr sein Glas entgegen und sagte mit freundlicher, dunkler Stimme: „Prost." Ihr blieb nichts anderes übrig, als ihr Glas gegen seines zu stoßen und so zu tun, als wenn sie trinken würde. Der kleinere der beiden Männer, der sich neben Maria hockte, trug eine schwarze kurze Lederjacke über einem hellen Shirt mit V-Ausschnitt. Seine weißen Zähne blitzten beinahe unnatürlich auf in dem Schwarzlicht der Bar. Er knipste schelmisch ein Auge zu, als er mit Maria anstieß.

Milena musste zugeben, dass ihr der lässig gekleidete Typ, der sie mit fast schwarzen Augen fixierte, gefiel. Er lächelte sie freundlich, ohne eine Absicht zu verraten, an. Er hieß Bartek. Sie nannte ihm ihren Namen. Ein vorsichtig abtastendes Gespräch über Belanglosigkeiten überdeckte die anfängliche Unsicherheit. Der weitere Verlauf des Abends verschwamm zu einem nebulösen Rest aus viel Alkohol, wildem Tanzen und unverfänglichen Gesprächen mit den beiden Männern an der Bar.

Dass Bartek ihr Mann werden würde, ahnte sie an diesem Abend noch nicht. Noch weniger, dass sie es fast acht Jahre mit diesem Mistkerl aushalten sollte. Auch nicht, dass sie vor seinem ständigen Telefonterror nach Deutschland würde fliehen müssen. Dabei hatte sie damals fest daran geglaubt, den richtigen Mann für ihr Leben gefunden zu haben. Bartek war zumindest am Anfang ihrer Beziehung ein echter Gentleman gewesen. Er besaß Manieren, war charmant, klug, rücksichtsvoll und las Milena jeden Wunsch von den Lippen ab. Im Nachhinein betrachtet waren die ersten beiden Jahre ihrer Beziehung mit die glücklichste Zeit ihres Lebens.

Bartek studierte Elektrotechnik, genau wie sein bester Freund, der später Marias Mann wurde. Milena plagte anfänglich ihr schlechtes Gewissen, wenn sie sich voller Vorfreude für das Treffen mit Bartek zurechtmachte. Sie dachte an ihre kranke Mutter und den überforderten Vater. Doch sobald Bartek neben ihr im Kino saß und er sanft ihre Hand streichelte, trat sie in ein anderes Leben ein. Milena ließ viel Zeit verstreichen, bis sie mit Bartek eine erste gemeinsame Nacht in einem Hotel verbrachte. Er zeigte Verständnis, wartete geduldig, bis Milena den ersten Schritt machte. Gleich in jener Nacht, in der sie das erste Mal miteinander schliefen, machte Bartek ihr einen Heiratsantrag. Sie nahm ihn ohne zu zögern und überglücklich an.

Die Gärtnerei der Eltern, in der Milena mitarbeitete, wurde verkauft. Die Eltern wollten ihrem Glück nicht im Wege stehen. Ein dicker Stein fiel Milena vom Herzen.

Bartek war ein einfühlsamer Liebhaber, kein Draufgänger, der nur an seine eigene Lust dachte. Damit gewann er vollends Milenas Vertrauen. Maria hatte mittlerweile Barteks Freund Josef geheiratet. Sie erwartete ihr erstes Kind von ihm. Auch Milenas Gedanken kreisten immer häufiger um das Kinderkriegen. Bartek war nicht grundsätzlich dagegen. Schließlich konnte sie ihn von ihrem Kinderwunsch überzeugen.

Doch leider lief es nicht nach Plan. Am Anfang dachte Milena, es läge an ihr. Dass sie zwar ein Kind wollte, aber wegen ihrer bisherigen Enttäuschungen mit Männern irgendetwas in ihr noch nicht dazu bereit wäre. Sie ging zu ihrer Frauenärztin. Die beruhigte sie, dass mit ihr alles in Ordnung wäre. Da sie trotz weiterer

Versuche nicht schwanger wurde, versuchte sie Bartek zu überreden, sich untersuchen zu lassen. Er wich ihr zunächst aus. Das würde schon werden. Sie bräuchten einfach noch ein wenig Geduld. Doch es funktionierte nicht. Das Thema hing wie ein Damoklesschwert über den beiden. Bartek zog sich mehr und mehr zurück. Milena beschloss, ihn nicht mehr zu drängen, sich untersuchen zu lassen. Ein klärendes Gespräch brachte eine Weile Frieden.

Doch der währte nicht lang. Bartek verbrachte seine Freizeit mittlerweile hauptsächlich vor dem Fernseher. Als Milena eines Abends ihren Mann damit konfrontierte, dass sie ausgehen würde, mit oder ohne ihn, war das der Anfang vom Ende. Bartek trottete wie ein Leibwächter hinter ihr her. Als ein blonder, hochgewachsener Typ in einem engen muskelbetonenden weißen Shirt Milena um Feuer für seine Zigarette bat, rastete er aus. Er schlug dem verwirrt dreinblickenden Typ mit voller Wucht die Zigarette aus der Hand. Die Reaktion ließ nicht lange auf sich warten. Der schrie ihn an, ob er bescheuert wäre. Bartek stürzte sich ohne Vorwarnung auf ihn. Stieß ihm mit beiden Händen vor die Brust. Der blonde Typ geriet ins Straucheln und fiel rückwärts auf einen Tisch. Das Chaos war perfekt. Gläser gingen zu Bruch, zwei junge Frauen gingen mit zu Boden und schrien. Bartek blickte wie ein in die Enge getriebenes Tier hin und her. Er stand da, die Hände zu Fäusten geballt und starrte, zu allem entschlossen, Milena an. Sie schüttelte ungläubig den Kopf und rannte, noch ehe er sie festhalten konnte, aus dem Lokal. Noch in derselben Nacht packte Milena ihre nötigsten Sachen und ließ sich mit einem Taxi zu ihren Eltern bringen. Sie ahnte, dass es mit Bartek ein für alle Mal vorbei war. Bartek selbst rief erst zwei Tage später an. Sie ließ sich verleugnen. Am Abend des dritten Tages klingelte er Sturm. Sie ließ ihn nicht rein. Das Telefon klingelte noch oft in der Nacht. Am nächsten Tag lag ein Brief von ihm in Briefkasten. In seiner ungelenken Schrift entschuldigte er sich in unzähligen Varianten. Es tue ihm so unendlich leid. Das hätte niemals passieren dürfen.

Sie konnte es nicht mehr hören und schon gar nicht mehr ertragen. Milena fasste einen längst fälligen Entschluss: Sie würde sich von ihrem Mann trennen. Sie schickte ihm eine WhatsApp-Nachricht. Zu einer erneuten Aussprache war sie nicht mehr bereit. Sie teilte ihm in knappen Worten mit, dass es endgültig aus wäre. Dass sie wegginge und dass er bloß nicht versuchen solle, sie zu suchen. Das sei zwecklos. Sie brauche dringend Abstand von ihm. Alles Weitere später. Kein Gruß zum Abschied.

Milena spürte, wie ihr bei der Erinnerung daran erneut die Tränen kamen. Sie ließ es geschehen. Atmete dann ein paarmal tief ein und aus, um sich zu sammeln. Schließlich trocknete sie sich die Wangen mit beiden Handrücken. Ihr Entschluss stand fest: Sie würde sich von Bartek scheiden lassen. Und sie würde so bald wie möglich mit Henner reden. Das war sie ihm schuldig.

Entwicklung à la Henner

Milena stand auf, blickte aus dem Fenster und sah, wie die Worre-Net-Mine, bequem mit beiden Armen auf ein Kissen abgestützt, aus einem der oberen Fenster ihres Hauses nach draußen Richtung Straße blickte. Milena konnte sich gerade noch zurückhalten. Am liebsten hätte sie das Fenster aufgerissen und rüber gerufen: ‚Na, alles im Griff?'

Sie ließ es sein, fing aber an zu lachen. Mit der alten Nachbarin würde sie bestimmt noch viel Spaß haben. Die hatte ihren Spitznamen weg, da sie beinahe jeden Satz mit dem Ausruf ‚worre net?!', also ‚nicht wahr?' beendete. Da sie überaus neugierig war und schwatzte, was das Zeug hielt, fiel es natürlich besonders auf.

Milena wusste, dass es nur eine Frage der Zeit war, bis die Worre-Net-Mine einen vorgeschobenen Grund finden würde, Henner und sie einer verbalen Inquisition zu unterziehen. Bei Mo versuchte sie es gar nicht mehr. Denn der pfiff auf Höflichkeiten und sie konnte froh sein, wenn er sie einfach ignorierte, anstatt einen seiner knackig-frechen Sprüche abzulassen.

Im Haus war es angenehm ruhig. Milena fiel ein, dass sie ja den winzigen Wohnwagen, mit dem sie unterwegs gewesen waren, sauber machen wollte. Im Abstellraum holte sie sich einen Putzeimer, den sie mit lauwarmem Wasser und einem Schuss Neutralreiniger füllte. Henner war sicher froh, wenn er noch eine Weile ungestört blieb, dachte sie. Das Aufräumen, Staubwischen und Putzen würde sie von dem Gedanken, dass sie in irgendeiner Form mit Bartek wegen der Scheidung Kontakt aufnehmen musste, ablenken. Mit Putzeimer, Wischmopp und einem Plastiksack für den Müll bewaffnet, verließ sie das Haus und ging zur Scheune, in der der Wohnwagen stand.

Nach einer halben Stunde war sie mit der Arbeit fertig. Das Innere des Wohnanhängers konnte sich nun wieder sehen lassen. Wobei hier das Wort ‚wieder' die Sache nicht genau traf. Als die beiden sich auf den Weg

Richtung Polen gemacht hatten, schien es Milena, als ob der Wohnwagen noch nie wirklich benutzt worden wäre. Er roch übelst und war auch sonst kein Vorzeigestück. In der Tat hatten sich Henners Reisen zuvor auf kürzeste Ausflüge beschränkt. Doch sie arrangierten sich mit dem guten Stück und fühlten sich zum Schluss tatsächlich wohl damit. Nun stand es bereit für die nächste Reise.

Zufrieden gönnte Milena sich im Garten ein Sonnenbad. Kaum, dass sie es sich auf der Liege bequem gemacht hatte, kreisten ihre Gedanken erneut um ihren Ex. Es würde ihr nichts anderes übrigbleiben, sie musste sich für die Scheidungssache einen Anwalt nehmen. Der wiederum müsste erst einmal klären, ob sie für den Scheidungstermin, wenn er denn feststünde, überhaupt in Polen anwesend sein musste. Allein bei dem Gedanken daran, dass sie dabei Bartek begegnen würde, stellten sich ihre Haare an den Unterarmen auf. Und wenn er die Scheidung ablehnte, dachte sie entsetzt. Was dann? Gleich nächste Woche versuche ich, einen Termin bei einem Rechtsanwalt zu bekommen. Ich werde Mo fragen, der kennt Gott und die Welt, bestimmt auch einen guten Anwalt, sagte sie sich. Milena seufzte tief bei dem, was ihr bevorstand. Eine bleierne Müdigkeit überkam sie von der Hitze und dem vielen Nachdenken. Sie schob die Liege in den Schatten eines Apfelbaumes, schloss die Augen und schlief ein.

Irgendwann viel später, die Sonne stand schon sehr tief, wurde Milena sanft von Henner geweckt. Verschlafen und verschwitzt blinzelte sie ihn an.

„Tut mir leid, dass ich dich geweckt habe, aber ich wollte dir nur sagen, dass ich uns was zu essen gemacht habe. Du hast bestimmt Hunger." Henner sah sie fragend an.

Milena rappelte sich von ihrer Liege hoch. „Äh, was? Du? Ich bin erstaunt. Du hast was zu essen gemacht?"

In der Tat war es noch vor gar nicht langer Zeit unvorstellbar, ja absolut undenkbar gewesen, dass Henner selbständig ein Essen zubereitete. Das war Mutter Elses Hoheitsgebiet, da ließ sie nicht mit sich reden. Die Küche war ihr Reich. Da hatte Henner nichts zu suchen. Der machte nur Unordnung und besaß ohnehin keinen Überblick.

Henners Leibspeisen waren Leberwurstbrote mit Gürkchen drauf sowie Streuselkuchen zur Kaffeezeit. Solange er dies regelmäßig vorgesetzt bekam, war für Henner die kulinarische Welt stets in Ordnung gewesen. Erst durch Milena lernte er das eine oder andere von dem, was Mutter Else verächtlich als ‚modernen Kram' bezeichnet hatte, kennen.

„Ja, ich glaube, es ist höchste Zeit, dass ich mich langsam aber sicher mit in unseren gemeinsamen Haushalt einbringe." Henner zeigte mit einer ausgestreckten Hand auf den Gartentisch, der nicht weit entfernt ebenfalls unter einem Apfelbaum stand.

Milena war sichtbar überrascht, als sie den gedeckten Tisch sah.

„Henner, Henner, das glaube ich jetzt nicht", sagte sie, als sie sich auf einen der Korbsessel setzte.

Auf dem Tisch stand eine große Glasschüssel mit einem frisch angemachten Salat. In einem Bastkorb lag ein aufgeschnittenes Baguette, sogar an Servietten hatte Henner gedacht. Na ja, es waren Abtrockentücher, aber was machte das schon! An Milenas Platz spiegelte sich in ihrem Weißweinglas die untergehende Sonne. Eine

Karaffe mit Wasser stand daneben. Woher tauchte die denn plötzlich auf?

Milena küsste ihn sanft auf den Mund. „Danke, das ist genau das Richtige jetzt bei diesem Wetter."

„Lass es dir schmecken", sagte Henner und schob ihr das Brotkörbchen hin.

Milena ließ sich von Henner einen großen Teller voll Salat mit Tomaten, Gurkenscheiben, Käsewürfeln und Schinkenstreifen geben. Erst dann nahm der sich selbst eine Portion.

Wie Henner wohl das Dressing gemacht hatte? Milena konnte kaum glauben, dass dies hier mit rechten Dingen zuging. Aber nachfragen wollte sie auch nicht. Schließlich hätte sie ihn mit solchen Fragen beleidigt, ihm gezeigt, dass sie ihm nicht zutraute, etwas Neues zu lernen.

Zunächst aßen beide schweigsam. Milena nippte ab und zu an ihrem wohl temperierten Weißwein. Henner trank seinen geliebten Traubensaft aus einem großen Glas. Es blieb noch angenehm warm im Garten, als die Sonne bereits untergegangen war.

„Das hat richtig klasse geschmeckt. Ich wusste gar nicht, dass du ein so guter Koch bist", lobte Milena ihn, nachdem sie das letzte Salatblatt verzehrt hatte.

„Das freut mich, habe ich gerne gemacht, für dich, äh, für uns."

Milena lehnte sich zufrieden zurück in ihrem Sessel.

„Möchtest du noch ein Glas Wein?", fragte Henner und wollte bereits aufstehen, um Nachschub zu holen.

„Nein, danke, ich nehme jetzt Wasser."

Beide blickten eine Weile auf das Gerüst an der Hauswand der Worre-Net-Mine.

19

„Sieht so aus, als wenn sie ihre Guckposition aufgegeben hat", schmunzelte Milena.

„Wahrscheinlich zu wenig los auf der Straße." Henner schnappte sich das letzte Stück von dem Baguette und schob es sich in den Mund.

Milena räusperte sich, bevor sie zum Sprechen ansetzte: „Du, Henner ich muss dir was sagen. Wollte ich die ganze Zeit schon, hat einfach noch nicht gepasst." Sie sah ihn mit einem sorgenvollen Blick an.

Henner erschrak sofort. „War was mit dem bescheidenen Abendmahl nicht in Ordnung?", fragte er. Er fingerte nervös mit dem Abtrockentuch herum.

„Nein, alles gut. Ich, äh, ich weiß nicht, wie soll ich es am besten sagen." Milena zögerte noch einen Moment.

Henners Gesichtsausdruck wurde ernst.

„Also, es ist so, dass ich momentan noch mit einem anderen Mann aus Polen verheiratet bin. Er heißt Bartek. Er war der Grund, warum ich nach Deutschland gekommen bin. Ich wollte weit weg von ihm. Ich konnte nicht mehr bei ihm bleiben, wegen seiner extremen Eifersucht." Milena hielt einen Moment inne, um Henners Reaktion abzuwarten. Sie schüttete sich ein Glas Wasser ein und trank es gierig leer.

Henner saß wie versteinert in seinem Korbsessel. In seinem Blick erkannte Milena Angst und Verwirrung.

„Da waren noch ein paar andere Dinge, warum ich mich von ihm getrennt habe. Nicht dass du jetzt denkst, ich wäre ein leichtes Mädchen oder wie man das bei euch sagt. Ich war Bartek immer treu. Nur er hat mich sehr verletzt. Mir blieb keine andere Wahl, als vor ihm zu fliehen. Er hat, als wir unterwegs waren, ein paarmal versucht, mich zu erreichen. Ich bin aber nicht drangegangen." Erneut machte Milena eine kurze Redepause. Sie sah Henner an.

Der blickte unter sich, als würde er sich fürchten.

„Du brauchst dir keine Sorgen zu machen. Ich bleibe bei dir. Keine Angst, ich glaube, ich habe richtigen Mann gefunden", fügte sie hinzu.

Henner stöhnte erleichtert auf. Er ließ sein Tuch auf den Tisch fallen. Sprang von seinem Sessel auf, ging zu Milena und versuchte, sie zu umarmen. Was nicht so richtig gelang, da Milena saß. Henner wischte sich hinter ihrem Rücken verstohlen mit einem Handrücken die Tränen aus den Augen. Er war so unendlich erleichtert! Hatte er doch gerade noch fest damit gerechnet, dass Milena ihm nun sagen wollte, dass sie ihn verließ.

„Ich bin ja so froh, dass kannst du dir gar nicht vorstellen!" Henner kniete sich neben Milenas Sessel und griff nach ihrer rechten Hand. Sanft küsste er sie.

Milena streichelte ihm über sein wirres Haar. „Kannst du mir doch noch ein Glas Wein holen? Am besten, du bringst gleich die Flasche mit", sagte sie nach einer Weile.

Henner ächzte kurz, als er aus der unbequemen Haltung in die Gerade kam. „Bin schon unterwegs."

Milena wartete gedankenverloren auf seine Rückkehr. Endlich war es raus. Jetzt hoffte sie nur noch, dass Henner ihr nicht doch böse war.

Er kam mit einem gut gefüllten Glas und einem Tonbehälter, in dem die Flasche Weißwein stand, zurück.

„Wie soll es jetzt weitergehen mit euch?", fragte er, als er sich wieder ihr gegenüber gesetzt hatte.

„Gute Frage. Zunächst einmal muss ich mich erkundigen, vielleicht bei Mo, ob er einen guten

Rechtsanwalt kennt. Der mich berät, wenn ich die Scheidung von Bartek einreichen will. An was ich alles denken muss! Ob ich dafür zurück nach Polen muss. Oder ob das vielleicht ganz von hier aus geht."

„Soll ich Mo anrufen, ich kann auch noch rasch bei ihm vorbeifahren. Der weiß sicher einen Rat." Henner stellte die beiden leeren Teller mit dem Besteck zusammen.

„Danke, aber heute nicht mehr. Hat Zeit bis Montag oder wenn er kommt, um nach Unimog zu schauen. Wollte er doch nächste Woche machen oder?"

„Ja, gesagt hat er es. Da fällt mir ein: Ich werde gleich am Montagmorgen auch bei dem Bestatter Flachgräber und dem Pfarrer anrufen wegen der Urnenbeisetzung von meiner Mutter", sagte Henner .

Vor Henners und Milenas Abreise Richtung Osten hatte es zwar eine Trauerfeier gegeben, aber noch keine Urnenbeisetzung. Henner lief es auch jetzt wieder eiskalt den Rücken hinunter, wenn er daran dachte, wie er seine Mutter tot im Schuppen gefunden hatte. Heillos überfordert war er gewesen, als plötzlich die Polizei vor der Tür stand. Mutter Else war von einer Spitzhacke regelrecht gepfählt worden. Ein schrecklicher Unfall, aber Henner musste Rede und Antwort stehen. Ohne seinen besten Kumpel Mo und Milena wäre er wahrscheinlich durchgedreht.

„Das ist gut", erwiderte Milena. „Ich hoffe nur, dass die böse Tochter von dem Alten mich nicht angelogen hat."

„Was meinst du damit?"

„Dass sie doch Bartek mitgeteilt hat, wo ich mich momentan aufhalte. Ich mache mir Sorgen, dass er dann plötzlich hier auftaucht." Milena trank einen großen Schluck von ihrem Weißwein.

„Und wenn schon! Mit dem werden wir, ich meine Mo und ich und notfalls noch seine Kumpels, fertig." Henner hieb mit einer Faust auf den Tisch.

Unwillkürlich musste Milena lachen. Sofort fühlte sie sich bei Henners Kampfansage besser. „Ihr seid schon meine Helden. Auf euch ist Verlass. Prost!"

Henner stieß mit seinem fast leeren Glas Traubensaft gegen Milenas Glas Weißwein.

„Ich bin richtig erleichtert, dass ich dir endlich reinen Wein eingeschenkt habe", kicherte Milena, schon leicht beschwipst, über ihr Wortspiel.

„Wenn das alles mit deinem Ex geklärt ist, dann machen wir das große Fest."

„Jawoll. Und jetzt gehe ich duschen und dann ins Bett. Kommst du mit?"

„Jawoll!" Henner hielt, wie ein Soldat, der einen Befehl empfangen hatte, seine rechte Hand schräg an den Kopf.

Henner kümmert sich

Gleich am Montagmorgen rief Henner als Erstes bei Pfarrer Schultheiß an. Der freute sich, von Henner zu hören. Henner erkundigte sich, ohne lange Vorrede, wann es ihm denn passen würde mit der Urnenbeisetzung.

„Einen Moment, da muss ich erst in meinem Terminkalender nachschauen."

Henner hörte Papier im Hintergrund rascheln.

„Tja, also am Mittwochnachmittag um 14 Uhr ginge es bei mir. Wäre Ihnen der Termin recht?"

„Von mir aus schon, ich muss das nur noch mit dem Bestatter Flachgräber abklären. Dann sage ich Ihnen Bescheid. Ach ja, die Urnenbeisetzung findet im engsten Familienkreis stand." Henner spürte, wie seine Finger anfingen zu schwitzen. Das musste er sich in Zukunft auch abgewöhnen. Telefonieren war doch etwas Alltägliches. Meistens sogar mit dem Handy.

„Selbstverständlich Henner. Ich werde Ihre selige Mutter auf ihrem letzten Weg begleiten. Melden Sie sich einfach bei mir oder der lieben Frau Helfrich, meiner Haushälterin."

„Danke, auf Wiederhören." Henner war erleichtert. Das wäre erst einmal erledigt.

Flachgräber bestätigte ohne Probleme den Termin. Er fragte nur nach, ob er die Urnenbeisetzung vornehmen sollte. Darüber hatte sich Henner noch keine Gedanken gemacht. Er befürchtete allerdings, dass Flachgräber sich das gut bezahlen lassen würde. Also teilte er ihm mit, dass er erst dem Pfarrer den Termin bestätigen wolle. Er würde sich dann noch mal kurz bei ihm melden. Einen Moment lang überlegte Henner, ob es erlaubt war, die Urne selbst in die Erde zu lassen. Ganz bestimmt nicht. Das ließ die gemeindliche Friedhofssatzung bestimmt nicht zu.

Mo hatte ihm an einem Abend, an dem er mal alleine, ohne die üblichen Verdächtigen, bei ihm war, in einer seiner seltenen sentimentalen Momente mitgeteilt, dass er sich eine Seebestattung wünschte. Von einem Schiff auf der Ostsee sollte seine Asche ins Meer gestreut werden.

24

Henner hatte ihn schon fragen wollen, ob er das, wenn es denn eines Tages so weit wäre, für ihn übernehmen sollte.

Mo, der sofort seine Gedanken erraten konnte, hatte abgewinkt, wobei er eine Rauchwolke mit der Hand zerschnitt. „Kannste vergessen, das geht bei uns, wie fast alles, wenn überhaupt, nur mit irgendeiner Sondererlaubnis. Und du als Privatperson darfst es schon mal gar nicht."

„Dann mache ich es halt heimlich. Packe deine Urne in einen Rucksack, buche eine Schiff nach … äh … irgendwohin, Hauptsache es fahrt nachts, und streue deine Asche im Schutze der Nacht backbord oder steuerbord oder wie man das nennt ins Meer", hatte Henner trotzig geantwortet.

Er erinnerte sich nun daran, wie Mo daraufhin anfing, gleichzeitig zu husten und zu lachen. Und sich dann, als er sich wieder beruhigt hatte, einen Absinth in ein Schnapsgläschen goss, ihn auf ex hinunterkippte. Seine Backen glühten danach, wie wenn er links und rechts Ohrfeigen bekommen hätte. Er schüttelte sich, bevor er mit feierlicher Stimme sagte: „Du bist ein wahrer Freund. Wirklich schade, dass du nur Traubensaft trinkst."

Henner tauchte aus seinen Gedanken auf und blickte hinüber zum Haus der Worre-Net-Mine. Sie saß wie üblich am Fenster und beobachte die Dorfbewohner, den Verkehr und was sich sonst noch auf der Straße ereignete. Ihrem Blick und ihren gespitzten Ohren entging nichts, wie einem Hund, der Haus und Hof bewachte. Um ja alles vermeintlich Wichtige und Unwichtige ins Dorf zu tratschen. Komisch, dass ihm das erst jetzt, wo seine Mutter nicht mehr lebte, so ins

Auge fiel. Milena war hart im Nehmen, dachte er, sie wusste schon, wie die Worre-Net-Mine im Zaun zu halten war.

Henner bestätigte bei Pfarrer Schultheiß den Termin für Mittwochnachmittag. Fragte ihn unbedarft, wie er sich denn, da er noch nie bei einer Urnenbeisetzung zugegen war, so eine Zeremonie vorstellen dürfte. Pfarrer Schultheiß gab ihm bereitwillig Auskunft. Der entscheidende Satz dabei war, dass der Küster die Urne in die Erde ablassen würde. Das sei normalerweise so Usus, es sei denn, dass der Bestatter das übernehme. Das sei allerdings deutlich teurer als das, was die Gemeinde dafür verlange. Henner bedankte sich für den Hinweis. Er gab dem Pfarrer den Auftrag, dass das der Küster übernehmen sollte.

Flachgräber teilte er im anschließenden Telefonat mit, dass er sich anderweitig entschieden hätte. Und dass er auch keinen Blumenschmuck mehr bräuchte. Nur, dass die Urne rechtzeitig zur Verfügung stünde.

Flachgräber akzeptierte die Wünsche, konnte sich aber nicht verkneifen zu sagen, dass er ein seriöses Bestattungsunternehmen führe. Ihn bräuchte man nicht darauf hinzuweisen, wann eine Urne angeliefert werden musste.

Henner verabschiedete sich kommentarlos. Hinterher fragte er sich, ob die ganze Telefoniererei nicht irgendwie einfacher hätte vonstattengehen können. Nach den anstrengenden Gesprächen fuhr er mit seinem Roller direkt zu Mo.

Der Alte Fritz, der zum festen Inventar des Dorfes gehörte, saß nicht wie sonst auf seiner Holzbank in der Dorfmitte. Die ganze Bank war weg, stellte Henner erstaunt fest. Seltsam, dachte er, während er auf den Hof von Mo einbog.

Der beugte sich gerade mit dem Oberkörper in den Motorraum eines uralten Opel Corsas.

„Hallo Mo, ich hoffe ich störe dich nicht", fragte Henner vorsichtig nach.

Mo stieß sich mit dem Kopf an der Motorhaube. „So eine Scheißkarre, das sage ich dir! Da ist so ziemlich alles im Arsch. Wenn das nicht ein Freund von meinem Cousin wäre, hätte ich mir die Schrottkiste garantiert nicht angeschaut!" Mo wischte sich die Hände an einem verschmierten Lappen ab und richtete seine riesige 80er-Jahre-Brille. Dann steckte er sich eine Zigarette an. „Na, was liegt an? Macht Milena Probleme oder ist was kaputt gegangen?"

„Nö, alles soweit in Ordnung. Ich wollte dich nur kurz fragen, ob du einen guten Rechtsanwalt kennst." Henner legte seinen Helm auf den Rollersitz.

„Wofür brauchst du einen Rechtsanwalt? Gibt es noch Probleme mit deiner Erbschaft? Ich denke, das hatte deine selige Mutter alles geregelt." Mo schaute dem Rauch seiner Zigarette nach, der sich langsam in Richtung Nachbarhaus verabschiedete.

„Nein, nein, das ist alles geklärt. Es geht um Milena. Die will sich von ihrem polnischen Mann scheiden lassen."

„Was, die ist noch verheiratet?! Das hätte ich jetzt nicht vermutet!" Mo warf noch einen Blick in den Motorraum, bevor er kopfschüttelnd die Haube zuwarf. „Mir reicht es für heute. Willst du was trinken? Ich brauche jetzt ein Kaltgetränk." Ohne eine Antwort abzuwarten, ging Mo in seine Waschküche.

Henner folgte ihm. Kaum war er eingetreten, hörte er schon die übliche Heavy-Metal-Musik.

Mo hatte bereits eine Flasche Licher Pils am Mund.

Henner hockte sich auf einen der drei Barhocker und wartete, bis Mo ihm eine Flasche Traubensaft und ein Glas auf die Theke stellte.

„Prost, mein Bester." Mo schlug seine Flasche leicht gegen Henners Glas.

„Ja, auch Prost", sagte Henner und trank gierig das halbe Glas Traubensaft leer.

„Das wird sicher nicht so einfach werden mit der Scheidung. Polen hat bestimmt ein anderes Scheidungsrecht als Deutschland. Müsste ich mal in einer ruhigen Minute nachsehen. Will sie das auch wirklich?"

„Ich glaube, sie meint es ernst. Sie ist von Bartek, so heißt ihr Noch-Ehemann, aus Polen geflüchtet, weil der extrem eifersüchtig ist. Milena hat das nicht mehr ertragen." Henner trank das Glas leer und stellte es auf der Theke ab.

Mo zog nachdenklich an der nächsten Zigarette. „Ich kann mal meinen Cousin fragen, der hat häufiger mit Rechtsstreitigkeiten zu tun. Ob dessen Anwalt sich allerdings mit internationalem Scheidungsrecht auskennt, das bezweifle ich." Mo trank mit einem gewaltigen Schluck die Flasche Licher leer. Rülpste kurz und wischte sich dann zufrieden über den Mund. „Und da gibt es gar keine andere Möglichkeit, den Kerl unbürokratisch loszuwerden?"

„Weiß nicht, keine Ahnung. Wird wohl ziemlich kompliziert werden." Henner sah Mo mit einem Blick an, der eine Mischung aus Enttäuschung und Ahnungslosigkeit verriet.

Eine Weile schwiegen beide. Nur die schnellen Riffs einer E-Gitarre waren zu hören. Es roch wie üblich nach Rauch, Bier und Schweiß.

„Lass mich mal über die Geschichte nachdenken. Vielleicht fällt mir was dazu ein, vielleicht auch nicht. Ich komme die Tage mal vorbei. Wollte eh nach dem Unimog sehen. Ich ruf dich vorher an."

„Ist gut, erst mal danke. Ich, äh, fahr dann mal. Ach ja, hätte ich fast vergessen: Am Mittwoch um zwei ist die Urnenbeisetzung von meiner Mutter. Ich würde mich sehr freuen, wenn du kommen könntest." Henner stand bereits draußen auf dem Hof und stülpte den Helm über den Kopf.

Mo war ihm gefolgt. „Ich komme, wird ja nicht lange dauern, oder?"

„Nö, ist auch nur im engsten Familienkreis."

„Soll heißen?"

„Milena, du und ich." Henner setzte sich auf seinen Roller.

„Sonst niemand?"

„Nicht, dass ich wüsste. Mutters Schwester aus Kanada wird wohl kaum kommen. Sonst fällt mir niemand aus dem engeren Familienkreis ein."

„Aber du weißt schon, dass Milena und ich nur Freunde von dir sind!" Mo stütze sich mit einer Hand an Henners Rollersitz ab.

„Ihr seid meine Familie. Mehr brauche ich nicht." Henner wusste nicht, was in ihn gefahren war, so einen Satz rauszuhauen.

Mo klopfte ihm anerkennend auf die Schulter und grinste. „Wir sehen uns, mein Bruder." Er blickte Henner nach, wie der den Hof verließ.

Milena macht sich Sorgen

Zurück zu Hause fand Henner Milena in der Küche. Auf dem Küchentisch lag ein Spiralblock, auf dem sie sich Notizen gemacht hatte.

Sie blickte angestrengt auf ihr Smartphone, als Henner eintrat.

„Störe ich dich?"

„Oh, du bist zurück! Nein, ich bin gerade dabei, mich über Wohnsitzanmelden zu informieren. Muss ich bald machen, wenn ich bei dir bleiben will. Ist in Deutschland Gesetz." Sie sah Henner mit einem fragenden Blick an.

Der stand noch im Eingangsbereich herum und sagte nichts.

„Und? Willst du, dass ich bei dir bleibe?"

„Äh, klar, das freut mich sehr. Gibt es da Probleme mit der Anmeldung?", fragte Henner und setzte sich zu Milena an den Küchentisch.

„Glaube nicht oder vielleicht doch. Ich brauche Aufenthaltstitel. Weiß nicht genau, was das bedeutet. Personalausweis, Reisepass habe ich. Muss Adresse geändert werden, aber nur, wenn ich die deutsche Staatsbürgerschaft bekomme. Und ich muss einen - Moment, wie heißt das noch? - Wohnungsgeberbestätigung vorlegen. Dass ich hier bei dir wohne. Habe nur ungefähr 14 Tage Zeit dafür. Darf aber drei Monate in Deutschland bleiben. Das kenne ich von Arbeit in Pflege." Milena stand auf, ging zur Spüle und ließ sich ein großes Glas Wasser aus dem Hahn vollaufen. Welches sie in einem Zug leerte.

„Soll ich mit dir zur Gemeindeverwaltung kommen?"

„Ist vielleicht besser so. Machen wir gleich morgen. Ich hoffe, es gibt keine Probleme wegen meines Aufenthaltes. Bin momentan ohne Arbeit. Vielleicht kann ich sagen, ich bin auf Besuch bei dir. Muss schauen, dass ich bald neue Arbeit finde, sonst weiß ich nicht, wie es dann weitergeht mit uns." Milena raufte sich ihre Lockenpracht.

„Mach dir mal nicht so viele Sorgen. Wir kriegen das schon irgendwie hin. Wenn nicht, stelle ich dich vorübergehend als meine Betreuerin ein", versuchte Henner sie zu beruhigen.

Milena fing an zu lachen. Sie klopfte sich mit beiden Händen auf ihre Oberschenkel. „Das würde dir so passen! Ich bin dann sowas wie Mädchen für alles hier. Kannst du vergessen!" Sie blickte Henner herausfordernd an.

„Steht ja nur auf dem Papier. Damit du bleiben darfst. Vielleicht findet sich bald schon eine Arbeit für dich." Henner hielt Milenas Blick stand, auch wenn es ihm schwerfiel.

„Na gut, müssen abwarten, ob es großes Problem wird oder kleines Problem ist."

Eine Weile schwiegen beide.

„Äh, ich war gerade bei Mo. Habe mit ihm wegen deiner Scheidung gesprochen. Er will sich mal schlau machen. Meint aber, dass es wahrscheinlich ziemlich kompliziert werden wird." Henner blickte nach draußen auf die Straße. Sie war wie meist menschenleer.

„So schlau war ich auch schon. Weiß nicht, ob das überhaupt geht. Vor allem weiß ich noch nicht mal, ob Bartek in die Scheidung einwilligt. Darf gar nicht dran denken, dass ich mit ihm wieder Kontakt haben muss!"

Milena seufzte schwer. Auf ihrer Stirn hatten sich Schweißperlen gebildet.

Henner nahm ihre Hand und strich sanft darüber. „So wie ich Mo kenne, weiß er bestimmt einen Rat", versuchte er sie zu beruhigen.

„Du und dein Mo! Er kann zwar fast alles, aber das ist, glaube ich, auch für ihn nicht so einfach zu lösen." Milena stand abrupt auf. „Komm, lass uns mal alle Sorgen auf morgen verschieben. Wetter ist toll. Ich brauche frische Luft. Wir fahren baden an See mit Roller, keine Widerrede. Es gibt doch einen ganz in der Nähe, habe ich gehört."

„Gut, geht aber bei uns nicht nackt wie im Osten. Ich ziehe rasch meine Badehose an, dann kann es losgehen."

Milena wunderte sich, dass von Henner keine Widerstände kamen. Überhaupt machte er, seit sie wieder zurück bei ihm waren, einen deutlich selbstbewussteren Eindruck. Das gefiel ihr.

Am See

Am See war viel Betrieb. Kein Wunder bei den hohen Temperaturen! Henner und Milena fanden noch ein halbwegs abgelegenes Plätzchen am Badestrand. Diesmal ging Henner sofort mit schwimmen. Ihm war heiß und er freute sich auf die Abkühlung. War er überhaupt schon einmal hier schwimmen gewesen, fragte er sich. Als Erwachsener? Nein. Als Kind, na klar. Da hatten er und die Gleichaltrigen im Sommer hier einen Großteil ihres Taschengeldes gelassen. Wo sonst gab es damals Pommes und Cola?! Zu Hause bei Mutter

Else jedenfalls nicht. Komisch, fand Henner, irgendwann war es aus gewesen mit der schönen Zeit am See, dem Planschen im Wasser. Und irgendwann hatte er es noch nicht einmal mehr vermisst.

Henner schwamm nicht so weit raus wie Milena. Das traute er sich nicht - oder noch nicht. Überall war lautes Stimmengewirr von Kindern, die im Wasser planschten, zu hören. Henner paddelte auf der Stelle, drehte sich im Kreis und ließ den Blick über die Wiese streifen. Von den üblichen Verdächtigen aus dem Dorf konnte er keinen erkennen. Wahrscheinlich kamen viele der Badegäste sogar von weiter weg und waren ihm deshalb völlig unbekannt.

Zurück auf der Wiese legte sich Milena auf ihr Badetuch und ließ sich von der Sonne trocknen.

Henner setzte sich neben sie und blickte auf das Wasser des Sees hinaus. Mütter mit kleinen Kindern hielten sich im Flachwasserbereich auf. Eine Horde Jungs rannte hinter kreischenden Mädchen in knappen Bikinis her, um sie ins Wasser zu werfen. Oben im Strandrestaurant saßen fast nackte Badegäste auf einer teilweise überdachten Terrasse, tranken Bier oder Cola und aßen Bratwürstchen mit Pommes, manche Frauen auch einen Salatteller. Der Fettgeruch aus der Fritteuse, in der Pommes goldgelb brutzelten, waberte über die Wiese. Henner geriet kurz in Versuchung, verkniff sich aber dann, sich eine Portion zu holen.

Milena las mit Sonnenbrille in einem Buch. Es tat gut, den Spätsommer zu genießen, solange er sich von seiner besten Seite zeigte.

Das Ende des Badestrands grenzte an einen großen Campingplatz. Henner wurde neugierig. Er fragte

Milena, ob sie etwas dagegen hätte, wenn er eine kleine Runde drehen würde.

Sie schüttelte nur kurz den Kopf und las weiter.

Henner ging ein Stück am See entlang durch einen lichten Eichenwald. Direkt am Ufer standen die Wohnwagen der Dauercamper. Viele, aber nicht alle der Miniparzellen hätten beim Wettbewerb ‚Schöner Wohnen' mitmachen können. Ordentlich angebrachte Holzzäune, an denen keine Farbe abblätterte, Hainbuchen- oder Thujahecken, an die man eine Wasserwaage anlegen konnte, so akkurat waren sie getrimmt, Veranden, denen man auf den ersten Blick ansah, dass hier mit viel handwerklichem Geschick gearbeitet wurde. An deren Brüstungen hingen in Blumenkästen üppig rot oder violett blühende Pflanzen, die Henner nicht kannte. Auf manch kleinem Rasen standen Gartenzwerge oder seltsame Blumenarrangements in Kombination mit verrosteten und verbogenen Eisenteilen. Henner musste an seine Kunstwerke denken. Er fragte sich, ob das eine oder andere Teil von ihm in einen der Vorgärten passen würde. Im Weitergehen und Beobachten entschied er, dass das nicht der Fall war. Und das, was er hier zu sehen bekam, war nur von neu auf alt getrimmt.

Im Dauercamperbereich ging es erstaunlich ruhig zu. Hier und da saßen meist ältere Ehepaare im Rentenalter im Schatten ihrer Hauszelte, die vor den Wohnwagen angebaut waren. Sie aßen und tranken oder lasen Zeitung. Henner grüßte jedes Mal freundlich. Aber nur vereinzelt wurde sein Gruß erwidert. Die meisten der Dauercamper, denen er begegnete, beobachteten ihn misstrauisch. Er kam sich fast vor wie ein Eindringling, der hier ganz und gar nicht erwünscht war. Die

Dauercamper schienen ein eingeschworener Haufen zu sein. Die Upperclass bildeten jene, die wahrscheinlich alle schon ewig, also mindestens 25 Jahre und länger, ihre Zeit hier totschlugen. Henner konnte beim besten Willen nicht nachvollziehen, wie man jedes Jahr immer wieder an den gleichen Platz fahren konnte, um sich dort von morgens bis abends zu langweilen. Er fragte sich, woran das lag. Gab es den Menschen ein Gefühl von Heimat, wenn sich selbst in ihrem Urlaub außer der Umgebung so gut wie nichts veränderte? Oder waren das allesamt ausgesprochen gesprächige Personen, die es gar nicht abwarten konnten, hier mit ihren immer gleichen Campingnachbarn zu tratschen? Henner fragte sich dann allerdings, was er sich anmaßte. Vor nicht allzu langer Zeit war er noch nicht einmal in Urlaub gefahren. Hatte so gut wie nie seinen Heimatort verlassen. Und jetzt machte er sich Gedanken über die Menschen hier, die nichts von der Welt sahen oder sehen wollten. So einer war er ja schließlich auch immer noch.

Eine korpulente Frau in einer Kittelschürze und mit rotem Gesicht zupfte an ihren Topfpflanzen herum. Sie verrenkte sich fast den dicken Hals, als er ihr Anwesen passierte. Gleich nebenan schob ein sehr gebeugt gehender Mann Mitte siebzig, nur mit einem Handtuch um die Hüften, einen Elektrorasenmäher auf seinem ohnehin kurz geschorenen Rasen vor sich her. Er nickte nur kurz, als Henner an ihm vorbeiging. Um einen Campingtisch herum saßen drei ebenfalls ältere Männer, nur mit Shorts bekleidet, und spielten Karten. Jeder hatte zu so relativ früher Stunde bereits eine Flasche Bier vor sich stehen. So kann man also auch den Tag rumkriegen, dachte Henner. Sie beobachteten ihn mit

Argusaugen. Henner kam sich vor wie ein Schwerverbrecher, der jeden Moment damit rechnen musste, dass ihn das SEK überwältige und unsanft abführte.

„Suchen Sie was?", fragte einer der schmerbäuchigen Rentner misstrauisch.

„Nein danke, ich glaube, ich habe mich verlaufen", antwortete Henner hastig.

„So, so, wo wollten Sie denn hin, wenn ich fragen darf?"

„Ich, äh, wollte eigentlich zum Strandrestaurant", log er. Henner fragte sich, für was er sich hier eigentlich entschuldigen musste. Ging aber raschen Schrittes weiter.

Die drei Rentner ließen ihn nicht aus den Augen, bis er außer Sichtweite war. Den Bereich der Dauercamper würde er in Zukunft, wenn er nochmals mit Milena herkommen würde, versuchen zu meiden. Die schienen ein ganz eingeschworener Haufen zu sein.

Direkt angrenzend daran standen Caravans, Wohnmobile, Kastenwagen und dazwischen immer mal wieder kleinere und größere Zelte. Hier ging es schon deutlich geschäftiger zu als bei den Dauercampern. Beinahe überall saßen Menschen an Plastiktischen, aßen und tranken. Kinder tobten herum, der eine oder andere Hund gleich mit. Hier und da krabbelten zerzauste Jungen und Mädchen aus ihren Iglu-Zelten und blinzelten in die Strahlen der Sonne. Überall, wo Henner vorbeikam, wurde er freundlich gegrüßt. Die Leute lachten und scherzten miteinander. Mütter, schwer bepackt mit großen Badetaschen und Kühlboxen, quengelnde Kleinkinder und rotgesichtige Väter in bunten Shorts über schweren Bierbäuchen machten sich fertig für den Badestrand. Henner sah ein holländisches Ehepaar an einem kleinen Plastiktisch Kaffee aus Plastikbechern trinken. Sie saßen vor einem winzigen eiförmigen Wohnwagen, der nicht viel größer war als ein Viermannzelt. Henner fragte sich, wo die beiden da drin schliefen. Sein eigener Anhänger war zwar ebenfalls winzig, aber schließlich hatten er und Milena auf ihrer wilden Reise nicht den halben Hausstand dabei gehabt. Gleich nebenan versuchten zwei Frauen verzweifelt, ein Zelt aufzubauen. Er fragte höflich, ob er ihnen behilflich sein könne. Die beiden Frauen musterten ihn kurz und winkten gleichzeitig ab.

Eine Mittfünfzigerin in einem knallengen weißen Bademantel und mit Lockenwicklern in den Haaren trat gerade aus ihrem Wohnmobil der gehobenen Klasse. Henner war froh, dass der Gürtel des Bademantels der Zugkraft standhielt. Sie grüßte ihn mit einer übertriebenen Freundlichkeit. Er grüßte kurz zurück und ging rasch davon. Wieder ein paar Schritte weiter stand er plötzlich vor einem mehr als acht Meter langen riesigen Luxusliner. An dessen Rückseite waren ein Roller und zwei Fahrräder auf einem speziellen Träger fixiert. An dem Campingschlachtschiff hing zudem ein Hänger, auf dem ein knallroter Smart stand. Henner fragte sich, warum die Eigentümer nicht gleich ihr ganzes Haus mittransportierten. Nach oben schien es, wie bei so vielen Ausgaben für Freizeitbeschäftigung, keine Grenzen zu geben.

Henner musste zugeben, dass ihm das wilde Durcheinander von Zelten, Wohnmobilen und Caravans deutlich besser gefiel als die Dauercampersiedlung. Dort hielt man wahrscheinlich den Rest der Camper für lästige Touristen, die kamen und wieder abreisten, während man selbst blieb. Die Zeltcamper waren für sie vermutlich asoziales Volk, das sich nicht mal einen Campingtisch leisten konnte und das Essen auf dem vertrockneten Rasen zu sich nahm.

Henner beschloss, es gut sein zu lassen. Er hatte fürs Erste genug gesehen. Er musste ohnehin mal dringend auf Toilette. Nicht weit von ihm befand sich die Sanitäranlage des Campingplatzes. Da weit und breit niemand zu sehen war, ging er hastig darauf zu. Von außen machte sie nicht gerade den gepflegtesten Eindruck. Die Wände waren schmutzig grau und an manchen Stellen hatte sich der Putz gelöst. Die Holzfenster schrien nach Farbe. Dafür ging es im Innern deutlich ordentlicher zu. Zumindest auf den ersten Blick. Auf beiden Seiten führten jeweils fünf Türen zu den Duschen und Toiletten für Herren und Damen.

Nachdem Henner sich erleichtert hatte, ging er zurück zum Badestrand. Die Sonne verschwand gerade hinter dem Wald oberhalb des Sees, als er zu Milena gelangte.

Sie lag noch genauso da, wie er sie verlassen hatte und las.

„Da bin ich wieder. War echt interessant. Wollen wir noch hier einen Happen essen?", fragte Henner und dachte an die Pommes.

„Du warst aber lange weg! Ist gute Idee. Habe auch Hunger langsam", sagte Milena und zog sich rasch ihre Shorts und das Shirt an.

Sie fanden noch einen Platz an einem kleinen runden Tisch.

Milena bestellte bei einer fülligen Bedienung einen Fitnesssalat, Henner eine Bockwurst mit den ersehnten

38

Pommes. Ein Portionstütchen Ketchup lag mit auf dem Teller. Mit der gesunden Ernährung hatte er es noch nicht so. Konnte ja noch werden. Erst mal war er nur froh, dass Milena wirklich ernsthaft bei ihm bleiben wollte.

„Das hat richtig gut getan", hörte er sie sagen, als sie ihre Gabel zur Seite legte und nach ihrem Glas Radler griff.

„Ja, das stimmt. Sollten wir öfter machen, so lange das Wetter mitspielt." Henner nippte an einer Apfelschorle. Traubensaft gab es nicht.

„Auf jeden Fall!"

Henner und Milena prosteten sich zu. Über Milenas Probleme sprachen sie an diesem herrlichen Abend nicht mehr.

Die leidige Bürokratie

Am nächsten Morgen begleitete Henner Milena zur Gemeindeverwaltung. An der Zentrale begrüßte eine Frau in den Fünfzigern, mit Kurzhaarschnitt, die beiden etwas mürrisch. Sie machte nicht gerade einen kundenfreundlichen Eindruck.

Milena trug ihr Anliegen in betont ruhigem Tonfall vor.

Henner stand daneben wie bestellt und nicht abgeholt. Die Frau hatte er schon mal irgendwo gesehen, ging ihm durch den Kopf. Er kam aber nicht drauf, wo.

Die zuständige Sachbearbeiterin, bei der sie schließlich landeten, teilte Milena in etwas freundlicherem Umgangston mit, dass das mit der 14-

Tage-Frist nicht ganz so streng genommen würde. Sie fragte Milena, ob sie schon eine Arbeit hätte.

Noch nicht, aber sie würde versuchen, sobald wie möglich eine zu finden, antwortete die.

Die Frau mit der modischen Brille vom Bürgerservicebüro erinnerte Milena an die dreimonatige Aufenthaltsfrist. ‚Schmidtbauer' stand auf einem tobleroneförmigen Namensschild, das vor ihr auf ihrem Schreibtisch stand. Sie hackte eine Weile auf der Tastatur ihres PCs herum. Dann dröhnte ein Drucker in ihrer Nähe, aus dem sie eine Melde- und eine Wohnungsgeberbescheinigung nahm. „So, die hier lesen Sie sich in Ruhe durch. Dann füllen Sie beide Formulare bitte aus. Wenn Sie diesbezüglich noch Fragen haben sollten, kommen Sie auf mich zu. Ich bin noch hier bis heute Mittag." Sie reichte Milena die Zettel und bat sie nach draußen, da sie noch andere Kundschaft bedienen musste.

„Ist am besten, ich fülle Formulare gleich hier aus, was meinst du?", fragte Milena Henner und setzte sich, ohne seine Antwort abzuwarten, an einen Besuchertisch im Foyer.

„Gute Idee. Dann kannst du gleich zwischendurch Frau Schmidtbauer freundlich fragen, wenn du was nicht weißt." Henner setze sich auf den anderen freien Stuhl und blätterte in einer Zeitschrift über Arbeitssicherheit herum.

„Du, ich glaube, hier musst du als Wohnungseigentümer unterschreiben." Milena reichte Henner eines der Formulare.

Der kritzelte seinen Namen an die vorgesehene Stelle.

„So, ich glaube, ich habe alles fertig", meinte Milena schließlich, stand auf und ging zum Büro von Frau Schmidtbauer.

Die tat so, als wäre sie schwer beschäftigt, obwohl sie gerade keine Kundschaft hatte.

Milena reichte ihr die ausgefüllten Formulare. Diese schaute kurz drüber, nickte beiläufig und sah auf ihren Bildschirm. „Das sieht soweit gut aus. Sie sind somit hier bis auf weiteres angemeldet."

„Danke für schnelle Hilfe." Milena trat sichtlich erschöpft neben Henner, der mittlerweile draußen vor den Schaukästen stand und knuffte ihn in die Seite. „Puh, das wäre geschafft. Ist das immer so viel Bürokratie bei euch in Deutschland?"

„Weiß nicht, um so was habe ich mich bislang nicht gekümmert", antwortete er wahrheitsgemäß.

„Oh ja, du hattest ja Mama, die alles geregelt hat." Milena hakte sich bei ihm unter und zog ihn mit zu dem Parkplatz, auf dem der Roller stand.

Henner ärgerte sich, dass er wieder einmal zugeben musste, dass er über so gut wie nichts so richtig Bescheid wusste. Ohne etwas darauf zu erwidern, stieg er daher auf den Roller. Wartete, bis Milena hinter ihm saß und fuhr los.

Was Mo wohl ausheckt?

Am Nachmittag kam Mo vorbei, um nach dem Unimog zu sehen.

Milena lag im Garten und nahm ein Sonnenbad, während Henner sich in seinem Kellerreich verschanzt hatte. Er brauchte wieder mal etwas Abstand von allem.

Mo klingelte ein paarmal an der Haustür, ohne dass ihm geöffnet wurde. Dann ging er auf den Hof und sah, dass Milena im Garten friedlich auf einer Liege lag und las. Er überlegte kurz, ob er zu ihr gehen sollte, entschied sich dann aber dafür, sie nicht zu stören und direkt den Unimog in Augenschein zu nehmen.

Genau in diesem Moment setzte sich Milena auf, um dann aufzustehen. Als sie sich umdrehte, sah sie, wie Mo gerade in Richtung Scheune ging. Sie streifte rasch ihr gelb geblümtes Sommerkleid, das neben der Liege lag, über, schlüpfte in ihre Sandalen und folgte ihm.

Als sie in der Scheune ankam, war Mo gerade dabei, die Motorhaube des Unimogs zu öffnen.

„Hallo Mo, es freut mich, dich zu sehen", sagte sie und lehnte sich an eine Scheunenwand.

„Ganz meinerseits. Wo hast du denn Henner gelassen?" Mo blies den Rauch seiner Zigarette in den Motorraum. Er trug wie immer einen ölverschmierten Blaumann, allerdings in grau, und schwarze Sicherheitshalbschuhe.

„Der ist unten in seinem geheimen Reich."

„Ah so, dann lassen wir ihn mal in Ruhe. Ich werde mir derweil das gute alte Teil hier anschauen." Mo drückte den Zigarettenstummel an einem Unimogreifen aus und legte ihn in eine mitgebrachte Metallbox.

„Du, Mo, Henner hat mir gesagt, dass er mit dir gesprochen hat wegen meiner Scheidung von Bartek. Ich weiß nicht, wie ich das machen soll von hier aus." Milena ging einen Schritt auf Mo zu und blieb vor ihm stehen. Ihr leichtes Kleid schwang sanft um ihre Hüften.

„Ach ja, hatte ich gar nicht gewusst, dass du verheiratet bist. Hat mich, ehrlich gesagt, überrascht."

„Ist lange Geschichte, die leider noch nicht vorbei ist."

„Gestern Abend war es mal ausnahmsweise ruhig. Da hab ich ein bisschen recherchiert in der Sache. Wird wohl eine recht komplizierte Angelegenheit, weil das polnische Scheidungsrecht anders ist als das deutsche. Willst du das wirklich durchziehen?"

„Was soll ich machen!? Ich will für immer Ruhe haben von Bartek!" Milena strich sich eine Locke aus dem Gesicht.

Mo steckte sich eine neue Zigarette an und zog einmal kräftig, bevor er weitersprach: „Leider kenne ich keinen gescheiten Rechtsanwalt, der sich so einer Sache annehmen würde. Das ist wohl eher ein Fall für die Ausländerbehörde."

„Und du weißt sonst auch keinen Rat? Ich fürchte, er willigt nicht in die Scheidung ein." Milena blickte Mo beinahe verzweifelt an.

„Tut mir leid. Am einfachsten wäre es, es gäbe eine Art finale Lösung für deinen Bartek." Mo zog wie ein Ertrinkender an seiner Marlboro.

„Was soll das heißen?"

„Na ja, es müsste halt irgendwas passieren, damit wir ihn in der Hand haben. Und er dann nicht mehr aus der Nummer rauskommt, ohne dir zu versprechen, dass er in die Scheidung einwilligt." Mo grinste verschmitzt.

„Hast du schon eine Idee, was das sein könnte?"

„Leider noch nicht. Aber noch ist nicht aller Tage Abend. So, jetzt lass mich mal den Unimog checken. Ich schlage vor, wir schlafen alle noch mal eine Nacht oder zwei über die lästige Geschichte und dann sehen wir weiter."

„Danke Mo, ich glaube, du hast recht. Ich lasse dich dann mal allein."

„Keine Ursache, wir sehen uns morgen Nachmittag beim letzten Geleit für Henners Mutter."

„Freut mich, dass du auch kommst", sagte Milena und wandte sich ab zum Gehen.

Die Urnenbeisetzung

Kurz vor 14 Uhr am kommenden Nachmittag trafen sich Henner, Milena und Mo vor dem Eingang des Friedhofs. Die Sonne gab an diesem herrlichen Spätsommertag noch mal ihr Bestes. Es war ordentlich warm, nur ein leichter Wind streifte über die Gräber. Sie warteten auf den Pfarrer Schultheiß und den Küster.

Henner trug seinen schwarzen Anzug, ein weißes Hemd und einen schwarzen Schlips. Milena einen schwarzen Rock sowie eine helle Bluse unter einem schwarzen Blouson. Ihre Haare hatte sie hochgesteckt. Beide begannen jetzt schon zu schwitzen und hätten sich am liebsten ihrer Jacken entledigt. Aber jetzt hieß es: durchhalten.

Mo fiel outfitmäßig aus der Reihe. Wie üblich. War seine Wahl bei der legendären Trauerfeier für Else noch auf eine Lederjacke mit Fransen aus den 80er Jahren sowie eine dunkle Cordhose gefallen, so hatte er heute eine wadenlange graue Cargohose, kombiniert mit einem grünschwarzen Karohemd, gewählt. Wer es nicht besser wissen konnte, hätte bei seinem Ziel auf eine Trekkingtour in die Alpen getippt, aber nicht auf den Besuch einer Urnenbeisetzung. Damals bei der Trauerfeier hatte zum Schluss allerdings niemand mehr

44

so wirklich auf seine Geschmacksverirrung geachtet, denn der asiatische Aushilfspfarrer hatte unfreiwillig aus der Trauerfeier eine Trauelfeier gemacht, die allen Beteiligten noch lange in Erinnerung bleiben würde. Eines musste man Mo allerdings lassen: Er hatte sich auch heute Else zu Ehren seinen ansonsten ungepflegten Bart abrasiert.

„Mann, wo bleibt denn der dicke Schultheiß!? Hoffentlich hat er sich nicht ins Koma gefressen und es taucht wieder seine Vertretung auf!" Mo lachte. „Obwohl, dann gibt es halt eine Ulnenbeisetzung." Sein Lachen ging in einen Hustenanfall über.

„Vielleicht macht er noch Mittagsschlaf", sinnierte Milena.

„Jo. Verdauungsschläfchen", fügte Mo hinzu und wickelte seine Hemdsärmel hoch. „Hier gehst du ja kaputt bei der Hitze!"

Henner und Milena wischten sich beide gleichzeitig den Schweiß von der Stirn.

„Vielleicht hat er Termin vergessen", warf Milena leicht stöhnend ein.

In diesem Moment tauchte der Küster auf. Er nickte den dreien nur kurz zu und verschwand dann in einem Seiteneingang der Einsegnungshalle.

Kurz darauf erschien keuchend, mit hochrotem Kopf, der Pfarrer.

„Entschuldigen Sie bitte die Verspätung. Ich musste noch was Dringendes erledigen." Schultheiß rann bereits vor der Zeremonie der Schweiß in Sturzbächen von der hohen Stirn über das Gesicht. Er musste sich kurz am Eingangstor festhalten, bevor er wieder das Wort ergriff. „Sind wir vollzählig oder warten Sie noch auf jemand?", fragte er in die kleine Runde.

„Ja, sonst kommt niemand mehr", antwortete Henner und versuchte, den zu eng geknoteten Schlips zu lockern.

„Nun denn, dann können wir ja anfangen."

Wie auf Kommando erschien der Küster, der auch in einem schwarzen Anzug steckte. Er trug feierlich die schlichte Urne mit beiden Händen vor der Brust und ging, dem Anlass entsprechend, mit langsamen Schritten voran.

Pfarrer Schultheiß und die drei Trauergäste folgten ihm.

An der Urnenwand, die von drei hohen Birken leicht beschattet wurde, blieb er stehen. Eine der Nischen war geöffnet.

Pfarrer Schultheiß stellte sich ebenfalls davor und wartete bis Henner, Milena und Mo sich aufgestellt hatten.

Henner musste unwillkürlich erneut an die ungewöhnliche Trauerfeier seiner Mutter denken. Diesmal würde es wohl nicht so witzig werden, dachte er.

Der schwitzende Pfarrer sprach seine üblichen Sätze beinahe im Stakkatoton. Es war ihm anzusehen, dass er die Beisetzung so schnell wie möglich hinter sich bringen wollte. Er verzichtete auf den üblichen Salbaderrat. Bat nur um das gemeinsame Gebet: 'Vater unser im Himmel', welches alle Anwesenden mitmurmelten. Dann nickte er dem Küster kurz zu.

Der stellte die Urne an den vorgesehenen Platz. Dann trat er einen Schritt zurück, faltete die Hände vor dem Bauch und blickte unter sich.

Währenddessen begann der Pfarrer, nun etwas langsamer und getragener: „Wir nehmen Abschied von

46

Else Henschel ..." Als er fertig war, gab er den drei Trauergästen seine schweißnasse Hand und trat zur Seite.

„Machs gut Mutter, ich verspreche dir, dich nicht zu vergessen", sagte Henner und wischte sich eine Träne aus den Augen.

Milena legte eine einzelne weiße Lilie vor die Wand, ohne etwas zu sagen.

Mo hielt sich zurück.

Die ganze Zeremonie hatte noch keine viertel Stunde gedauert, da war sie auch schon beendet. Der Pfarrer war längst gegangen, der Küster wartete im Hintergrund darauf, die Wand zu verschließen. Henner, Milena und Mo, der mittlerweile rauchte, blieben noch eine Weile vor der Wand stehen. Das gehörte sich wohl so.

„Der hat es ja echt eilig gehabt, der werte Hochwürden. Seine Hand triefte vor ekliger Nässe. Da kannst du ja ein Handtuch gebrauchen, um sie abzutrocknen", frotzelte Mo. Er drückte mit der Fußspitze seiner Sicherheitsschuhe, die er selbst bei dieser Hitze trug, die Kippe aus. Brav hob er den Stummel auf und steckte ihn in seine kleine Metallbox.

„Das Wetter heute ist bestimmt nicht gut für sein Herz." Milena ergriff sanft Henners Hand.

Der schaute immer noch auf die Urne in der Nische. Plötzlich fing er an zu schluchzen. Er beugte sich nach vorne und stammelte vor sich hin: „Mutter, du fehlst mir so! Es ist so traurig, dass du Milena nicht mehr kennenlernen kannst. Ich verspreche dir, ich bleib ein guter Bub und passe auf Milena auf."

Mo legte eine Hand auf Henners Schulter. „Ist ja gut jetzt, das musste einfach mal raus. Recht so. War eine gute Frau, deine selige Mutter."

Henner drehte sich langsam um und sagte mit feuchten Augen: „Danke, Mo, danke Milena, dass ihr zwei mich begleitet habt. Hätte nicht gedacht, dass mich das heute so sehr mitnimmt. Wenn ihr wollt, können wir jetzt gehen."

Milena hielt immer noch seine Hand, als sie langsam den Friedhof verließen.

Draußen vor dem Eingangstor verabschiedete sich Mo. Er musste heute noch einen Opel fertig machen.

Henner reichte Milena ihren Helm. Da es vorläufig nicht so aussah, als ob ein normaler PKW jemals Einzug ins Hause Henschel halten würde, hatte Milena sich ein passendes eigenes Exemplar besorgt. Sie stieg hinter ihm auf den Roller und hielt sich an ihm fest, als er losfuhr.

Zurück zu Hause bat Henner darum, für den Rest des Tages allein zu sein dürfen. Das wäre er seiner Mutter schuldig.

Kurzschlusshandlung

Milena drückte ihn kurz fest an sich. Streichelte ihm über die Wange und entließ ihn nach unten in seinen Keller. Dann zog sie sich rasch um. Duschte kurz und ging dann, mit Shorts und T-Shirt bekleidet, zu ihrer Liege im Garten. Heute getraute sie sich nicht, sich nur im knappen Bikini den wärmenden Strahlen der Sonne hinzugeben. Sie musste an Henner und dessen Trauer um seine Mutter denken. Sie konnte ihn gut verstehen, weil es ihr damals, als ihre schwerkranke Mutter starb, ähnlich schlecht ging. Für die Mutter allerdings war es eine Erlösung gewesen nach ihrem langen Leiden.

Milena sah das Bild ihres vor Gram und Trauer gebeugten Vaters vor sich, wie er am Grab ihrer Mutter stand. Es war ihm anzusehen, dass er keine Lebenskraft mehr besaß. Er war seiner Frau dann auch bald gefolgt. Milena spürte, wie ihr die Tränen die Wangen herunterliefen.

Plötzlich schlich sich Bartek in ihre Gedanken. Eine große Hilfe war er ihr damals nur am Anfang ihrer Ehe gewesen. Da hatte er noch so getan, als wäre er ein guter, mitfühlender Mensch. Später, als sie versuchte, auch mal am Leben teilzunehmen, da hatte er sein wahres Gesicht gezeigt.

Milenas Trauer verwandelte sich schlagartig in Zorn. Sie griff, ohne zu überlegen, nach ihrem Handy und teilte Bartek per WhatsApp mit, dass sie die Scheidung wollte. Er würde bald von ihrem Anwalt hören.

Erleichtert über ihren spontanen Entschluss, warf sie das Handy neben sich ins Gras. Doch sie war innerlich zu stark aufgewühlt. Daher hob sie ihr Handy wieder auf und verließ den Garten.

Doch kurz darauf konnte sie es sich nicht verkneifen nachzuschauen, ob von Bartek schon eine Nachricht eingegangen war. Tatsächlich las sie entsetzt: ‚Habe endlich von der Tochter deines letzten Pflegefalles deine Adresse bekommen. Sie wollte sie nicht rausrücken. Ich komme morgen, wir müssen reden.‘

Milena erschrak derart, dass ihr beinahe das Handy aus den Händen geglitten wäre. Was hatte sie da bloß angerichtet! Sie ärgerte sich über sich selbst und über die Verlogenheit von der Tochter des Alten. Sie musste Henner Bescheid geben. Bei dem Gedanken daran wurde ihr ganz flau im Magen. Schon wieder zog sie ihn mit in ihre Probleme hinein. Hatte er das verdient, gerade jetzt, wo er um seine Mutter trauerte, fragte sie sich. Es half nichts, nun gab es keinen Weg mehr zurück. Sie hoffte inständig, dass es ihr gelingen würde, sich mit Bartek zu einigen. Ansonsten würde es mit Henner kein guter Anfang werden.

Noch am Abend teilte sie Henner beim gemeinsamen Abendessen so schonend wie möglich mit, dass ihr Ex plante, morgen zu kommen.

Wie üblich wollte Henner sofort Mo um Hilfe bitten.

Sie hielt ihn zurück. Sagte ihm, dass es besser sei, wenn sie erst einmal die Nacht darüber schlafen würden. Sie sah Henner an, wie sehr ihn die Situation beunruhigte. Er aber nichts mehr sagte, sondern sich früh zum Schlafen verabschiedete.

Milena spielte mit dem Gedanken, bei einem Glas Wein noch über alles nachzudenken. Ließ es aber sein, da es bei diesem Glas sicher nicht bleiben würde. Morgen brauchte sie einen klaren Kopf. Sie ging nach oben ins Bad, putzte sich die Zähne, wusch sich kurz, zog sich aus und schmiegte sich eng an den warmen Körper von Henner.

Kommt er oder kommt er nicht?

Milena schlief schlecht in jener Nacht. Ständig wälzte sie sich hin und her. Ihre Gedanken drehten sich um Bartek. So wie sie ihn kannte, würde er nicht so ohne Weiteres in die Scheidung einwilligen. Zurück zu ihm nach Polen ging sie aber auf gar keinen Fall mehr. Das stand fest. Da konnte er noch so bitten und betteln. Brauchte er vielleicht Geld? Ihm war es zuzutrauen, dass er sie erpressen würde. Ohne Geld keine Scheidung.

Doch damit käme er nicht durch, das schwor sie sich. Sie musste unbedingt zuerst allein mit Bartek verhandeln. Wäre Henner gleich dabei, konnte sie nicht garantieren, dass der nicht Mo zu Hilfe holen würde. Genau das wäre aber nicht klug. Je nachdem, wie sich die Lage entwickelte, konnte er aber später hilfreich sein.

Milena fühlte sich wie gerädert, als sie sich früh am Morgen aus dem Bett quälte.

Henner schlief noch wie ein kleines Kind. Er schnarchte leise. Fehlte nur noch, dass er am Daumen lutschte.

Milena beneidete ihn um die Ruhe, die er ausstrahlte. Unten in der Küche kochte sie sich erst einmal einen starken Kaffee. Biss nur zweimal, ohne rechten Appetit, in ein halbes Vollkornbrötchen mit Leberwurst hinein. Das hatte Henner gestern Abend übrig gelassen. Ihr Magen rebellierte. Kein Wunder bei dem, was ihr heute bevorstand. Da sie nicht wusste, wann Bartek kam, musste sie sich ablenken. Nur mit was? Sonnenbaden und Lesen im Garten? Dafür fehlte ihr die Ruhe. Die Wohnung gründlich sauber machen? Das hatte sie schon kurz nach ihrer Rückkehr erledigt. Dann fiel ihr ein, dass sie Elses Kleiderschränke ausräumen könnte. Doch dafür müsste sie erst Henner um Erlaubnis bitten. Sie wartete bei einer weiteren Tasse Kaffee, bis er aufstand.

Henner betrat noch reichlich verschlafen die Küche. Sagte guten Morgen und fragte, ob Milena wusste, wann ihr Ex kommen würde.

Milena schüttelte den Kopf. Sie hatte Henner zwei Brote mit Leberwurst und Cornichons drauf geschmiert und an seinem Platz bei der Eckbank auf einem Teller drapiert. Sie goss ihm eine große Tasse Kaffee ein, die er schwarz trank.

Henner bedankte sich artig und machte sich mit Appetit an seine leckeren Brote.

Milena sah ihm eine Weile zu, wie er aß. Dann räusperte sie sich und sagte: „Du Henner, ist das in Ordnung für dich, wenn ich heute die Sachen von deiner Mama ausräume? Bin ziemlich nervös, du weißt schon, muss mich mit irgendwas beschäftigen."

„Ist das nicht ein bisschen früh?", fragte Henner, der gerade seine Tasse absetzte.

„Keine Ahnung, weiß nicht, wie lange was aufbewahrt werden muss von toter Mutter hier in Deutschland."

„Na ja, Mutter braucht ja nichts mehr. Vielleicht kannst du ja sortieren. Das, was noch gut genug ist, schenken wir der Frauenhilfe, der Rest kommt in einen Altkleidersack."

„So mache ich es, versprochen. Hast du große Kartons und Plastiksäcke?"

„Oben auf dem Speicher müssten noch genügend Kartons rumstehen. Habe ich mal irgendwann hochgetragen, weil Mutter sie nicht wegwerfen wollte. Blaue Säcke sind in der Scheune. Ich schaue gleich mal nach und bringe dir dann die Sachen."

„Danke. Du, bitte sei mir nicht böse. Wenn Bartek kommt, muss ich erst mal allein mit ihm reden. Du kennst ihn nicht. Ist besser so, glaube mir."

„Wenn du meinst. Mo und ich stehen sofort Gewehr bei Fuß, wenn du uns brauchst."

„Das ist gut. Aber hoffentlich nicht mit richtigem Gewehr." Sie grinste schief.

Henner schüttelte den Kopf, trank den Rest seines Kaffees und verließ danach die Küche.

Ein paar Minuten später hörte Milena ihn oben auf dem Speicher herumtrampeln. Sie stellte die Tassen und Teller in die Spülmaschine und ging nach oben. Im Schlafzimmer standen bereits mehrere stabile Kartons in unterschiedlichen Größen. Kurz darauf brachte Henner ihr noch die gewünschten Plastiksäcke.

„Ich bin dann mal unten, muss mich auch ablenken. Wenn du mich brauchst, du weißt ja, wo du mich findest." Henner ließ Milena allein im Schlafzimmer zurück.

Die nächsten Stunden verbrachte sie damit, die Wäsche von Henners Mutter zu sortieren. Zwischendurch schaute sie immer wieder unruhig auf ihr Handy, ob eine Nachricht von Bartek eingegangen war. Kurz nach Mittag hatte sie alle Wäschestücke sortiert und in den Kartons und Säcken verstaut. Das war es dann, was von einem geliebten Menschen übrig blieb, dachte Milena, als sie die ersten blauen Säcke nach unten trug.

Gerade als sie aus dem Hintereingang kam, um die Säcke in die Scheune zu tragen, stand plötzlich Bartek vor ihr.

Sie erschrak dermaßen, dass sie die beiden großen Kleidersäcke fallen ließ.

„Hallo Milena, schön dich wiederzusehen", sprach er sie mit Spott in der Stimme auf Deutsch an.

Bartek sah mitgenommen aus, stellte Milena fest. Sein Bart wirkte ungepflegt, die Haare klebten fettig auf dem Kopf. Er trug eine schmutzige Jeans und ein helles T-Shirt, auf dem Schweißflecken zu erkennen waren.

„Was willst du?", kam Milena gleich zur Sache. Sie ging auf das Spiel mit der Sprache nicht ein und schwenkte sofort auf Polnisch um.

Bartek sprach nun ebenfalls auf Polnisch weiter: „So, so, hat es dich in die hinterste Provinz verschlagen. Hab schon gehört, dass du einen neuen Lover hast. Wo steckt er denn?" Er trat einen Schritt auf Milena zu.

Sie hob einen der Säcke auf und hielt ihn sich wie einen Schutzschild vor die Brust. „Geht dich nichts an, also komm zur Sache. Was müssen wir deiner Meinung nach bereden?" Milena sah zum Nachbarhaus hinüber. Zum Glück hing die Worre-Net-Mine nicht im Fenster, so wie sonst.

„Jetzt mach dich mal locker! Willst du mich nicht mal kurz reinbitten? Ich bin die ganze Nacht mit dem Flixbus unterwegs gewesen. Und bis ich dann schlussendlich hier in diesem Kaff angekommen bin! Unfassbar!" Bartek sah sie mit einem bittenden Blick an.

„Kannst du da drüben zu der Sitzecke im Garten gehen? Ich komme gleich." Milena zeigte mit einer Hand in die entsprechende Richtung.

„Holst du jetzt schon Verstärkung?"

„Ich bringe nur die Säcke hier weg." Milena zwängte sich mit den beiden großen Säcken an ihm vorbei und ging zur Scheune. Kaum war sie drin, musste sie sich erst einmal gegen das Scheunentor lehnen. Sie atmete ein paarmal tief ein und aus, um sich zu beruhigen. Blickte auf den Unimog und den Wohnanhänger, die beide auf ihre nächste Ausfahrt warteten. Unterwegs zu sein war einfach nur schön, dachte sie. Sie seufzte schwer, bevor sie die Scheune verließ, die immer noch nach altem Heu roch.

Bartek saß auf einem der Korbstühle im Garten und rauchte. Vor ihm stand eine Plastikflasche mit Wasser, die er mitgebracht hatte.

Milena blieb neben ihm stehen.

„Willst du dich nicht zu mir setzen?", fragte er.

„Nein, ich habe keine Lust auf ein Plauderstündchen mit dir." Milena sah ihn mit einem abschätzigen Blick an.

„So, so, du willst also die Scheidung von mir. Das geht aber nicht so einfach, wie du denkst." Bartek drückte seine Zigarette in einem kleinen Blumenuntersetzer aus, der auf dem Gartentisch stand.

„Warum, wo ist das Problem?"

„Weil ich Geld brauche. Ich habe ein kleines Problem, verstehst du?" Bartek blickte Milena herausfordernd an.

„Ich habe kein Geld, bin arbeitslos. Und selbst wenn ich welches hätte, würde ich es dir ganz bestimmt nicht geben." Milena blies sich wütend eine Haarsträhne aus dem Gesicht. Sie hatte Durst und spürte, wie ihr der Schweiß zwischen den Brüsten hinunterlief.

„Dein neuer Typ hat aber welches. Das weiß ich von der netten Tochter deines letzten Pflegefalls." Er grinste.

„Aha, daher weht der Wind." Milena stampfte vor lauter Zorn mit einem Fuß heftig ins Gras.

„Gut, ich mache dir einen Vorschlag: Du leihst dir einfach, sagen wir, 5000 Euro von deinem neuen Freund aus. Mit sowas hast du ja Erfahrung, wie mir ebenfalls glaubhaft berichtet wurde."

Milena überlegte für einen Moment, ob sie Bartek den Blumentopf, der ebenfalls auf dem Tisch stand, auf den Kopf schlagen sollte. „Das mache ich nicht. Kannst du vergessen! Mach, dass du verschwindest, sonst rufe ich um Hilfe!" Sie hatte bereits ihr Handy in der Hand.

Bartek war aufgesprungen und packte sie mit beiden Händen am Hals. „So, jetzt hörst du mir mal gut zu: Bis heute Abend habe ich das Geld, sonst kannst du deine Scheidung gleich vergessen. Verstanden?" Er drückte noch ein paar Sekunden zu und stieß dann Milena von sich.

Sie stolperte rücklings und fiel ins Gras. „Du elendes Schwein, du!", röchelte sie und rappelte sich mühsam auf.

Bartek starrte sie so finster an, dass sie glaubte, er würde erneut über sie herfallen.

„Heute Abend geht das nicht. Wir sind nicht da. Wir sind auf einer wichtigen Geburtstagsfeier von Henners bestem Freund eingeladen."

„Eine wichtige Geburtstagsfeier, so so." Bartek verzog das Gesicht.

Milena konnte später nicht sagen, wieso sie gerade auf diese Ausrede gekommen war.

„Ist mir egal, mein Schatz. Ich will das Geld heute Abend sehen." Bartek ließ nicht locker. Er trat näher zu Milena.

„Weißt du was? Wenn du mich noch einmal anfasst, schreie ich so laut um Hilfe, dass es die ganze Nachbarschaft mitbekommt. Und dann kommt ganz schnell die Polizei."

Das Wort Polizei schien Eindruck auf Bartek zu machen.

„Gut, dann komme ich morgen früh. Und wehe, du hast mein Geld nicht parat!" Bartek griff Milena mit seiner rechten Hand derb an die Wange und drückte kurz zu. Sein Blick war drohend, als er sie losließ.

Milena hätte am liebsten aufgeschrien vor Schmerzen. Aber diesen Gefallen tat sie ihm nicht.

Bartek verschwand, nicht ohne noch drohend den Korbsessel umzutreten.

Milena ließ sich ins Gras sinken und hielt sich die schmerzende Wange.

Henner hatte von dem Streit nichts mitbekommen, weil er immer, wenn er im Keller an seinen Werken arbeitete, Musik hörte.

Ein Plan muss her

Milena zitterte am ganzen Körper vor Angst. Sie rappelte sich auf und ließ sich in einen der beiden Korbsessel fallen. Brauchte lange, bis sie sich wieder beruhigte. Sie musste nun doch dringend mit Henner und Mo reden. Bis morgen früh blieb nicht mehr viel Zeit. Milena rannte, mehr als sie ging, ins Haus und hinunter in den Keller.

Henner klopfte gerade mit einem Hammer auf einem Stück Blech herum. Der Lärm war ohrenbetäubend. Im Hintergrund lief Rockmusik. Es roch nach verrostetem Eisen und Schweiß.

Milena entdeckte den CD-Player, der auf einem Regal stand und stellte ihn aus.

Henner hämmerte weiter, als würde er an einem Wettbewerb teilnehmen.

Also klopfte sie ihm von hinten vorsichtig auf die Schulter.

Henner erschrak derart, dass ihm der Hammer aus der Hand fiel. Er polterte auf den Estrichboden.

„Sorry, ich bin es bloß. Muss dringend mit dir sprechen. Kannst du hochkommen in Küche und Mo anrufen?"

Henner, der sich ruckartig umgedreht hatte, starrte Milena entgeistert an. Er spürte an ihrem Blick, dass etwas Schlimmes passiert sein musste. So verängstigt hatte sie ihn noch nie angeschaut.

„Was ist los?", fragte er alarmiert und nahm sie vorsichtig in den Arm.

Sie fing sofort an zu schluchzen.

Er streichelte ihr sanft über ihr lockiges Haar. So blieben sie eine Weile stehen. Obwohl Henner kaum erwarten konnte, dass Milena redete, wartete er geduldig, bis sie sich von ihm löste.

„Bartek war gerade da. Er will Geld, viel Geld aus meiner Sicht, bis morgen früh." Milena stieß einen schweren Seufzer aus.

„Ist er jetzt weg?"

Sie nickte nur kurz und ging dann nach oben.

Henner folgte ihr.

Oben in der Küche goss sich Milena einen Schnaps ein.

Nun entdeckte Henner auch die roten Stellen an Milenas Backe und an ihrem Hals. Im düsteren Kelleratelier war ihm beides nicht aufgefallen. Er hielt sie fest und drehte sie so, dass das Tageslicht durchs Küchenfenster genau darauf fiel. „Was ist das denn, Milena?", fragte er mit vor Zorn bebender Stimme. „Hat er dich etwa angegriffen?!"

Was es für Milena nicht besser machte. Hoffentlich würde Henner jetzt nicht ausrasten. Sie konnte sich zwar nicht vorstellen, wie dies bei ihm aussah, aber auf diese Erfahrung wollte sie unbedingt verzichten. Statt direkt zu antworten, schaute sie betreten auf ihre Fußspitzen. „Ich bringe dir nur Ärger", murmelte sie.

Henner schnaufte empört, sein Blick wurde aber schnell weich. Er fasste sie zärtlich an den Schultern und ging in die Knie, so dass er ihr in die Augen schauen konnte. „So etwas will ich nie wieder hören, Milena. Hast du das verstanden?"

Als sie nicht sofort reagierte, fügte er hinzu: „Schau mich bitte an. Ich will sowas nie, nie wieder von dir hören." Er ließ Milena los und schlug mit der Faust auf den Tisch. „So, und nun suchen wir eine Lösung." Entschlossen rief er Mo an.

Der nahm zum Glück beinahe sofort ab.

Henner erklärte ihm kurz und knapp, dass Milena sofort Hilfe brauchte.

Die ungewohnt klaren Worte seines Freundes beeindruckten Mo. Er bemerkte sofort, dass es Henner ernst war und er versprach, in ein paar Minuten da zu sein.

Während Henner und Milena auf Mo warteten, berichtete sie im Detail von ihrem Streit mit Bartek. Dass er ihr offen gedroht hatte. Und dass er nur in die Scheidung einwilligen wollte, wenn er bis morgen früh von ihr 5000 Euro bekäme. Er habe sie sogar kurz gewürgt, berichtete Milena mit Tränen in den Augen.

„So viel Geld habe ich nicht. Das ist Erpressung. Das lasse ich nicht mit mir machen! Und borgen werde ich es mir auch ganz bestimmt nicht", schluchzte sie. Sie hielt sich mit beiden Händen an der Kante ihres Stuhls fest.

„Ich könnte es dir geben. Und du gibst es ihm morgen früh. Allerdings nur unter der Bedingung, dass er dir schriftlich die Einwilligung zur Scheidung gibt." Henner war zu ihr getreten und legte eine Hand auf ihre Schulter.

„Das ist lieb von dir, aber das kommt nicht in Frage!" Milena blickte Henner entschlossen und wütend an. „Das Schwein bekommt kein Geld von dir oder uns. Das fangen wir erst gar nicht an, sonst hört er nicht auf. Müssen eine andere Möglichkeit finden, ihn ein für alle Mal loszuwerden!"

Plötzlich stand Mo in der Küche. Das Anklopfen hatte er sich gespart. Wie üblich umhüllte ihn der Rauch einer Marlboro. Da er direkt aus seiner Werkstatt kam, war sein Blaumann ölverschmiert und die Fingernägel schwarz vor Schmutz.

„Muss ja echt was passiert sein, dass ich so dringend hier gebraucht werde!", sagte er und blies den Rauch seiner Zigarette weit in die Küche hinein. Er blickte zuerst zu Henner und dann zu Milena. An ihrem verheulten Gesicht erkannte er, dass die Sache ernster war, als er erwartet hatte.

„Danke, dass du so schnell bist gekommen. Ich glaube, wir müssen machen einen Plan", stotterte Milena. Sie stand auf und ging zum Kühlschrank. Dort bewahrte sie immer ein paar gekühlte Flaschen Licher Pils für Mo und sich selbst auf. Sie nahm zwei Flaschen aus dem Getränkefach und öffnete sie mit einem Flaschenöffner. Eine reichte sie Mo, die andere stellte sie auf den Küchentisch. Dann füllte sie noch für Henner ein großes Glas mit Traubensaft und gab es ihm.

„Was für einen Plan?", fragte Mo und trank noch im Stehen den ersten Schluck Bier. „Oh, tut das gut! Habe den ganzen Tag an so einem alten Ascona rumgeschraubt. Das war kein Spaß!"

Milena unterrichtete ihn in kurzen Zügen von ihrer Begegnung mit Bartek.

Mo hatte sich mittlerweile auf die Eckbank gesetzt. Er hörte aufmerksam zu, trank ab und zu und steckte sich eine weitere Zigarette an.

Als Milena erwähnte, dass sie Bartek durch ihre Behauptung, heute Abend auf einer Geburtstagsfeier zu sein, hingehalten hatte, horchte er auf. „Das war schlau! Da können wir ansetzen."

Milena sah ihn fragend an.

„Ich glaube, ich habe da schon eine Idee, wie wir den Saukerl loswerden", sagte Mo und lächelte verschmitzt.

Henner, der die ganze Zeit, brav wie ein Schuljunge, zugehört hatte, erfuhr zum zweiten Mal, was Milena zugestoßen war. Er sah Mo mit hoffnungsvollem Blick an.

Milena wartete ebenfalls gespannt darauf, was Mo damit meinte.

„Hast du noch ein Licher?", bat der.

„Ja klar, kommt sofort." Milena sprang auf und holte ihm noch eine Flasche.

„Also, so wie ich den Typ einschätze, wird er versuchen, heute Abend bei euch einzusteigen. Du hast ihn ja selbst darauf gebracht, Milena. Diese Chance wird er sich nicht entgehen lassen. Und genau dann schnappen wir ihn uns." Mo setzte die Bierflasche an den Mund. Trank einen gewaltigen Schluck und ließ einen Rülpser fahren.

„Meinst du nicht, dass er vielleicht denkt, ich habe ihn angelogen? Ist immerhin großes Risiko für ihn, hier einzubrechen. Wenn die Worre-Net-Mine das mitbekommt, ruft die sofort die Polizei, wie ich die kenne." Milena holte sich auch schon die zweite Flasche Bier aus dem Kühlschrank.

„Von der weiß er doch gar nichts", bemerkte Mo trocken.

„Ist trotzdem ein Risiko. Zumal er gar nicht weiß, ob wir so viel Geld überhaupt im Haus haben und wo er danach suchen muss", schaltete sich Henner zum ersten Mal in das Gespräch ein.

Mo sah dem Rauch seiner dritten Zigarette nach, der Richtung Zimmerdecke waberte. Seine Stirn runzelte sich. Er kratzte sich gedankenverloren am Kinn, ließ die Hand aber schnell sinken, als er bemerkte, dass er sich zu Elses Urnenbeisetzung rasiert hatte. Dann ergriff er wieder das Wort: „Das mag alles richtig sein. Aber ich glaube, der steht mächtig unter Druck. Hat irgendwo bei irgendwelchen zwielichtigen Typen Schulden, die ihm unmissverständlich klar gemacht haben, was mit ihm passiert, wenn sie nicht sehr bald ihr Geld sehen."

„Meinst du wirklich?", fragte Milena zweifelnd.

„Na, so wie du mir eben alles im Detail beschrieben hast, ja. Ich denke schon. Warum taucht er so schnell hier auf? Erwürgt dich fast und sieht in der Erpressung wegen der Scheidung seine große Chance? Wahrscheinlich hat ihm die Tochter von dem alten Perversling gesteckt, dass bei Henner was zu holen ist. Wer weiß, vielleicht machen die gemeinsame Sache!" Mo schaute hinüber zu Henner, der gerade an seinem Traubensaft nippte. „Was meinst du dazu?"

„Äh, ja, das könnte sein. Aber ich glaube, nach allem, was ich bisher gehört habe, dass er sein Ding alleine durchzieht. Wenn der so dringend Geld braucht, gibt er ganz bestimmt nichts davon der Tochter vom Alten ab." Henner kippte das Küchenfenster, damit wenigstens etwas frische Luft in die Küche kam.

„Da könntest du recht haben. Der braucht die Kohle für sich selbst", stimmte ihm Mo nun zu.

„Aber muss er nicht damit rechnen, dass die Tochter vom Alten ihn ebenfalls erpresst, wenn er nicht mit ihr teilt?", sinnierte Milena. Sie schenkte zwei Schnapsgläschen voll und schob eines davon zu Mo über den Tisch.

Der nahm es mit zwei spitzen Fingern, legte den Kopf in den Nacken und weg war das scharfe Gesöff.

Milena tat es ihm nach.

„Puh, guter Stoff", nickte Mo anerkennend. „Aber jetzt reicht es. Wir müssen für heute Abend handlungsfähig bleiben." Er schüttelte sich kurz und trank einen Schluck Bier hinterher. „Das glaube ich nicht", nahm er Milenas Faden auf. „Was soll sie denn tun, wenn er einfach mit dem Geld nach Polen verschwindet? Oder wenn er behauptet, seine Aktion sei halt gescheitert? Soll sie sich mit uns in Verbindung setzen? Soll sie die Polizei informieren? Sie hätte keine Zeugen und hierher mitnehmen wird Bartek sie sicher nicht."

„Gut. Also was schlägst du vor, können wir tun?", wollte Henner wissen. Am liebsten wäre er sofort aufgesprungen und hätte irgendetwas unternommen.

„Ganz einfach, wir lassen es drauf ankommen. Wenn er es wagen sollte, heute Abend hier nach dem Geld zu suchen, dann schnappen wir ihn uns. Und zwar auf frischer Tat", erklärte Mo und sog zufrieden an seiner Zigarette.

„Und wenn er doch erst morgen früh wieder auftaucht?", fragte Milena. Sie stellte die angebrochene Flasche Schnaps zurück in den Schrank.

„No risk, no fun. Ich könnte drauf wetten, dass er zumindest heute Abend versucht, die Lage zu peilen. Und wenn hier alles stockdunkel und ruhig ist, überlegt er sich vielleicht, es zu riskieren. Er denkt sich bestimmt: Okay, was hab ich zu verlieren? Wenn ich kein Geld im Haus finde, komme ich einfach morgen früh wieder und hole es mir dann ganz offiziell." Mo hatte seine zweite Flasche Licher leergetrunken. Er sah zu, wie Milena das Leergut vom Tisch räumte. Unter normalen Umständen wäre es nicht bei zwei Flaschen geblieben. Aber heute schon. Er stand auf und sah zum Fenster hinaus. Draußen auf der Straße fuhr gerade ein Traktor mit einem Anhänger voll eingeschweißter Rundballen mit Heu vorbei.

„Hört jetzt gut zu!" Mo drehte sich zu den beiden anderen um. „Wir machen das folgendermaßen: Im Hellen wird er es nicht wagen, hier aufzukreuzen. Von daher könnt ihr bis es dunkel wird ganz beruhigt im Haus bleiben. Erst dann verschanzt ihr zwei euch unten in Henners Reich und schließt die Tür von innen ab. Henner, du schaffst vorher zwei Klappliegen oder Stühle runter. Milena, du schnappst dir zwei Decken, was zu trinken und einen leeren Eimer. Habt ihr mich soweit verstanden?" Mo schaute erst Henner und dann Milena an.

„Wofür brauchen wir denn einen leeren Eimer?", fragte Henner verdutzt.

„Ganz einfach, das ist euer Klo. Früher hatten die Leute auch ihre Pisspötte unter dem Bett stehen."

„Stimmt! Daran kann ich mich noch gut erinnern", lachte Henner.

Milena war gerade dabei, den Aschenbecher in zwei saugstarke Küchentücher zu leeren. Mitten in der Bewegung hielt sie inne.

Als Henner sah, wie Milena ihn entgeistert anstarrte, lief er tiefrot an. „Also ganz früher war das, meine ich", erklärte er stammelnd.

Milenas entgeisterter Blick wanderte nun zu Mo.

Der zuckte nur mit den Schultern. „Es kann spät werden, für alle von uns. Da müssen halt ein paar Vorkehrungen getroffen werden", erklärte er. Er wollte sich noch eine Zigarette anstecken, ließ es aber, weil Milena sich aus ihrer Schockstarre gelöst hatte und nun den leeren Aschenbecher in der Spüle auswusch. „Ich und ein paar Kumpels von mir verstecken uns an strategisch wichtigen Stellen im Haus sowie draußen im Hof, in der Scheune und im Garten. Und zwar so, dass der Kerl nichts davon mitbekommt, wenn er auftaucht. Damit die Falle auch zuschnappen kann, wäre es ratsam, dass du, Henner, an zwei oder drei Stellen, wo man normalerweise Bargeld im Haus aufbewahrt, ein paar größere Scheine deponierst. Vorausgesetzt, du hast was an Geld zu Hause."

Mo sah zu Henner, der zustimmend nickte.

„Sehr gut", fuhr Mo fort. Er hatte sich mit beiden Händen am Tisch abgestützt und schaute eindringlich zwischen Milena und Henner hin und her. Wie ein Feldherr war er ganz in seinem Element. Fehlte nur noch ein großer Lageplan auf dem Tisch, um darauf die strategischen Schachzüge zu markieren. Mo erklärte weiter: „Er darf nicht zu lange danach suchen müssen. Dafür hat er keine Zeit, weil er ja jederzeit damit rechnen muss, dass ihr nach Hause kommt. Wir warten ab bis er, sagen wir, das zweite oder dritte Gelddepot eingesackt hat und dann schlagen wir zu." Mit der rechten Hand vollführte Mo einen Handkantenschlag in die offene linke Hand.

„Was meinst du mit ‚zuschlagen'?", fragte Henner besorgt nach.

„Na, ist doch klar: Wir nehmen ihm zuerst das Geld ab, dann lassen wir ihn ein Schriftstück aufsetzen, auf Polnisch, aus dem hervorgeht, dass er in die Scheidung einwilligt. Wenn er sich weigern sollte, drohen wir ihm, ihn bei der Polizei wegen Einbruch und Diebstahl anzuzeigen. Zeugen sind ja dann genug dabei. Ach ja, und dann bekommt er, quasi zu schlechter Letzt für ihn, noch eine ordentliche Tracht Prügel, die sich gewaschen hat. Damit er auch ja nicht noch mal in Versuchung kommt, hier aufzukreuzen und einer hilflosen Frau Gewalt anzutun." Mo zwinkerte Milena schelmisch zu. „Na, ihr zwei, was haltet ihr von meinem genialen Plan?" Er steckte sich nun doch noch eine Zigarette an und holte sich den sauberen Aschenbecher von der Spüle.

„Ich weiß nicht! Wenn da was schief geht! Was machen wir dann?" Milena war skeptisch.

„Wenn ihr da unten mucksmäuschenstill bleibt und von meinen Leuten keiner einen überraschenden Hustenanfall bekommt, läuft die Sache wie geschmiert. Und dann sind wir den Dreckskerl für immer los." Mo blies den Rauch seiner unvermeidlichen Marlboro Richtung Küchentür. „Wenn keine weiteren Fragen mehr sind, dann würde ich sagen, gehen wir es an. Ach ja, Henner, du rufst mich nachher noch mal an und sagst mir, wie viel Geld du deponierst. Auch wenn ich dein Freund bin: Du weißt, bei Geld hört bekanntlich die Freundschaft auf. Ich muss dann mal los, mich frisch machen für das große Ereignis. Und meine Kumpels muss ich noch zusammentrommeln und entsprechend briefen. Also macht genau, was ich euch gesagt habe. Wenn die Aktion beendet ist, gebe ich Entwarnung."

Milena ging auf Mo zu und drückte ihm einen Kuss auf die Wange. „Mo, wenn wir dich nicht hätten! Hoffentlich, hoffentlich du hast recht. Ich bin total aufgeregt." Sie fuhr sich nervös mit beiden Händen durch ihr Haar.

„Ich ehrlich gesagt auch", ergänzte Henner und umarmte Mo kurz und heftig.

„Vertraut mir einfach. Das wird schon. Wenn es dunkel wird kommt unauffällig die Kavallerie zu euch. Dann seid ihr schon nach unten verschwunden. Haben wir uns verstanden?"

Henner und Milena nickten unisono und sahen Mo nach, der nach draußen verschwand.

Schnappt die Falle zu?

„Puh!", schnaufte Milena und ließ sich auf einen der Küchenstühle plumpsen. Sie schaute Henner zweifelnd an.

Der war selbst etwas unsicher, was die Umsetzung von Mos Idee anbelangte. Andererseits mussten sie jede Gelegenheit nutzen, Milena zu helfen. Und zwar dauerhaft. Wie sonst sollte sie bei ihm ein sorgloses Leben führen!? Er musste jetzt stark sein.

Also nickte er ihr aufmunternd zu. „Das wird! Du wirst sehen. Was kann denn schon schiefgehen? Nichts. Wenn Bartek nicht auftaucht, sehen wir weiter."

Milena schaute immer noch unsicher drein.

„Auf!" Henner zog Milena zu sich und sie nickte schließlich zustimmend.

Gemeinsam überlegten sie, wo es am sinnvollsten wäre, die kleinen Depots zum Ködern zu deponieren. Henner hatte ja genügend Bargeld im Haus.

Milena wirkte fahrig, nervös. Strich sich ständig die Haarsträhnen, die ihr ins Gesicht fielen, hinter die Ohren. Bis sie es leid war und sie kurzerhand ihre Lockenpracht mit einem Gummiring zu einem Pferdeschwanz band.

Einen Teil des Geldes verstauten sie schließlich in einer leeren Teedose, die auf dem Küchenschrank stand. Es sollte so aussehen, als wäre dort das Haushaltsgeld. Ein größerer Betrag wanderte in eine Geldkassette im hinteren Teil des Kleiderschrankes. Gut versteckt unter der Unterwäsche. Der dritte und letzte Teil lag in einem Briefumschlag in der obersten Schublade einer Kommode im Wohnzimmer. Dort, wo die Familie Henschel auch andere Dokumente aufbewahrte. Henner überlegte kurz und raffte dann entschlossen alle wichtigen Papiere zusammen. Die würde er mit in den Keller nehmen. Die gingen Bartek nichts an. Selbst wenn er sie nicht stehlen würde: Lesen sollte er sie auch nicht.

Zufrieden rief Henner Mo an, teilte ihm die einzelnen Verstecke und jeweiligen Beträge mit.

Mo versicherte ihm noch einmal, dass er und Milena sich keine unnötigen Sorgen machen müssten. Sie sollten nur tun, was er gesagt hatte, den Rest würden er und seine Leute erledigen.

Henner bedankte sich nochmals für Mos Hilfe und legte mit einem tiefen Seufzer auf. Er versuchte, seine Gefühle zu sortieren. Einerseits war er erleichtert, nun eine Lösung vor Augen zu haben. Dank Mo. Andererseits stieg die Anspannung in Anbetracht dessen, was die Nacht bringen würde. Schließlich gab er sich einen Ruck. Grübeln half ja nichts. Entschlossen klatschte er, sich selbst Mut machend, in die Hände, da klingelte es an der Haustür.

Wer konnte das denn sein? Zur Unzeit.

Henner blickte sich um zu Milena, die gerade hinter ihn getreten war. Sie schauten sich stirnrunzelnd an.

„Ich gehe", verkündete Henner schließlich und ging los, um die Tür zu öffnen.

„Ei guck emal, mein Bub, wen ich hier habe. Das glaubst du net!" Statt zu grüßen, fiel die Worre-Net-Mine vor lauter Aufregung gleich verbal mit der Tür ins Haus.

Die hat mir gerade noch gefehlt, dachte Henner und öffnete den Mund, um sie höflich, aber bestimmt abzuwimmeln. Doch im gleichen Augenblick entdeckte er im Hintergrund eine ältere, ihm unbekannte Frau. Sie trug Jeans, eine karierte Bluse und hatte einen winzigen schwarzen Rucksack über die Schulter geworfen. Ihr Haar war blond und zu einem kurzen Bob geschnitten. Das Wort Bob fiel Henner natürlich nicht ein.

Völlig verwirrt, was das nun zu bedeuten hatte, vergaß Henner, den Mund zu schließen.

Die Worre-Net-Mine setzte gerade an, um weiter zu plappern.

Doch die Frau hinter ihr war schneller. Mit einem entschlossenen Ellbogenstoß drängte sie sich vor. Und legte los: „Behandelt man so seine Tante!?"

In Henners Kopf drehten sich die Zahnrädchen, rasteten aber nicht ein.

„Stell dir vor, mein Bub, das Ruth aus Kanada ist extra den weiten Weg hergekommen. Ist das zu glauben!" Die Worre-Net-Mine verschränkte die Finger wie zu einem Stoßgebet.

Ruth, raste es Henner durch die Gehirnwindungen! Wann hatte er jemals seine Tante in Natura gesehen? Er konnte sich nicht erinnern. Und die Fotos, die sie hin und wieder den Karten, die sie selten aber regelmäßig schickte, beilegte, hatte er eigentlich nie so richtig angeschaut. Er konnte sich auch nicht erinnern, dass seine Mutter Else jemals eine Karte zurückgeschickt hätte. Zumindest hatte er von ihr nie den Auftrag bekommen, zur Post zu gehen.

„Willst du deine Tante nicht reinlassen, Henner?", erboste sich Ruth.

Henner drehte sich hilflos nach Milena um, die vorsichtig um die Zimmerecke getreten war. Sie blickte auf die Uhr, zuckte mit den Schultern und nickte schließlich.

Also nickte Henner auch und machte den Weg frei. Diese Geste war das Stichwort für die Worre-Net-Mine. Wie ein geölter Blitz schloss sie ins Haus und blickte sich sofort neugierig um.

„Halt, ich muss noch bezahlen", bemerkte Ruth und war wieder verschwunden.

Henner blickte ihr nach auf die Straße. Dort stand ein Taxi.

„Moment", hörte er Ruth rufen. „Ich bin nicht so schnell."

„Keine Eile, Lady", erwiderte der Taxifahrer, der jetzt ausstieg. „Die Uhr läuft weiter. Mir ist das egal." Er öffnete den Kofferraum und wuchtete ein kleines Reisetäschchen heraus..

Henner machte große Augen.

„Ei willst du dann dem Ruth net helfen, Henner?", bemerkte die Worre-Net-Mine.

Ohne ein Wort stiefelte Henner los und nahm das Täschchen.

„Als er es im Flur abstellte, trat Milena unauffällig hinter ihn: „Ich habe Mo eben Bescheid gegeben", flüsterte sie.

Die Frau dachte auch an alles! Henner nickte kurz.

Im Hintergrund plapperte die Worre-Net-Mine fröhlich drauflos: „Und das ist die liebe Frau, die jetzt bei unserem Henner wohnt", erklärte sie Ruth.

„Ich bin Milena", erklärte die und gab Ruth die Hand. „Kommt doch ins Wohnzimmer, bitte." Sie warf Henner einen zerknirschten Blick zu. Aber im Flur konnte sie den Besuch aus Kanada nun wirklich nicht stehen lassen.

Die Worre-Net-Mine ging voran, während Milena etwas zu trinken holte. „Stellt euch vor, ich gucke eben so aus dem Fenster", erklärte sie, als sie sich gesetzt hatte, „da sehe ich ein Taxi auf der Gasse. Nanu, denke ich, wer kommt denn hier mit dem Taxi? Und dann ist eine Frau ausgestiegen, die kannte ich gar net, und das Taxi ist aber stehengeblieben, worre-net. Die Frau hat sich umgeschaut und ich dachte: Mine, da musst du helfen, worre-net. Die Frau sucht was. Ich hab sie dann gefragt. Und stellt euch vor, es war das Ruth! Aus Kanada! Ich kann es gar net glauben!" Entzückt klatschte sie in die Hände und griff nach dem Glas Wasser, welches Milena eingeschenkt hatte. Natürlich nicht, ohne es auffällig unauffällig gegen das Licht zu halten, um seine Sauberkeit zu inspizieren.

Ruth schaute schmallippig. Sie war es scheinbar nicht gewohnt, dass andere ihre Geschichte erzählten.

„Also wie gesagt", legte sie los. „Ich bin schon arg erstaunt, wie ihr mich behandelt. Ich habe euch einen Brief geschrieben, dass ich herkomme. Aber keine Reaktion. Also habe ich vom Airport, bevor es los ging, angerufen. Es ging keiner dran. Dann habe ich in Frankfurt am Airport gestanden und auf mein Luggage gewartet und gewartet. Nur um schließlich zu erfahren, dass es Gott weiß wo auf dieser Erde herum fliegt, nur nicht in Frankfurt ist. Zum Glück habe ich wenigstens das Allernötigste in meinem Bordcase."

Was für ein Käs, wollte die Worre-Net-Mine gerade fragen, aber Ruth schimpfte schon weiter.

„Als ich schließlich rauskam, war keiner da, um mich abzuholen. Das hatte mir gerade noch gefehlt neben all dem Trouble. Ich dachte, du bist wieder heim gefahren. Also habe ich wieder angerufen, aber es ging wieder keiner dran!", erboste sie sich.

Henner und Milena schauten sich fragend an. „Komisch, dann haben wir das wohl nicht gehört."

„Und der Brief?"

Henner durchlief es eiskalt. Der Brief! Wann hatte er denn zuletzt in den Briefkasten geschaut? Er sprang auf und suchte hektisch den Schlüssel. Als er schließlich die Klappe öffnete, fiel ihm ein Haufen Papier entgegen.

Hektisch durchwühlte er ihn. Doch nein, ein Brief aus Kanada war nicht darunter.

„Komisch!", echauffierte sich Ruth. „Was habt ihr hier auf dem Dorf denn für eine unzuverlässige Zustellung!"

Langsam ging Henner die aggressive Art seiner Tante auf den Geist. Er fragte sich, ob seine Mutter zeitlebens aus gutem Grund so wenig Kontakt mit ihrer Schwester gehabt hatte.

„Na hör mal!", sagte er deshalb, doch er kam nicht weiter.

Denn nun fing Ruth plötzlich lauthals an zu schluchzen.

Erschrocken zuckten alle zusammen.

„Was ist denn los?", fragte Milena schließlich.

„Der Ben", begann Ruth, konnte aber vor lauter Heulen nicht weiterreden.

Wer war denn nun schon wieder dieser Ben, ging es Henner durch den Kopf. Doch er kam nicht drauf.

„Wer ist denn Ben?" Die Worre-Net-Mine hatte keine Hemmungen, neugierig Auskunft zu fordern.

„Mein Partner", schluchzte Ruth.

Ruth hatte also einen Lebensgefährten! Das hatte Henner nicht gewusst. Oder vergessen. Er war sich nicht sicher.

„Ist etwas passiert?", fragte Milena vorsichtig nach.

Urplötzlich schlug Ruth mit der Faust auf den Tisch.

Wieder zuckten alle zusammen.

„Das kann man wohl sagen", rief Ruth nun wieder in dem erbosten Ton, den sie bereits seit ihrer Ankunft am Leibe hatte. „Dieser Mistkerl! Stellt euch vor: Der alte Knacker ist schon über achtzig. Bedient habe ich ihn von hinten bis vorne. Jeden Tag. Weil er ja angeblich gesundheitlich angeschlagen war." Sie schnaufte verächtlich und putzte sich lautstark die Nase.

„Ja und dann? Das musst du uns jetzt erzählen, worre-net", wollte die Worre-Net-Mine, der Ruths Berichterstattung nicht schnell genug ging, wissen.

„Wisst ihr, was der zu mir sagt!? Unglaublich ist das! Als ich gerade voller Trauer über den Tod meiner geliebten Schwester Else war, wisst ihr, was der da zu mir sagt?!" Nun schrie sie fast. „Da sagt der allen Ernstes zu mir, der Tod von Else hätte ihm die Augen geöffnet und gezeigt, wie schnell es gehen kann und schwupps, ist man weg vom Fenster. Und dann ärgert man sich über jeden Tag, an dem man keinen Spaß gehabt hat. Er wolle jetzt noch was vom Leben haben, solange er fit sei. Fit! Fit, sagt der allen Ernstes." Jetzt war Ruth völlig hysterisch. „Ich habe ihm die ganze Zeit alles vor seinen trägen Hintern tragen müssen, weil er angeblich nicht fit war. Aber das war noch nicht alles. Wisst ihr, was der noch gesagt hat?" Nun änderte sie ihre Mimik und sagte in zynischem Tonfall: „Tut mir leid Darling, aber mit dir kann man keinen Spaß haben. Du bist immer so destruktiv und schlecht gelaunt. Ich möchte die letzten Tage meines kostbaren Lebens nicht mit dir verbringen! Tut mir wirklich sehr leid. Ich gehe jetzt erst mal auf eine Kreuzfahrt. Bis ich wiederkomme hast du bestimmt auch für dich einen Plan."

Die Worre-Net-Mine warf die Hände empor. „Ach Gottchen, Ruth! Das tut mir so leid", rief sie.

Ruth winkte ab und schnaubte abfällig in ihre Richtung. „Ich und schlecht gelaunt! Hat man sowas schon gehört!?"

Fast wäre Henner ein ‚na ja …' herausgerutscht. Er war sich zwar nicht sicher, was sie mit ‚destruktiv' meinte, aber es klang nicht freundlich. Genauso wenig wie ‚schlecht gelaunt'. Und hatte Ruth ihm nicht am Telefon, als er ihr von Elses Tod berichtete, erzählt, dass sie zu kraftlos war, eine Flugreise anzutreten? Einen kraftlosen Eindruck machte sie nun wirklich nicht.

Als ob Milena Henners Gedanken hätte lesen können, knuffte sie ihn unauffällig in die Seite, um ihm zu bedeuten, still zu sein.

Ruth streckte entschlossen den Rücken durch. „So. Und da habe ich mir gedacht: Was du Blödmann kannst, das kann ich schon lange. Und da ich den Scheck für den Kranz noch nicht losgeschickt hatte, habe ich mir gedacht, ich bringe ihn persönlich unserem Henner vorbei. Dann kann ich auch gleich bei der Beisetzung dabei sein."

„Äh ...", machte Henner.

„Die war leider gestern schon!", erklärte Milena kleinlaut.

„Das darf doch nicht wahr sein!", rief Ruth. „Ja bin ich denn vom Pech verfolgt?!"

Eine peinliche Stille machte sich breit.

Schließlich schaute Milena heimlich auf die Uhr.

Henner bemerkte es. „Ja Ruth, und jetzt?", brachte er das Gespräch wieder in Gang.

„Na was wohl! Ich bleibe natürlich hier!"

Henner riss erschrocken die Augen auf. „Hier?"

„Natürlich. Hier bei dir im Haus. Und dann schaue ich mich in aller Ruhe um, ob ich hier in der alten Heimat eine schöne Wohnung finde."

Henner brach der Schweiß aus.

Sogar die sonst so coole Milena rutschte auf ihrem Stuhl hin und her.

Henner fasste sich schließlich: „Äh, hier im Haus haben wir gar keinen Platz ...“, begann er und wusste nicht, wie er weiter reden sollte.

„Ruth, du kannst doch bei mir bleiben!“, rief die Worre-Net-Mine begeistert.

Henner atmete erleichtert auf. Dass er einmal froh über die Neugierde der Worre-Net-Mine sein würde, das hätte er bis vor ein paar Minuten noch nicht geglaubt. „Was für eine gute Idee!“, rief er daher. „Ihr habt euch doch auch bestimmt eine Menge zu erzählen!“

Milena nickte begeistert.

„Was sollen ich denn mit der zu erzählen haben?“, erwiderte Ruth und warf einen abfälligen Seitenblick auf die Worre-Net-Mine.

„Ei von früher, worre-net!“, rief die begeistert. „Außerdem brauchst du doch bestimmt ein Nachthemd und sowas. Und Platz habe ich! Ei was habe ich für einen Platz, worre-net!“

Ruth kräuselte die Nase.

Automatisch tat es Henner ihr nach. Die zwei Grazien in Nachthemden! Wieder so ein Bild, welches er lange nicht aus dem Kopf bekommen würde! Doch jetzt galt es, die Gelegenheit beim Schopf zu packen. „Ich glaube, die Idee ist gut. Denn du musst ja sehr erschöpft sein, Ruth. Schlaf dich erst mal aus. Und morgen Mittag sehen wir dann weiter.“

„Mittag? Warum denn erst am Mittag?“

Henner konnte ja schlecht sagen, dass ihm vielleicht eine hektische Nacht bevorstehen würde und er es bestimmt nicht gebrauchen konnte, Ruth und die Worre-Net-Mine in aller Herrgottsfrühe auf der Matte stehen zu haben.

Milena kam ihm zu Hilfe: „Weil du doch ganz bestimmt ausschlafen musst."

„Genau. Und dann mache ich uns einen schönen Kaffee zum Frühstück, worre-net", bekräftigte die Worre-Net-Mine den Übernachtungsplan.

Ruth schaute mürrisch.

Henner konnte es kaum glauben, aber fest entschlossen stand die Worre-Net-Mine auf und ging zur Tür. Sie konnte es offensichtlich kaum erwarten, Ruth für sich zu haben. Und zweifelsohne ein Loch in den Bauch zu fragen. Mit dem, was sie an Neuigkeiten vom anderen Ende der Welt erfahren würde, konnte sie locker auf Wochen hin das Dorf unterhalten. Und vielleicht gab es ja sogar einen Skandal aus der Vergangenheit der Familie Henschel aufzudecken. Sie wäre die Heldin mit ihrem exklusiven Wissen!

Damit es kein Zurück gab, stand auch Milena auf. „Hilfst du Ruth die Tasche rüber zu tragen, Henner?", fragte sie. „Ich muss noch was erledigen."

Das ließ Henner sich nicht zweimal sagen.

Die kleine Prozession, angeführt von einer zutiefst zufriedenen Worre-Net-Mine, gefolgt von einem taschetragenden, erleichterten Henner und mit einer mürrischen Ruth als Schlusslicht, verließ das Haus Henschel.

Milena atmete erleichtert auf.

Im Henschel'schen Bunker

Gegen Abend schob Milena eine Pizza in den Backofen. Zur Sicherheit schmierte sie noch ein paar Leberwurst- und Käsebrote. Als es anfing zu dämmern, trugen

Henner und sie die Brote und zwei Flaschen Mineralwasser nach unten.

Henner hatte bereits eine Liege aus dem Garten und einen bequemen Stuhl samt Decken sowie besagten Eimer im Kellerraum deponiert.

Sie schlossen, wie befohlen, von innen ab. Es war kühl und etwas staubig, aber zum Aushalten. Sie konnten nichts anders tun, als abzuwarten.

Henner hätte am liebsten an seinem neuesten Kunstwerk weitergearbeitet. Doch das würde zu viel Krach machen, war ihm bewusst. Stattdessen versuchte er, Milena zu erklären, welche Techniken er anwandte, um aus einem alten Eisenstück eine abstrakte Kunstfigur zu schaffen.

Milena wiederum versuchte eine Weile, den geflüsterten Worten Henners zu folgen. Konnte sich aber wegen ihrer inneren Unruhe nicht auf seine Ausführungen konzentrieren.

Henner merkte irgendwann, dass Milena ihm überhaupt nicht zuhörte. Er hörte auf zu sprechen und lauschte auf die Geräusche im Haus.

Eine Weile blieb es ruhig, doch dann hörten beide, wie oben leise gesprochen wurde. Das mussten Mo und seine Truppe sein.

Die Aktion Bartek konnte beginnen.

Lange Zeit passierte wieder nichts.

Milena bat Henner um eine der beiden Wolldecken, da sie langsam anfing zu frieren. Sie wickelte das dicke Teil um sich und legte sich auf ihre Liege.

Henner tat es ihr nach. Er saß dick eingemummelt auf dem einzigen Stuhl und starrte die vollgeräumten Regale an.

Milena hatte die Augen geschlossen. Außer einem leichten Knarren, das von irgendwo aus einem der Regale kam, war kein Laut zu hören. Sie schwiegen lange und hingen ihren Gedanken nach.

Henner knipste von Zeit zu Zeit das Leuchtzifferblatt seiner Armbanduhr an. Es war bereits nach zehn Uhr abends. Sollte Bartek wirklich kommen, fragte sich Henner. Er muss doch damit rechnen, dass wir jederzeit von der vermeintlichen Geburtstagsfeier zurückkehren, sagte er sich. Vielleicht hatte Bartek auch die ganze Zeit über das Haus beobachtet und wusste jetzt, dass sie es nie verlassen hatten. Wahrscheinlich dachte er, sie seien schlichtweg ins Bett gegangen, also immer noch im Haus. Henner wurde von Minute zu Minute weniger zuversichtlich.

Es verging noch eine Stunde, bis plötzlich ein lautes Poltern von oben zu hören war.

Henner und Milena erschraken beide gleichzeitig.

„Hast du das auch gehört?", flüsterte Milena.

„Ja." Henner hielt den rechten Zeigefinger vor seinen Mund.

Dann wurde es für ein paar Sekunden richtig laut. Sie hörten, wie jemand aufschrie. Ob das Bartek war?

Milena umklammerte vor Angst Henners Hände.

Erneut waren ein paar Stimmen zu hören. Nur nicht mehr so laut wie zuvor. Dann wieder ein lautes Poltern. Scheinbar stürmten eine oder mehrere Personen die Treppe vom Obergeschoss herunter.

Dann hörten beide deutlich Mos Stimme: „So Bürschchen, hier hockst du dich jetzt hin. Du stehst nicht eher auf, bis du fein säuberlich, so dass jeder es lesen kann, deine Einwilligung zur Scheidung von Milena aufgeschrieben hast. Hast du mich verstanden?"

Einen Moment lang blieb es ruhig. Dann war wieder Mos mahnende Stimme zu hören. „Los jetzt, oder ich rufe die Polizei an."

„Ist gut, ich schreibe auf, was du willst", hörten sie Barteks verzweifelte Stimme.

„Sie haben ihn", flüsterte Milena. Sie ließ Henners feuchte Hände los, stand auf und ging zur Kellertür. Legte ein Ohr ans Türblatt, um besser hören zu können.

Doch es blieb vorläufig alles still.

„So, das hätten wir unter Zeugen erledigt. Gnade dir Gott, wenn du da irgendeinen nichtssagenden Kauderwelsch geschrieben hast", sagte Mo schließlich und fügte hinzu: „Passt mal kurz auf unseren Einbrecher auf. Bin gleich wieder da."

Kurz darauf klopfte es an der Kellertür.

Henner schloss auf und blickte in das zufriedene Gesicht von Mo.

Der reichte Milena einen Spiralblock in DIN A4-Format.

Sie überflog rasch die Zeilen und hob dann wortlos ihren rechten Daumen in die Höhe.

„Ihr bleibt noch so lange hier unten, bis ich euch abhole. Wir müssen dem Typen da oben noch ein kleines Andenken mitgeben, wenn er nach Polen verschwindet", flüsterte Mo. Er blickte eindringlich Milena an und sagte dann leise: „Bald vorbei, alles wird gut."

Henner schloss die Tür wieder von innen ab. Er drehte sich um und nahm Milena ganz fest in den Arm. Sie umklammerten sich so lange, bis von oben wieder Mos laute Stimme zu hören war.

„Schafft mir den Kerl aus den Augen. Ihr wisst, was zu tun ist. Und danach Abmarsch zu mir nach Hause.

Wo der Kühlschrank steht ist euch ja bekannt. Ich komme bald nach."

Dann noch ein kurzes Poltern, ein lautes Stöhnen und es war vorbei.

Nach ein paar Minuten klopfte es wieder an der Kellertür. „Ihr könnt aufschließen, Aktion Exmann erfolgreich abgeschlossen." Mo blies den Rauch seiner Zigarette in Henners Reich, als der die Tür öffnete.

Milena fiel Mo sofort um den Hals.

„Und? Hat alles geklappt? Ist er weg?", wollte Henner wissen.

„Alles bestens! Den miesen Typ bist du für immer los." Mo tätschelte Milenas Rücken.

Sie gab ihm rasch einen Kuss auf die Wange.

„Habt ihr ihn ... du weißt schon?", fragte Milena.

„Keine Angst, er lebt noch. Hat nur hier und da ein paar Blessuren abbekommen, an die er sich noch ein Weilchen erinnern wird." Mo blickte beide verschmitzt an. „Er hat keinen von uns erkannt", fuhr er fort. „Für so was gibt es Masken. Er weiß also gar nicht, mit wem er es zu tun bekommen hat. Wir haben ihm noch eine sehr deutliche Warnung mit auf den Weg nach Hause gegeben. Der wagt es nicht mehr, jemals dich oder euch zu belästigen." Mo drückte seinen Zigarettenstummel mit der Spitze seines Sicherheitsschuhs auf dem Kellerboden aus.

Henner und Milena klatschten sich vor Freude mit den Händen ab.

„Ach ja, ein paar Handyfotos in flagranti gibt es auch. Sehr fotogen, der Gute! Als hätte er mit der Hand an den Geldscheinen für ein Hochglanzmagazin posiert. Meine Kumpels haben ordentlich draufgehalten." Mo stemmte die Hände in die Hüften. „Ihr könnt euer Exil jetzt wieder verlassen. Die Luft ist rein. Oben wartet bestimmt noch ein Kaltgetränk auf mich, hab ich recht Milena?"

„Auch zwei, auch drei oder vier, wenn du willst."

„Ein Licher reicht. Die Jungs warten schon bei mir daheim auf mich. Die Aktion muss gebührend gefeiert werden. Hat richtig Spaß gemacht. War mal was anderes, als immer nur an alten Schrottkisten rumzuschrauben. Und ihr beiden braucht dann erst mal eure Ruhe."

Ein Hoch auf Mo

Oben in der Küche war es deutlich wärmer als im Keller. Der Schreibblock mit Barteks Einwilligung lag auf dem Küchentisch.

Mo trank sein Bier fast auf ex.

Milena hatte sich auch eine Flasche geöffnet und prostete Mo zu.

Henner stand dabei und schaute den beiden zu. So spät am Abend vertrug er keinen Traubensaft mehr.

Milena goss Mo und sich selbst noch einen Schnaps ein, den sie synchron kippten.

„Mo, ich weiß gar nicht, wie ich dir danken soll", sagte Milena, als sie sich von dem scharfen Schnaps erholt hatte.

„Immer gern zu Diensten", lachte der und verbeugte sich. „Wie gesagt, hat richtig Spaß gemacht. Übrigens, Henner, von deinem Geldköder ist nichts weggekommen. Schau trotzdem mal sicherheitshalber nach, ob noch alles da ist."

Henner winkte ab. „Falls nicht, hat sich die Sache trotzdem gelohnt."

Als er Mos Stirnrunzeln bemerkte, fügte er schnell hinzu: „Ich schaue nachher nach."

„Du weißt ja, hier geht es mir ums Prinzip", erklärte Mo.

„Ich schließe mich Milena an und bedanke mich ebenfalls. Du hast was gut bei uns Mo", meinte Henner ernst und klopfte ihm auf die Schulter.

Der sah auf seine Uhr. „Hui, ist ja bald Mitternacht. Ich muss langsam los, sonst haben die Jungs den Kühlschrank schon leergesoffen", lachte er. Er war bereits halb draußen, da fiel ihm noch etwas ein: „Apropos, wenn ihr zwei mir was Gutes tun wollt, dann würde ich sagen, die Zeit ist reif für euer angekündigtes Fest. Ich hab mal richtig Bock auf eine geile Feier mit euch und all den anderen Verrückten, die ihr einladen wollt."

„Was meinst du Henner, wollen wir Mo am Wochenende den Gefallen tun?", fragte Milena.

„Unbedingt, das geht klar." Henner nahm Milena in den Arm und ergänzte noch: „Und das mit deiner Scheidung, das kriegen wir auch noch geschmeidig hin."

Mo hielt seine rechte Hand schräg an den Kopf und verabschiedete sich.

Milena trank noch einen weiteren Schnaps, während Henner die Sachen aus dem Keller nach oben trug.

In dieser Nacht schlief Milena, dicht an Henners warmen Körper gekuschelt, zufrieden ein.

Die Gedanken sind frei

Der nächste Tag stand ganz im Zeichen der Vorbereitungen für das bevorstehende Fest. Deshalb hätten sie auch fast vergessen, dass die Causa Ruth ja noch nicht abgeschlossen war.

Henner wälzte sich aus dem Bett und schloss das Schlafzimmerfenster. Von hier oben konnte er einen Blick auf das verwaiste Küchenfenster der Worre-Net-Mine werfen. Die war bestimmt gerade dabei, Ruth mit einem üppigen Frühstück zu beeindrucken. Zumindest würde sie das versuchen. Henner lächelte vor sich hin. Die Arme war bestimmt in einem schrecklichen Dilemma. Einerseits wollte sie mit Ruth frühstücken, andererseits würde sie ganz sicher am liebsten gleich ins Dorf stürmen, um die Nachricht von Ruths überraschender Ankunft unters Volk zu bringen.

Milena kam an diesem denkwürdigen Freitag Morgen, also dem Tag vor dem großen Fest, welches sie für Samstag eingeplant hatten, mit nichts als einem weißen Slip und einem gleichfarbigen BH sowie nassen Haaren ins Schlafzimmer zurück. Sie war voller Tatendrang vor Henner aus den Federn gesprungen. „Du kannst, wenn du willst. Dusche ist frei", sagte sie und beugte sich nach vorn, um ihre Haarpracht mit einem Handtuch abtrocknen zu können.

Henner wagte es erst gar nicht, irgendeine unnütze Diskussion darüber zu beginnen, dass Milena ihm nicht immer alles sagen musste. Es war auch gar nicht der richtige Zeitpunkt dafür. Schließlich war er heilfroh, dass die brenzlige Situation von gestern Abend so glimpflich ausgegangen war. Und insgeheim war er froh, dass Milena so schnell in den Alltagsmodus umschalten konnte. Wenn er sich da an gestern erinnerte! Wie aufgelöst sie gewesen war! Er hatte sich ordentlich Sorgen um sie gemacht.

Also nickte er nur kurz und zwängte sich an ihr vorbei ins Badezimmer. Für einen Moment stutzte er. Es lagen keine frischen Sachen fein säuberlich auf dem Stuhl. Das hätte es bei Mutter nicht gegeben, dachte er. Stattdessen war der Stuhl leer. Seine dreckigen Klamotten von gestern allerdings waren verschwunden. Er hob den Deckel des Wäschekorbes aus Rattan an, um sich zu vergewissern, wo sie abgeblieben waren. Er roch sie, noch bevor er sie sah. Es war klar, dass er sich ab jetzt selbst um seine Wäsche zu kümmern hatte. Milena würde in dieser Hinsicht ganz bestimmt nicht seine Mutter ersetzen. Und das war auch gut so.

Nach der kalten Dusche zog sich Henner rasch seinen Blaumann und ein kariertes Hemd, das er schließlich im Kleiderschrank seines Zimmers fand, an. Die anderen neuen Sachen, die Milena und er im Schweiße seines Angesichts auf der großen Reise Richtung Osten in Leipzig erworben hatten, mussten doch irgendwo sein! Wahrscheinlich warteten sie darauf, gebügelt zu werden. Milena hatte die ganze Zeit seit ihrer Rückkehr wie wild im Haus herumgewuselt. Auch mit dem Wäschekorb hatte er sie gesehen. Henner kratzte sich versonnen am Kopf. Egal, dafür hatte er jetzt keine Zeit. Er konnte nur hoffen, dass Milena für heute sein heimisches Outfit dulden würde.

Er hörte, wie sie unten in der Küche herumfuhrwerkte. Als er die Treppe hinab stieg, roch er bereits frischen Kaffeeduft. Wenn da jetzt noch ein Leberwurstbrot auf meinem Teller liegt, dann startet der

Tag perfekt, dachte er, als er durch den Flur zur Küche ging.

Ganz so perfekt, wie er es sich vorgestellt hatte, wurde es dann doch nicht. Milena saß am Küchentisch und notierte konzentriert etwas auf einem Blatt Papier. Eine Tasse Kaffee stand neben dem Blatt und sonst nichts.

Sie blickte auf, als Henner die Küche betrat. „Oh, hallo, ich habe noch ein paar Sachen notiert, die ich vergessen hatte aufzuschreiben. Was wir alles brauchen für das Fest. Gibt jetzt zum Frühstück leider nur ein halbes Baguette von gestern. Ist schon ein wenig trocken. Aber geht noch mit Brombeermarmelade drauf von deiner Mama."

Henner verzog das Gesicht, sagte aber nichts. Er holte sich eine Tasse aus dem Küchenschrank und schüttete Kaffee aus der Kanne hinein.

„Ich weiß, ist nicht das, was du dir erhofft hast. Aber Henner, ich bin nicht deine Mama. Wenn ich fertig bin mit Plan und du mit Frühstück, kannst du einkaufen fahren. Ich kümmere mich um alles hier im Haus."

„Geht schon in Ordnung", bemühte sich Henner um gute Laune. Er strich die Brombeermarmelade ohne Butter auf eine bereits aufgeschnittene Baguettehälfte. Nicht gerade sein Lieblingsfrühstück, aber beim Edeka gab es ja eine Wursttheke mit warmen Sachen. Da würde er das Passende finden.

„Wenn du unterwegs jemand beim Einkaufen triffst, kannst du schon mal einladen für unser Fest."

Wie vorausschauend sie war! Bestimmt erinnert sie mich gleich daran, dass ich jedem, den ich treffe, sagen soll, was er mitbringen kann, dachte Henner bei sich. Er biss in das furztrockene Brot, das so zäh war wie ein Stück luftgetrocknetes Antilopenfleisch.

„Und denke dran, wenn dich jemand fragt, ob er etwas mitbringen kann, dann sagst du was. Bin gleich fertig mit Zettel", erklärte Milena tatsächlich und lächelte ihn wissend an.

Er nickte nur, weniger als Zustimmung, sondern mehr als Bestätigung für das, was gerade wieder eingetreten war. Es hieß doch immer: Die Gedanken sind frei. Das konnte auf ihn wohl nicht zutreffen. Aber er durfte sich da jetzt nicht unnötig reinsteigern, sonst hätten sie gleich den ersten richtigen Streit miteinander. Warum war er ausgerechnet heute so schlecht gelaunt? Henner konnte es sich nicht erklären und so seufzte er einmal tief und beschloss dann, die schlechten Gedanken ziehen zu lassen.

Milena nickte zufrieden, als sie den Stift zur Seite legte. Sie war soweit fertig mit ihrer To-Do-Liste und zuversichtlich, dass sie nichts vergessen hatte. Also erklärte sie Henner, was er alles besorgen sollte. Sie bat ihn, sein Handy mitzunehmen. Falls sie doch noch etwas vergessen hätte, würde sie ihn anrufen.

Henner wollte gerade etwas erwidern, als ihm einfiel, dass er Sven, den Kunststudenten aus dem Osten, immer noch nicht angerufen hatte. Das musste er gleich erledigen, sonst ging es im Trubel der Vorbereitungen garantiert unter.

Er fischte den To-Do-Zettel vom Tisch und wollte los, als ihn Milena am Arm festhielt. „Was guckst du so komisch? Ist es, weil ich dir sage, was du tun sollst? Keine Angst, ist nur noch heute und morgen so. Ich weiß, dass du alleine denken kannst, bist ja schließlich nicht blöd. Gibt noch viel zu tun heute. Ich kann nicht mit dir diskutieren, verstehst du das?" Sie schmiegte sich an ihn.

Henner nahm sie erleichtert in die Arme und drückte sie ganz fest an sich.

„Bitte sei nicht böse, aber Blaumann geht auch nur noch heute oder bei richtiger Arbeit, ja?" Sie blickte zu ihm hoch und gab ihm einen Kuss auf den mit Brombeermarmelade verschmierten Mund.

„Ich weiß. Und ich putze mir vorher noch mal die Zähne und wasche mir das Gesicht, bevor ich losfahre", antwortete Henner. Er leckte mit seiner Zunge einen roten Klecks von ihren Lippen ab.

Der Einladungsmarathon beginnt

Bevor Henner den Roller nebst Anhänger, einer Spezialanfertigung von Mo, extra für größere Einkäufe, aus der Scheune holte, rief er endlich Sven an. Dessen Visitenkarte mit der Telefonnummer hatte er sorgsam aufbewahrt. Dafür, dass er früher so gut wie nie telefoniert hatte, ging ihm das jetzt schon ganz flott von der Hand.

„Hallo, ich bin es, der Henner aus dem Westen. Weißt du noch, wir haben uns am See in Torgau getroffen", begann er, als er die Stimme von Sven erkannte.

„Hallo, grüß dich. Das ist ja eine Überraschung!", hörte er Svens freudige Stimme.

„Ja, ich, also wir, sind wieder zu Hause und wollen jetzt am Samstag so eine Art Wiedersehensfeier machen. Und da dachte ich, ich frag dich einfach mal, ob du Lust und Zeit hast, spontan vorbeizuschauen."

Am anderen Ende der Leitung blieb es einen Moment still. Henner hatte schon die Befürchtung, dass Sven einfach aufgelegt hatte.

„Oh sorry, ich musste nur einen Moment was checken. Das passt mir super. Ich muss erst noch nach Frankfurt zu einem Kunden, eine Skulptur ausliefern. So wie ich das hier auf Google Maps sehe, ist das nur eine knappe Stunde von dort zu euch. Deine Adresse hattest du mir ja damals gegeben, die habe ich noch."

„Ich freue mich! Komm einfach, wann es dir passt. Die Adresse hast du ja", sprach Henner voller Vorfreude in sein Handy hinein. Er hätte das Gerät knutschen können.

„Ich mich auch. Und danke noch mal für die Einladung. Bin schon sehr gespannt auf deine Kunstwerke. Dann bis morgen irgendwann am Nachmittag. Tschüss." Und weg war er.

Henner behielt noch eine Weile sein Handy am Ohr. Ausgerechnet der Gast mit der weitesten Anreise hatte als Erster zugesagt. Weil das so gut losging, beschloss er noch schnell, zu dem Gast mit der kürzesten Anreise hinüber zu gehen. Das war ausgerechnet die Worre-Net-Mine. Die öffnete auch sofort nach Henners erstem Klingeln die Haustür. So, als hätte sie direkt hinter der Tür gestanden.

„Ei Henner, willst du mal nach dem Rechten gucken", krächzte sie, noch bevor Henner etwas sagen konnte. Vorsichtig lugte sie nach draußen, blickte nach rechts und links.

Henner fürchtete schon, sie wollte nicht gesehen werden, doch dann sagte sie: „Ich hab grad die Katz rausgeschmissen. Das Ruth hat Allergie. Ich muss aufpassen. Das Missgeburt nutzt jede Möglichkeit und schlupft wieder rein. Also ..."‚ sie errötete. „Mit Missgeburt meine ich die Katz, net das Ruth."

„Ja, äh, alles in Ordnung bei euch?"‚ wollte Henner wissen, dabei hatte er seine ganze Konzentration eigentlich auf die Partyeinladung gelegt und das leidige Thema Ruth im Kopf ganz weit nach hinten geschoben.

„Ei freilich, mein Bub. Mir zwo kommen gut klar, worre-net"‚ erklärte sie.

„Hier zieht es! Mine, mach die Tür zu, sonst hole ich mir einen Zug!"‚ klang es verärgert von hinten.

Die Worre-Net-Mine versuchte sich an einem diplomatischen Lächeln. Es sah allerdings nicht sehr glaubwürdig aus, fand Henner.

„Ja"‚ rief die zurück. „Der Henner ist hier, der gute Bub."

Oh, jetzt heißt es Beeilung, dachte sich Henner. Nicht dass Ruth noch mitkommen wollte. Das ging jetzt überhaupt nicht. Deshalb sagte er ganz schnell: „Alles gut. Bleib schön gemütlich sitzen. Ich bin jetzt unterwegs."

Tatsächlich machte Ruth auch keine Anstalten, an die Tür zu kommen.

Sicher ist sicher, dachte sich Henner und beeilte sich, seinen Besuch so flott wie möglich zu erklären: „Also eigentlich bin ich hier, um Euch zu fragen, ob Ihr morgen zu unserem Wiedersehensfest kommen wollt. Ich würde mich freuen. Und die Milena auch"‚ schob er noch schnell hinterher. Henner redete die Worre-Net-Mine in der alten Form ‚Euch' an. Das hörte sich für ihn und viele andere auch passender an als das hochgestochene ‚Sie' oder das vertrauliche ‚Du'.

„Ei, das ist ja eine Überraschung, worre-net! Was sollen wir denn mitbringen?"

‚Wir'? Ach ja, wenn er die Worre-Net-Mine einlud, war natürlich auch Tante Ruth mit eingeladen, fiel Henner ein. „Mmh, ich weiß nicht, das liegt an Euch. Also nur, wenn Ihr wollt, was Ihr wollt", brabbelte Henner unsicher. Er durfte nicht vergessen, später alles zu notieren. „Ihr beide seid zusammen eingeladen, das ist klar", fügte er schnell hinzu.

„Ei, da wird sich das Ruth aber freuen!", beteuerte die Worre-Net-Mine und hatte dabei einen leicht säuerlichen Ton drauf. „Ich könnte ein paar Gläser Quittengelee und zwei Laibe Bauernbrot mitbringen, so zum Kaffeetrinken, worre-net", sagte sie am Türrahmen angelehnt.

„Wenn Ihr meint, gern." Henner hatte noch gar nicht erwähnt, wann die Feier beginnen sollte. Das war dann damit auch geklärt.

„Wer kommt denn sonst noch alles?", fragte die Worre-Net-Mine in ihrer grenzenlosen Neugier nach.

„Kann ich noch nicht genau sagen. Ich fange gerade erst an, die Leute einzuladen. Ich muss jetzt auch los. Muss noch einkaufen", antwortete Henner. Es wurde höchste Zeit, dass er das Gespräch beendete, bevor ihm die Worre-Net-Mine ein Loch in den Bauch fragte.

„Also, ich komme um drei, worre-net."

„Freut mich, also dann bis morgen Nachmittag", sagte Henner und verließ, so rasch er konnte, den Hof der Nachbarin.

Auf der Straße blieb er kurz stehen, um zu überlegen, wie er weiter vorgehen sollte. Erst einkaufen fahren oder erst die anderen Nachbarn einladen? Beim Edeka würde er bestimmt ohnehin dem einen oder anderen über den Weg laufen. Mo würde sowieso seine üblichen Verdächtigen mitbringen. Und seine unvermeidliche

Heavy-Metal-Musik würde das halbe Dorf beschallen. Das wiederum bedeutete, dass er den Kreis der Nachbarn auch auf deren Nachbarn ausweiten musste. Lieber sie kommen alle, als dass sie sich hinterher über die laute Musik beschweren, dachte Henner. Die Mucke würde garantiert nicht um 22 Uhr auf die Wahrnehmungsgrenze runtergedreht werden. Dafür kannte er Mo und seine Kumpels nur zu gut. Da ging die Party erst richtig los.

Henner blickte sorgenvoll in Richtung Backhaus. Zu seiner Verwunderung saß der Alte Fritz wieder auf seiner Bank.

Er entschloss sich, erst einkaufen zu fahren. Das würde eine Weile dauern. Es war Freitag, das Wochenende stand vor der Tür. Da wurde das Edeka von morgens acht Uhr bis abends acht Uhr regelrecht überrollt. Die Leute kauften ein, als stünde ein Atomkrieg bevor und jeder noch schnell die Lebensmittelvorräte auf ungewisse Zeit bunkern musste. Henner konnte Milena nicht ewig warten lassen. Also erst zum Edeka, dann standen ihm noch schwierige Gänge in der Nachbarschaft bevor. Daran wollte er jetzt noch gar nicht denken.

Er ging zurück zu seinem Hof. Von drinnen hörte er laute Staubsaugergeräusche. Der gute alte Vorwerk-Staubsauger von Mutter Else gab sein Bestes. Henner wurde angst und bange, wenn er an die bevorstehende Feier dachte. Er wendete den Roller mit Hänger und fuhr langsam auf die Straße hinaus.

Als er den Alten Fritz passierte, rief der: „Na, heute mal allein unterwegs?"

Henner hielt neben ihm an. Er wollte wissen, warum die Bank wieder an ihrem Platz stand. „Sag mal, kann es sein, dass die Bank kürzlich weg war?", fragte er den Alten Fritz, der genüsslich seine Zigarre paffte.

„Ja, die Lausbuben haben mich, mitsamt der Bank, weggetragen und bis zum Friedhof gebracht. War so eine Art Mutprobe, wie weit sie es schaffen. Einer hat zu mir gesagt: Na, Opa, kannst schon mal einen Platz aussuchen. Dauert bestimmt nicht mehr lange, dann hast du hier ein Dauerabonnement. Was für Saububen!", echauffierte sich der Alte Fritz, musste dann aber selbst über den Streich schmunzeln.

„Fritz, ich, also wir, wollten dich für morgen Nachmittag zu einem kleinen Gartenfest bei uns einladen", sagte Henner und nahm den Helm vom Kopf.

Fritz blinzelte verlegen unter seinen buschigen Augenbrauen. „Das ist ja mal ein feiner Zug von dir. Ist deine hübsche Beifahrerin doch tatsächlich bei dir geblieben?", sagte er und lächelte verschmitzt. Er machte Anstalten aufzustehen, um Henner die Hand zu schütteln.

„Bleib ruhig sitzen. Also ich würde mich freuen. Die Worre-Net-Mine kommt auch." Henner setzte seinen Helm wieder auf.

Der Alte Fritz nahm diese Info kommentarlos zur Kenntnis. Seine Mundwinkel verzogen sich nach unten. Er schien nicht gerade begeistert davon zu sein. Er nahm seinen abgelutschten Stumpen aus dem Mund und sagte: „Ich hab noch eine Schachtel Zigarren von Rinn & Cloos. Die sind noch von meinem Vater. Die bringe ich zur Feier des Tages mit."

„Wenn du meinst, gern. Ich muss dann mal los", beeilte sich Henner und startete den Roller.

Der Alte Fritz winkte ihm hinterher.

Unterwegs zum Edeka dachte Henner über das nach, was er bisher gedanklich abspeichern musste. Quittengelee mit Bauernbrot und uralte Zigarren. Wenn das so weiterginge, würde es arg eng werden mit dem, was man normalerweise seinen Gästen servierte. Aber zum Glück konnte er sich auf Mo verlassen. So wie er den kannte, war das Thema Getränke längst kein Thema mehr, sondern schon geklärt. Wegen des Grillens musste er noch mal, bevor er zum Edeka fuhr, mit ihm reden.

Die Sonne schien ihm ins Gesicht. Die warme Fahrtluft fühlte sich herrlich an. Die meisten Wiesen links und rechts der Straße waren gemäht. Bei manchen überwog schon die Farbe braun. Die wenigen Äcker, welche dazwischen lagen, waren bereits abgeerntet. Der Sommer reichte dem Herbst schon mal die Hand.

Henner bog auf die Hofeinfahrt von Mos Grundstück ein. Von weitem sah er, dass sein Freund an einem Kombi, der auf der Hebebühne stand, schweißte. Grelle rote und weiße Blitze schossen durch die offen stehende Garage.

Mo trug eine riesige Brille, die aussah wie der Prototyp der allerersten Taucherbrille, und eine speckige Lederschürze.

Henner wusste, dass man nicht in das grelle Schweißlicht schauen durfte. Er stellte den Roller nebst Hänger vor der zweiten verschlossenen Garage ab. Vorsichtig näherte er sich Mo, der mit dem Rücken zu ihm stand. Henner wagte nicht, ihn bei seiner konzentrierten Arbeit zu stören.

Zum Glück unterbrach der diese bald, weil es Zeit für eine Marlboro war.

Mo nahm die unförmige Schweißerbrille vom Kopf, Henner den Helm. Dann erst nahm Mo Henner wahr.

„Wo hast du deine hübsche Braut gelassen?", wollte er wissen. Er blies den Rauch seiner Zigarette Henner ins Gesicht.

„Die ist zu Hause. Macht dort klar Schiff und so." Henner stellte den Helm auf den Rollersitz.

Mo schnallte sich die Lederschürze ab und warf sie achtlos auf einen weißen Campingstuhl neben der Waschküche. „Der Auspuff von dem Passat hier wird nur noch von den Schweißnähten zusammengehalten. Ich bin es bald leid mit dieser ständigen Flickschusterei. Die Leute, die zu mir kommen, haben nichts mehr drauf. Es darf alles nichts kosten, aber die Karre muss wieder laufen wie am Schnürchen." Mo wischte sich mit dem Handrücken den Schweiß von der Stirn.

„Mo, ich wollte noch mal kurz mit dir sprechen wegen dem Fest. Du weißt schon. Milena hat mich zum Einkaufen geschickt."

Mo lachte meckernd. „So ändern sich die Zeiten, mein Lieber. Das hat früher deine selige Mutter gemacht. Nun musst du ran. Jetzt sag bloß nicht, dass ich dir dabei helfen soll!"

„Nein, das kriege ich schon irgendwie hin, hoffe ich. Ich wollte dich nur fragen, ob du mich vielleicht bei den Getränken und dem Grillen unterstützten könntest." Henner blickte Mo beinahe flehend an. Hoffentlich hat er genug Zeit dafür, dachte er.

Mo lachte erneut. Sein Lachen ging in einen Hustenanfall über. Es dauerte eine Weile, bis er sich wieder so weit beruhigt hatte, um sich eine neue Marlboro anzustecken. „Also willst du mich doch fragen, ob ich helfen kann."

Henner machte ein ertapptes Gesicht und kratzte sich am Hinterkopf.

„Mein Lieber, bleib ganz ruhig. Wie lange kennen wir zwei uns jetzt schon? Eine halbe Ewigkeit! Habe ich dich jemals hängen lassen?"

Henner schüttelte schnell den Kopf.

„Glaub mir, deine kleine Feier ist eine meiner leichtesten Übungen. Das ist mal was anderes als den ganzen Tag in Dreck und Öl zu baden. Sowas macht mir Spaß." Mo überprüfte mit einem kritischen Blick die Schweißnähte an dem letzten Auspufftopf des Passat Kombis.

„Da wäre ich dir unendlich denkbar", sagte Henner und versuchte, einen Arm um Mos Schulter zu legen.

Mo wehrte ihn ab. „Keine Ursache, sowas mach ich gerne. Ich organisiere mal vorsichtshalber den Kühlwagen von Licher. Für das Grillen vom Fleisch bringe ich den Smoker mit. Das Gerät kennst du ja. Damit kann ich notfalls das ganze Dorf mit Steaks und Spareribs versorgen. Ach ja, und dann dürfen natürlich nicht der Beamer und die Leinwand für die Mucke fehlen. Ein Live-Konzert von Nightwish kann ich auf die Schnelle leider nicht bieten. Aber wir können sie uns über YouTube auf den Beamer holen. Mit den richtigen Boxen geht auch so der Punk ab."

Henner wollte so viel auf einmal darauf erwidern. Er spürte, wie sein Herz anfing zu pochen. Das kleine bescheidene Wiedersehensfest mit ein paar handverlesenen Gästen würde aus dem Ruder laufen, wenn er jetzt Mo keinen Einhalt gebot.

Bevor Henner etwas sagen konnte, fragte der ihn: „Ich müsste nur mal so ungefähr wissen, mit wie vielen Leuten du rechnest. Das mit den Getränken ist kein

Problem. Falls da was übrig bleiben sollte, was ich nicht glaube, kann ich es zurückgeben. Beim Essen kommt es nicht auf vierzig oder fünfzig eingeschweißte Steaks und hundert bis hundertfünfzig Bratwürstchen an. Kann man alles einfrieren. Aber ich muss halt wissen, wie viele wir mindestens brauchen." Mo drückte den Stummel der Marlboro in den Aschenbecher und griff nach der Lederschürze.

Henner ergab sich in sein Schicksal. Was hätte er auch sonst tun sollen?! Er brauchte Mo. Ohne dessen unglaubliches handwerkliches und organisatorisches Geschick war er verloren. Das wusste er. „Was soll ich sagen? Wenn wir uns ein Heavy-Metal-Konzert auf die Leinwand holen, würde ich sagen, kalkuliere mal nicht so knapp mit dem Grillgut. Ich gehe davon aus, dass außer Babys, Kleinkindern und den Bettlägerigen so ziemlich jeder, der laufen kann, auftauchen wird."

Jetzt war es raus.

„Ich hab dir doch gesagt, die Fete können unsere Nachkommen noch in hundert Jahren in den digitalen Kirchenbüchern nachlesen. Was anderes wird es dann wahrscheinlich nicht mehr geben", nickte Mo zufrieden.

Henner setzte seinen schwarzen halboffenen Schalenhelm auf den Kopf. Er zog den Halsriemen fest.

Mo setzte derweil seine Schweißerbrille wieder auf. „Dann bis später." Er drehte am Schalter des Schweißgerätes. Sofort erschien eine längliche blaue Flamme.

Henner sah auf seine Armbanduhr. Es wurde höchste Zeit, dass er zum Edeka kam.

Im Supermarkt

Nach ein paar Minuten bog er auf den Parkplatz vor dem Supermarkt ein. Den vielen Autos nach zu urteilen, war bereits der große Hamsterkauf fürs Wochenende in vollem Gange. Henner stellte sein Gefährt in der Nähe des Eingangs ab und holte sich einen Einkaufswagen.

Bereits im Foyer beim Bäcker begegnete ihm Gertrud Klemmrock von der Frauenhilfe.

„Ei, der Henner ist wieder da! Wir dachten schon, du bist mit der Polenfrau ausgewandert", rief sie quer durch den Eingangsbereich.

Spätestens jetzt wusste so ziemlich jeder im Ort, dass Henner wieder daheim war und dass er eine Freundin hatte.

„Wo wir uns gerade treffen, wollte ich Euch fragen, ob Ihr Lust und Zeit hättet, ab morgen Nachmittag zu unserem Wiedersehensfest zu kommen. Ihr und die anderen Frauen aus der Frauenhilfe seid herzlich eingeladen", sagte Henner nicht ganz so laut.

Das mit dem kleinen oder bescheidenen Fest konnte er nach dem Kurzbesuch bei Mo sowieso endgültig vergessen.

„Ei, das freut mich, also uns, ja ganz besonders! Ich bin richtig gerührt, dass du an uns denkst, Henner." Gertrud tat so, als wenn sie sich eine Träne aus den Augen wischen wollte.

Im Eingangsbereich zog es, weil die selbstöffnende Tür ständig auf und zu ging.

„Das bin ich euch allein schon wegen meiner seligen Mutter schuldig", erwiderte Henner und spürte plötzlich einen Kloß im Hals.

„Sollen wir was mitbringen?", kam die Frage, auf die Henner bereits gewartet hatte. Jetzt würde es um die essenstauglichen Dinge gehen.

„Also, nur wenn ihr wollt und es euch nicht zu viele Umstände macht. Ist ja recht kurzfristig", antwortete Henner.

Er schob den Einkaufswagen an die Seite beim Blumenladen, damit die anderen Kunden besser an ihm vorbei kamen.

„Ach Henner, mein Bub. Du glaubst gar nicht, wie gern wir das machen! Das hätte deiner Mutter gefallen, glaub mir." Sie warf einen Blick an die hohe, mit weißen Platten abgehängte Decke, als wenn sich Else dahinter versteckt hielte.

Henner blickte ebenfalls nach oben.

An der Theke vor dem Bäcker hatte sich eine Schlange gebildet. Ständig schoben Leute volle Einkaufswagen raus oder leere rein. Den einen oder anderen grüßte Henner kurz.

„Was fehlt denn noch?", wollte Gertrud nun wissen. Sie hielt sich mit einer Hand an ihrem noch leeren Wagen fest.

Henner wollte schon antworten: eigentlich alles. Da war es ihm beinahe dazwischen gerutscht, dieses blöde Wort ‚eigentlich'. Ein aufdringlicher Typ, der versucht hatte, mit Milena und Henner per Anhalter mitzufahren, als die auf dem Weg zurück aus dem Osten waren, hatte das Wort inflationär beinahe in jedem Satz benutzt. Henner schüttelte sich. Aber eigentlich stimmte es ja. „Na ja, ich weiß nicht", antwortete er schließlich kryptisch. Mit der Frage war er einfach überfordert. Milena hatte ihm zwar gesagt, dass er aufpassen sollte, dass nicht jeder das Gleiche mitbringen wollte, nicht aber, was die Gäste tatsächlich mitbringen sollten, wenn sie denn wollten.

Gertrud Klemmrock bemerkte Henners Unsicherheit. „Ist schon gut, wir regeln das unter uns Frauen. Wir haben am Nachmittag sowieso unser Treffen. Da besprechen wir alles und sagen noch heute Abend oder spätestens morgen früh deiner Freundin Bescheid, was wir mitbringen." Sie tätschelte beruhigend Henners Oberarm.

„Ich sag jetzt schon mal besten Dank", erwiderte Henner und war erleichtert, dass er damit nichts mehr zu tun hatte. Ihm war sehr wohl aufgefallen, dass Gertrud nicht ihm, sondern gleich Milena Bescheid geben wollte. Eine Fehlerquelle weniger, dachte er. Wobei Gertrud sicher die Gelegenheit nutzen würde, auch im Namen der anderen Frauenhilfedamen Milena einer verbalen Inquisition zu unterziehen.

„Also dann bis morgen Nachmittag", ergänzte Henner und schob den Einkaufswagen in das Innere des Supermarktes.

„Wir sind ja so gespannt auf deine Freundin!", rief ihm Gertrud noch nach.

Henner spürte, wie ihm warm wurde im Gesicht. Wahrscheinlich sah er aus wie eine der großen Fleischtomaten, auf die er gerade schaute. Das kann ja ein Spießrutenlauf werden hier im Laden, dachte er.

Er kramte den Einkaufszettel und einen Kugelschreiber aus der Brusttasche seines Hemdes und begann nach dem, was er einkaufen sollte, zu suchen. Er strich, sobald er gefunden hatte, was er suchte, das Jeweilige durch. Kam zunächst auch zügig voran.

Im Getränkebereich angelangt, begegnete ihm allerdings ausgerechnet KGJ, Kellergeister Junior. Ein unter der Kategorie ‚verloren bis durchgeknallt‘ laufender näherer Nachbar.

Den Namen Kellergeister hatte er von seinem seligen Vater, der sich genau mit diesem Billigfusel totgesoffen hatte. Kellergeister Seniors oft tagelang andauernde Saufzüge waren im Dorf jahrelang, bis zu seinem Ende, vor allem für die Jugendlichen ein großer Spaß gewesen. Sie fuhren ihn nämlich, wenn er nicht mehr laufen konnte, mit einem Bollerwagen nach Hause. Was ihn keineswegs zu stören schien.

Der Sohn machte seinem Vater alle Ehre. An Kellergeister Junior kam Henner nicht vorbei. Er tauchte überall auf, wo es was zu trinken gab. Das roch er wie ein Jagdhund die Schweißfährte eines angeschossenen Wildschweins.

Er schob gerade eine Sackkarre mit sage und schreibe acht Kästen Hartz-IV-Bier in Henners Richtung. Es ging auf das Wochenende zu, da musste entsprechend aufmunitioniert werden. Für Kellergeister Juniors Wochenendration reichte noch nicht mal ein normaler Getränkewagen.

„Grüß dich“, sprach ihn Henner an. „Gut, dass ich dich treffe. Hast du Lust, morgen Abend zu einer Feier bei mir zu Hause vorbei zu schauen? Würde mich freuen“, sagte Henner und wusste just in diesem Moment, dass er es bereuen würde. Glücklicherweise hatte er ihn erst für den Abend eingeladen.

„Gibt's auch genug zu trinken?“, fragte Kellergeister Junior prompt. Sein schwammiger riesiger Körper passte irgendwie so gar nicht zu dem kleinen Kopf mit den wuscheligen Haaren.

„Davon kannst du ausgehen“, antwortete Henner wahrheitsgemäß. Wenn Mo mit einem Kühlwagen von

Licher anrückte, würde der Nachschub selbst für Kellergeister Junior nicht ausgehen.

„Was hast du für einen Anlass? Weil das Haus jetzt dir allein gehört, oder was?", fragte dieser interessiert nach.

„Einfach so. Ich war mal eine Zeit lang weg. Und jetzt bin ich wieder da. Das Wetter ist toll momentan. Da dachte ich mir: Machst mal so ein richtig schönes Sommerfest mit den Nachbarn und Freunden und so." Henner, dem das Erklären nicht so lag, blickte vor sich in seinen Einkaufswagen.

Kellergeister Junior runzelte die Stirn. So kannte er Henner gar nicht. Er traute dem Ganzen nicht. „Ich bringe sicherheitshalber noch mal zwei oder drei Schächtelchen vom guten alten Oettinger mit." Zur Demonstration schlug er mit der rechten Pranke auf den obersten Bierkasten.

„Wenn du meinst. Dann bis morgen", sagte Henner und sah zu, dass er in den nächsten Gang verschwand.

Er atmete tief durch. Wahrscheinlich würde Kellergeister Junior nach dem Vornüberkippen beim Wildpinkeln im Garten einschlafen. Oder es würde sich, was Henner hoffte, irgendjemand erbarmen und ihn mit seiner eigenen Sackkarre nach Hause fahren. Ganz wie den seligen Vater, dachte Henner. Wie sich doch alles wiederholte im Leben?! Wobei Kellergeister Junior, hatte er ausreichend zu trinken, sicher noch einer der harmlosesten Gäste war. Die richtig schweren Kaliber der noch einzuladenden Nachbarn, das wusste Henner, standen ihm noch bevor.

An der nahen Wurstteke sah er die Haushälterin von Pfarrer Schultheiß stehen. Im Gegensatz zu ihrem

Vorgesetzten war sie spindeldürr, essen konnte sie aber gleichermaßen viel.

Wie weit wollte Henner noch den Kreis der Einzuladenden ziehen? Sein schlechtes Gewissen nagte an ihm wegen des bescheidenen vegetarischen Mahls, welches Milena dem gierigen Pfarrer einst mit Absicht vorgesetzt hatte. Wäre es nicht anständiger, wenn er ihn persönlich einlud statt über die Haushälterin, dachte er, als er gerade dabei war, eine Riesenportion mittelalten Gouda in den Wagen zu legen. Ach was, beschloss er und ging auf sie zu.

„Hallo Frau Helfrich, schön, dass ich Sie hier treffe. Könnten Sie bitte dem Pfarrer ausrichten, dass wir ihn gerne zu unserem Gartenfest morgen einladen würden? Sie können ihm sagen, dass es diesmal auf jeden Fall ausreichend zu essen und trinken gibt. Ab dem Nachmittag geht es mit Kaffee und Kuchen los. Sie sind selbstverständlich auch eingeladen. Das versteht sich von selbst." Henner sah Frau Helfrich erwartungsvoll an.

Diese legte gerade eine große Tüte mit Fleisch in ihren Wagen. „Das richte ich ihm gerne aus. Samstags bereitet er immer seine Predigt für den Gottesdienst vor. Aber wie ich ihn kenne, ist er froh, wenn er mal eine Pause machen kann", sagte Frau Helfrich. Sie ließ vorerst offen, ob sie auch kommen würde. Bevor sie sich von Henner verabschiedete, fragte sie allerdings: „Ach ja, fast hätte ich es vergessen: Soll ich was mitbringen?"

„Machen Sie sich keine Umstände", antwortete Henner wie gewohnt auf diese Frage.

„Das ist doch selbstverständlich. Wenn es recht ist, bringe ich einen Kartoffelsalat mit Speck mit. Den wollte ich ohnehin für den Pfarrer machen. Da schäle ich halt noch ein paar Kartoffeln mehr." Frau Helfrich sah Henner erwartungsvoll an.

„Ja, gern. Vielen Dank für die Mühe, die Sie sich machen. Ich muss dann mal weiter", sagte Henner und schob den Wagen in den nächsten Gang mit den Teigwaren.

Dort blieb er stehen und notierte auf seinem Einkaufszettel: Kartoffelsalat: Frau Helfrich. Er sah sich um, erblickte die Nudelsorte, welche Milena ihm aufgeschrieben hatte, und nahm sechs Pakete davon aus dem Regal. Die sind sicher für den Nudelsalat, dachte er, als Mildred vom Dorfladen um die Ecke bog.

„Ei Henner, das ist ja eine Überraschung! Seid ihr wieder im Land?"

„Ja! War schön und so." Er überlegte kurz, ob er Mildred als Mitglied des Fördervereins Backhaus einladen sollte. Auf die paar engagierten, ehrenamtlich tätigen Frauen kam es jetzt auch nicht mehr an.

Im Dorfcafé gab es immer sehr guten selbstgebackenen Streuselkuchen. Mildred half im Dorfladen und während der Öffnungszeiten sporadisch im Café mit aus. Eine alleinstehende Witwe, immer nett, aber auch latent traurig. Sie trug einen züchtig hochgesteckten Dutt und noch schwarze Kleidung. Ihr Mann war vor über einem Jahr an Krebs gestorben. Die Trauer darüber hatte sich tief in ihre Gesichtszüge eingebrannt.

„Wir machen morgen ab Nachmittag eine kleine Wiedersehensfeier. Wäre schön, wenn du mal vorbeischauen könntest. Würde uns freuen." Henner überlegte kurz. „Und, äh, du kannst auch gerne den anderen Bescheid geben. Ihr seid herzlich eingeladen."

Oh weh, wer würde denn alles aus Mildreds Sicht zu den ‚anderen' gehören?

„Das freut uns, Henner. Wo die liebe selige Else doch immer unseren Streuselkuchen gekauft hat, wenn sie selbst nicht zum Backen gekommen ist." In ihren traurigen Augen schimmerte ein feuchter Glanz.

Wie dankbar die Menschen doch waren, wenn man an sie dachte. Oder besser gesagt, wenn man sie nicht vergaß, dachte Henner zufrieden.

„Ich gehe mal davon aus, dass du nichts dagegen hast, wenn wir frisch gebackenen Streuselkuchen mitbringen", fuhr Mildred fort und legte nebenbei einen Packen Tortellini in ihren Wagen.

„Im Gegenteil, das würde mich sehr freuen", antwortete Henner. Allein der Gedanke an diesen herrlichen Gaumenschmaus war es wert, ein Fest zu veranstalten. Wie auch immer es enden sollte.

„Und was können wir sonst noch mitbringen? Wie wäre es mit einem hausgemachten Kartoffelsalat mit Speck? Ist eine Spezialität von mir." Mildred strich sanft über den Holmen des Einkaufswagens.

„Oh, danke, den bringt schon Frau Helfrich mit", beeilte Henner sich zu sagen.

Mildred blickte ihn ein wenig überrascht an. „So, da kommt der feiste Schultheiß bestimmt auch. Hätte mich auch schwer gewundert! Der lässt keine Feier im Dorf aus", bemerkte sie in einem für sie ungewohnt bissigen Ton.

Henner hob entschuldigend die Schultern. „Die Frauen von der Frauenhilfe kommen auch", sagte er schnell, um von dem verfressenen Dorfpfarrer abzulenken.

„Gut, dass du das sagst. Die haben heute Nachmittag Sitzung bei uns. Da kann ich mich mit der Gertrud abstimmen. Das lass uns mal machen." Mildred bekam durch ihren Gelegenheitsjob viel mit im Dorfladen und im Café.

Henner wollte noch sagen, dass es nett wäre, wenn er mitgeteilt bekäme, was sie sonst noch mitbringen wollten. Doch Mildred war schon im nächsten Gang verschwunden.

Ein Blick auf seinen Einkaufszettel zeigte ihm, dass er bis auf zehn Becher süße Sahne, ein paar Dosen Erdnüsse, Salzstangen, Chips und Flips alles durchgestrichen hatte. Rasch holte er die noch fehlenden Artikel und schob dann den Wagen in Richtung Kasse. Er durfte nur nicht vergessen, das Bauernbrot und die Baguettes vorne beim Bäcker für morgen Vormittag zu bestellen. In Gedanken rechnete er schon mal die doppelte oder besser noch dreifache Anzahl hoch.

Seine geliebte Leberwurst bekam er nur beim Metzger Werner. Der lag auf dem Weg nach Hause.

An der Kasse bediente ihn eine Frau, die er nicht kannte. Sie trug eine riesige Brille, die ihr halbes Gesicht verdeckte. Henner bezahlte wie immer in bar. Er hasste es, wenn er sah, wie Leute vor ihm für 3,50 Euro mit Karte bezahlten. Das waren die, welche sich am Ende des Monats wunderten, dass ihr Konto wieder überzogen war. Wenn es nach ihm ginge, dürfte grundsätzlich erst ab einem Mindestbetrag von zwanzig Euro mit Karte bezahlt werden, so wie es früher bei den meisten Geschäften war. Aber wen interessiert schon, was so ein Hinterwäldler wie ich denkt, ging es ihm durch den Kopf. Ich kann ja gerade einmal endlich ein simples Handy unfallfrei bedienen.

Beim Bäcker stand er wie üblich in einer Schlange von Leuten. Den einen oder anderen grüßte er flüchtig. Jemand, den er noch einzuladen gedachte, war nicht darunter.

Die blutjunge Bedienung, deren dunkelbraune Schürze über und über mit Mehlstaub bepudert war, notierte seine Bestellung kommentarlos in ein Notizbuch.

Endlich konnte Henner das Edeka verlassen. Vor dem Eingang stand ein gut zwei Meter großer, als Clown verkleideter Mensch in einem bunten Kostüm, das ihm viel zu klein war. Er hielt einen schmächtigen Esel an einer kurzen Leine, der aussah, als hätte er die Räude. Der Clown schüttelte eine verbeulte Blechdose mit der rechten Hand. Vor seiner Brust hing ein handgeschriebenes Plakat, auf dem stand: Wir bitten höflich um eine Futterspende für unsere Tiere.

Als ob der Riese Henners Schwäche für mittellose Menschen und Tiere erkannt hätte, schüttelte er die Dose plötzlich deutlich heftiger.

Henner zog einen Fünf-Euro-Schein aus seinem Geldbeutel und steckte ihn in den Schlitz der Dose. Der lange, schlaksige Clown bedankte sich mit einer tiefen Verbeugung.

Milena hätte ihn bestimmt geschimpft, fiel Henner ein. Aber sie war ja zum Glück nicht dabei. Immerhin habe ich ihn nicht zur Feier eingeladen, ging Henner durch den Kopf. In Gedanken lobte er sich selbst dafür. Dann musste er grinsen. Ich könnte ja den Esel einladen. Als Ehrengast! Henner schmunzelte noch immer, als er seinen Anhänger belud und den Einkaufswagen zurück schob.

Auf dem Parkplatz herrschte ein wildes Kommen und Gehen, nein besser Fahren. Da das Edeka am Ortsrand, im Gewerbegebiet, lag, kam fast jeder, der ein Auto besaß, damit zum Einkaufen.

Alles eingekauft?

Henners nächste Station war die Metzgerei Werner. Die leicht lispelnde Verkäuferin mit der violetten Strähne im Haar teilte Henner mit, dass sie zwar frische Leberwurst da hätten, aber nicht in der Menge, die Henner kaufen wollte. Da müsste sie kurz den Chef fragen, bis wann er den Rest bereitstellen könnte. Sie verschwand für einen Moment hinter einer schweren Stahltür.

Henner, der alleine in dem kleinen Verkaufsraum stand, überlegte, ob er noch einen Schwung Pfefferbeißer und ein paar Ringe Fleischwurst mitnehmen sollte.

Morgen Vormittag wäre seine gewünschte Menge an Leberwurst fertig, verkündete die Verkäuferin, als sie wieder an den Verkaufstresen trat.

Henner bestellte zusätzlich bei ihr fünfzig Pfefferbeißer und zwölf Ringe Fleischwurst. Die würde er auch morgen früh abholen. Ein Blick auf seine Armbanduhr zeigte ihm, dass es höchste Zeit wurde, nach Hause zu Milena zurückzukehren. Die Problemfälle in der Nachbarschaft konnte er danach noch einladen.

Henner brachte einen Teil seiner Einkäufe vom Hintereingang her ins Haus.

Milena trug eine Schürze seiner Mutter. Ihr Haar hatte sie hochgesteckt, die Wangen waren leicht gerötet.

In der Küche roch es herrlich nach frisch aufgebrühtem Kaffee und diversen gebackenen Kuchen. Henner sah, dass das Licht im Backofen brannte. Die Arbeitsplatte stand voll mit Plastikschüsseln, Mehl- und Eierpackungen.

„Ah, da bist du ja endlich. Hast du an die Sahne gedacht?", fragte sie ihn und gab ihm einen flüchtigen Kuss auf die Wange.

„Ja, Entschuldigung, war viel los. Hab schon mal ein paar Leute, die ich getroffen habe, eingeladen", antwortete Henner. Er stellte den prall gefüllten geflochtenen Einkaufskorb auf den Küchentisch.

„Und, hast du notiert, wer was mitbringt?"

„Du Milena, bitte sei mir nicht böse, das war nicht so ganz einfach. Die Frauen von der Frauenhilfe und die vom Förderverein Backhaus wollen sich untereinander abstimmen und sich dann bei uns melden." Henner stellte die einzelnen Lebensmittel auf den Tisch. Die Sahne war nicht dabei. Die Becher lagen noch draußen in der anderen Tasche.

„Ich habe dir noch einen Zettel geschrieben, liegt draußen im Flur auf dem Sideboard. Habe ein paar Sachen vergessen. Kannst du später noch holen", sagte Milena. Sie blies eine Strähne aus ihrem Gesicht, während sie die Tür des Backofens öffnete. Ein warmer Duftschwall erfüllte sofort die Küche. Es roch herrlich nach gerösteten Nüssen.

„Reicht es, wenn ich die Sachen morgen früh hole? Dann muss ich ohnehin noch mal los", fragte Henner nach.

„Kann ich so nicht sagen. Muss ich nachschauen, was auf Zettel steht."

Henner stellte den leeren Weidenkorb in eine Ecke neben die Mülleimer. „Du Milena, ich wollte dir noch sagen, dass wahrscheinlich ein paar Leute mehr kommen könnten. So genau weiß ich das auch nicht. Aber, wenn jeder was mitbringt, wovon ich ausgehe, wird es bestimmt reichen für alle." Henner war nicht ganz wohl bei dieser Behauptung. Im Grunde genommen hatte er längst den Überblick verloren, wie viele Personen tatsächlich kommen wollten und vor allem, was sie mitbringen würden.

„Da müssen wir ein wenig improvisieren." Milena hatte einen Nusskuchen mit zwei dicken Handschuhen aus dem Backofen geholt und auf die Abdeckplatte neben dem Herd gestellt. Sie streifte einen Handschuh ab und stach mit einer langen Nadel vorsichtig in den Kuchen hinein.

„Ja, ich glaube auch. Ich hole dann mal den Rest und bringe den abgearbeiteten Einkaufszettel mit", erwiderte Henner.

Milena zog die Nadel wieder aus dem Kuchen, schüttelte diese kurz und leckte sie dann ab. Mit dem Ergebnis schien sie zufrieden zu sein.

„Das mit Getränken und Grillgut ist alles soweit in Ordnung?", fragte sie sicherheitshalber noch nach.

„Davon gehe ich aus. Darum kümmern sich Mo und seine Mannschaft."

„Das ist doch gut. Was noch fehlt vom Essen und sonst so kriegen wir hin." Milena schenkte Henner ihr gewohntes Lächeln.

Henner war sich gar nicht so sicher, ob sie damit recht behalten würde. Er verließ die Küche und kehrte wenig später mit der zweiten schweren Einkaufstasche und dem Einkaufszettel zurück.

Milena warf einen prüfenden Blick darauf. „Ah, da sind die Sachen drin, die ich brauche für Nudelsalat. Mache ich später. Können wir heute Abend mit ein paar Würstchen essen. Ich muss warten auf den Anruf von den Frauen, wie du eben gesagt hast. Dann weiß ich mehr." Sie fing an, die benutzten Töpfe und Schüsseln abzuwaschen.

„Gut. Wenn du mich nicht brauchst, gehe ich mal rüber zu den Nachbarn. Muss sie alle einladen, damit es keinen Ärger gibt, weil es lauter werden wird." Henner, der wusste, was ihm noch bevorstand, versuchte ein Grinsen, was ihm aber nicht richtig gelang.

Milena sah ihn mit einem fragenden Blick an.

„Kann eine Weile dauern, bis ich zurück bin. Die sind alle nicht so einfach, weißt du?!"

Milena wusste natürlich gar nichts. Was auch besser für sie war. Sie würde Henners Pappenheimer noch früh genug kennenlernen.

Henner trat hinaus in den Hof. Das Sonnenlicht blendete ihn. Es war eigentlich ein Tag, an dem man sich gerne im Freien aufhielt. Nicht aber für die meisten Personen, die er jetzt nach und nach aufsuchen wollte. Die kämpften alle mehr oder weniger mit ihren Dämonen.

Nachbarn – eine Spezies für sich

Als Erstes klopfte Henner an der grauen Haustür von Motze. Klingel gab es keine.

Das kleine Fachwerkhaus hinter dem Haus der Worre-Net-Mine war nicht gerade ein Schmuckkästchen im Ort. Da es wie so viele der Fachwerkhäuser unter Denkmalschutz stand, durfte es nicht abgerissen werden.

Niemand öffnete. Das war normal.

Henner schrie: „Mach mal auf, ich bin's, der Henner!"

Eine Ewigkeit tat sich nichts. Dann gab es einen fürchterlichen Schlag im Inneren des Hauses. Entweder war gerade eine Wand eingebrochen oder Motze vom Sofa gefallen.

„Was gibt's? Was willst du?", hörte er Motze feindselig mit rauchiger Stimme rufen.

„Hör mal, wir machen morgen eine Feier im Garten. Da wollte ich dich einladen", brüllte Henner. Er versuchte, einen Blick durch eines der kleinen verstaubten Butzenfenster an der Frontseite des Hauses zu werfen.

„Wieso?"

„Weil ich dachte, dass es schön wäre, wenn die Nachbarn sich wieder mal alle treffen." Henner fragte sich, was er da für einen Unsinn redete.

„Da ist ein Haken bei. Kannst du vergessen. Auf die Arschlöcher kann ich verzichten", schrie Motze von irgendwo oben herunter.

„Du, ich würde mich wirklich freuen, wenn du mal vorbeischaust. Musst ja auch nicht lange bleiben."

„Lass mich in Ruhe! Hab keinen Bock auf deine Scheißfeier mit lauter beschissenen Leuten." Motze machte seinem Namen alle Ehre.

Henner überlegte, mit was er ihn ködern könnte, ohne zuzugeben, dass es sehr laut werden würde. Denn

Motze war allgemein bekannt dafür, dass er wegen jeder Kleinigkeit die Nachbarn anzeigte. Weshalb er von den meisten Dorfbewohnern gemieden wurde. Motze war nur einer von einer ganzen Ansammlung ewiger Junggesellen im Ort. Henner fiel ein, dass er beinahe auch so einer geworden wäre, hätte er nicht Milena kennengelernt.

„Die Elvira kommt auch", rief Henner nach oben, wo er Motze vermutete.

Für eine Weile blieb es still im Haus. War das ein gutes Zeichen?

Henner hatte das einfach so behauptet, obwohl er noch gar nicht wusste, ob Elvira überhaupt da war. Geschweige denn, ob sie vorbeikommen würde.

Elvira war die einzige ewige Junggesellin im Ort. Um sie rankten sich die wildesten Gerüchte. Mit ihren mittlerweile Ende dreißig lag sie klar im Beuteschema der Junggesellen. Angeblich hatte sie mit allen schon mal was gehabt. Manche behaupteten, sie ginge in Gießen anschaffen. Andere glaubten, dass sie von zu Hause aus dem liegenden Gewerbe nachging. Im Internet. Sie lebte alleine mit ihren Katzen in der Wohnung über der Sparkasse. Henner war ihr bislang erfolgreich aus dem Weg gegangen. Ihre freizügige Art sich zu kleiden und zu geben und ihre derbe, oft vulgäre Ausdrucksweise machten ihm Angst. Sie benahm sich wie ein Mann in der Gestalt einer auf ihre eigene Art attraktiven Frau. Legendär waren ihre Auftritte zu fortgeschrittener Stunde auf der alljährlichen Kirmes. Wenn sie genug intus hatte, zog sie zum Entzücken der noch anwesenden männlichen Gäste regelmäßig oben herum blank. Wenn Elvira auftauchte, blieb die Sektbar

113

oft bis zum Morgengrauen gut besucht. Das wusste auch Motze.

„Ist mir egal. Hab keine Zeit, lass mir meine Ruhe", schrie er genervt runter.

Das war glatt gelogen. Er war schon seit Jahren auf Hartz IV. Was er den ganzen Tag so trieb, wusste keiner genau. Fest stand, dass er keiner geregelten Arbeit nachging. Schon gar nicht am Wochenende.

Henner war sich ganz sicher, dass Motze irgendwann spät abends auftauchen würde. Ganz egal, was er jetzt behauptete. Elviras Auftritt, wenn er denn stattfinden sollte, würde er sich auf keinen Fall entgehen lassen.

„Dann bis morgen Abend", rief Henner wissend nach oben in den ersten Stock.

„Kannste lang warten", hallte es herab.

Der erste Kandidat war geschafft. Ob das mit Motze, den niemand so richtig leiden konnte, gut gehen würde, bezweifelte Henner allerdings.

Er ging rüber auf die andere Straßenseite zu dem nicht ganz so abbruchreifen Fachwerkhaus von Fred Miesner, genannt Miesepeter. Den Namen hatte er von seiner dauerhaft pessimistischen Lebenseinstellung. Warum er überhaupt noch lebte, war den meisten Leuten im Dorf ein Rätsel.

Miesepeter trug grundsätzlich, egal ob Hochsommer oder Winter, halbhohe, graue Damengummistiefel. Sein Alter blieb undefinierbar. Er war ein kleines verhuschtes Männchen mit strähnigem schwarzem Haar und einer ungesunden, fleckigen Gesichtsfarbe. Er lebte, genau wie Motze, allein. Die Eltern waren beide längst gestorben. Er blieb im Elternhaus wohnen.

Henner drückte die Klingel, die links neben der Haustür im Treppenaufgang an der Wand angebracht

114

war. Wie schon bei Motze, tat sich zunächst einmal gar nichts. Wahrscheinlich beobachtete Miesepeter ihn aber längst.

Henner klopfte zwei- oder dreimal kräftig gegen die hölzerne Eingangstür. Schließlich hörte er von drinnen ein schlurfendes Geräusch. Es hörte sich so an, als wenn jemand einen schweren Gegenstand über den Fußboden zog.

„Fred, bist du da? Ich will dich nicht lange stören", rief Henner durch die geschlossene Tür.

„Tust du aber gerade. Ich schlafe", antwortete Miesepeter mit seiner piepsigen Stimme. Um diese Tageszeit, bei strahlendem Sonnenschein.

„Tut mir leid, wenn ich dich geweckt habe. Ich wollte dich nur rasch für morgen ab Nachmittag zu einer Feier bei uns einladen." Henner trat einen Schritt von der Tür zurück.

„Geht nicht, da schlafe ich immer", kam die Antwort von drinnen, ohne dass die Tür geöffnet wurde.

„Dann kommst du halt am Abend", versuchte es Henner erneut.

„Geht auch nicht, da bin ich zu müde." Miesepeter musste direkt hinter der Tür stehen. Denn sonst hätte Henner die schwache Stimme gar nicht hören können.

„Egal, dann kommst du halt dazwischen."

„Nö, da ist es noch zu warm. Das vertrage ich nicht."

„Wir feiern im Obstgarten. Da ist genug Schatten von den Bäumen", erklärte Henner. Er spürte, wie er langsam ungeduldig wurde.

„Da wird es mir zu schnell kalt und außerdem ist da überall so ekliges Krabbelvieh."

„Dann bleibst du halt drin bei uns im Haus. Wird sich schon ein Platz finden."

„Nö, ich weiß nicht, da bin ich dann so allein", piepste Miesepeter zurück.

„Da kommt bestimmt jeden Augenblick jemand rein oder geht raus", erwiderte Henner und überlegte, es einfach sein zu lassen. Miesepeter war nicht beizukommen.

Als hätte der seine Gedanken gelesen, kam es prompt von hinter der Tür: „Ach, nee, so viele Menschen vertrage ich nicht."

„Motze kommt auch." Henner machte einen letzten verzweifelten Versuch.

Irgendetwas Schweres fiel drinnen zu Boden. Entweder Miesepeter war umgekippt oder ihm war was aus den Händen geglitten.

Henner hätte zu gerne gewusst, was der Typ den lieben langen Tag trieb. Zu seinem Erstaunen öffnete sich plötzlich die Tür.

Miesepeters ungepflegter Haarschopf mit dem altmodischen Seitenscheitel erschien zuerst. Dann eine langfingrige Hand, welche den Türrahmen festgekrallt hielt. Mehr war nicht von ihm zu sehen. Aber immerhin: Er wagte es, einen Teil seines Körpers der frischen Luft auszusetzen. Im sonst blassen Gesicht erschienen einzelne rote Flecken.

„Das glaube ich nicht", sagte Miesepeter so leise, als wäre er einer globalen Verschwörung auf die Spur gekommen.

„Was?", fragte Henner zerstreut nach. Er hatte Miesepeter schon eine ganze Weile nicht mehr gesehen. Sein Äußeres hatte sich nicht zu seinem Vorteil verändert. Hätte Henner nicht Milena kennengelernt,

116

wäre ihm das aber höchstwahrscheinlich gar nicht aufgefallen.

„Dass Motze kommt."

Aus irgendeinem unerklärlichen Grund kamen die beiden miteinander aus. Das Einzige, was sie miteinander verband, war, dass sie mal zusammen in eine Klasse gegangen waren. Ansonsten waren die beiden so verschieden wie ein sibirischer Tiger und ein afrikanischer Wasserbock.

„Kannst es dir ja noch mal überlegen. Ich muss dann auch mal weiter."

Kaum hatte Henner das gesagt, war Miesepeter auch schon im Haus verschwunden und hatte die Tür geschlossen. Wenn Motze schon mal von sich aus sein Haus verließ, so musste das einen äußerst wichtigen Grund haben. Und genau den konnte sich Miesepeter nicht entgehen lassen.

Henner wischte sich den Schweiß von der Stirn. Er wollte gar nicht darüber nachdenken, was alles passieren konnte, wenn seine soziopathischen Nachbarn aufeinandertrafen. Aber vielleicht ging ja alles gut aus. Sie unterhielten sich ganz nett, tranken ein paar Bierchen zusammen, blieben friedlich und gingen nacheinander oder zusammen die paar Meter nach Hause. Henner hätte fast losgelacht über seine herbeigezwungene harmonische Fantasie. Er zählte mit den Fingern der rechten Hand durch. Kellergeister Junior, Motze, Miesepeter, die Hälfte hatte er geschafft. Es fehlten noch die drei großen ‚E's: Elvira, Erich und Ernst. Sie alle wohnten auf der anderen Straßenseite. Henner blickte hinüber.

Im Eckhaus hinten am Bach wohnte die Rollatorin. Die brauchte er nicht einzuladen, die kam ohnehin von alleine.

Er blickte in die andere Richtung. Bei der Bushaltestelle wohnten noch die Münchhausen und Schwabbel. Um die beiden brauchte er sich nicht persönlich zu kümmern. Die kamen ebenfalls ohne Einladung.

Schwabbels Lebensmotto war ‚fett statt fit‘. Sobald er auch nur den Hauch eines Essensgeruchs mitbekam, würde er auf der Matte stehen. Auf ihn musste Henner allerdings ein verschärftes Auge werfen. Er war sozusagen das Pendant zu Kellergeister Junior. Was dem einen das Fressen war, war dem anderen das Saufen. Für Essen und Trinken war, daran glaubte Henner mittlerweile fest, bestens gesorgt. Nur, wenn Schwabbel etwas besonders gut schmeckte, kannte er keine Gnade. Mit nichts und niemandem.

Die Münchhausen dagegen war eine notorische Lügnerin. Wenn sie einem einen guten Morgen wünschte, musste man erst mal schauen, ob es überhaupt schon hell war. Alles, was sie behauptete, konnte getrost durch zwei geteilt und davon die Hälfte abgezogen werden. Sie würde allein wegen ihrer krankhaften Neugierde aufkreuzen. Es könnte ja sein, dass sie was verpasste. Henner konnte nur hoffen, dass sie Motze aus dem Weg ging. Der würde nicht lange fackeln und sie in den nahen Bach schmeißen.

Henners Herz fing an zu klopfen, als er auf die großen roten Buchstaben blickte, welche am Sims zum Obergeschoss des komplett weiß gestrichenen Fachwerkhauses aufgemalt waren. In der Wohnung oberhalb der Zweigstelle der Nebenstelle der Sparkasse hauste Elvira allein mit drei oder mehr Katzen. Das wusste keiner so genau. Ein für hiesige Verhältnisse schmucker Balkon aus weiß gestrichenen Brettern, eingefasst in einer Stahlkonstruktion, ragte über das Sparkassenschild hinaus. In drei hängenden Blumenkübeln prangten violette Geranien in voller Blüte vor zwei Doppelfenstern. Der Eingang zu Elviras Wohnung war an der rechten Seite des Hauses gegenüber einer ehemaligen Scheune.

Henner wollte gerade zur Haustür gehen, als er sah, wie oben die Balkontür aufschwang und Elvira heraustrat. Bei ihrem Anblick stockte ihm der Atem. Vielleicht lag es daran, dass er nur ihren Oberkörper zu sehen bekam. Der Rest war durch die Balkonbalustrade verdeckt. Elvira trug eine Art Korsett, was ihre ohnehin schon großen Brüste noch mehr zur Geltung brachte. Mit genau denen, die aussahen wie zwei Honigmelonen, legte sie sich über die Brüstung. Ihr wallendes blondes Haar trug sie ausnahmsweise mal züchtig hochgesteckt.

„Na Henner, das wird ja mal Zeit, dass du auch hier vorbeischaust. Suchst du Zerstreuung während deiner Trauerarbeit?"

„Äh, nee, ich äh ..."

„Was stammelst du denn da unten rum? Komm hoch, bin gerade allein und hab nichts Besseres zu tun", rief Elvira lüstern hinunter. Sie schob ihren prächtigen Vorbau noch ein Stück weiter über die Brüstung.

Henner schaute betreten unter sich. Er hatte das Gefühl, dass sein ganzer Körper glühte. Er wusste nur noch nicht, ob vor Erregung oder Schamgefühl. „Nee, du, lass mal. Ich wollte dich eigentlich ..."

„Was wolltest du mich fragen? Ob du mal mit mir vögeln kannst? Gehst ganz schön ran, mein lieber

Henner. Und das am helllichten Tag. Du musst ja mächtig Dampf im Kessel haben." Sie leckte sich mit der Zunge lasziv über die Lippen.

Henner hielt einen Zeigefinger vor den Mund, um ihr zu zeigen, dass sie nicht so laut sprechen sollte.

Elvira begann, meckernd zu lachen. Ihr großer Busen wogte bedrohlich über die Balkonbrüstung. Noch ein klein wenig weiter und das Gesetz der Schwerkraft wäre nicht mehr aufzuhalten. Ein vernünftiges Gespräch ohne sexuellen Hintergrund war mit Elvira nicht zu führen.

Henner blickte wieder verstohlen nach oben. Zu seiner Überraschung war Elvira verschwunden. Er atmete ein paarmal tief durch. Kam sie etwa runter, um ihn zu holen? Zuzutrauen war es ihr. Er überlegte, ob er die Gelegenheit nutzen sollte, um zu flüchten. Doch dann fiel ihm ein, dass Elvira unbedingt zur Feier kommen musste.

„Na, stehst ja immer noch wie bestellt und nicht abgeholt da unten rum", hörte er wieder Elviras Stimme von oben.

Henner sah, wie sie genüsslich an einer Zigarette zog.

„Du Elvira, versteh das bitte jetzt nicht falsch, aber ich wollte dich eigentlich nur zu einer Feier bei mir einladen. Ich würde mich sehr freuen, wenn du Zeit und Lust hättest, morgen mal vorbei zu schauen." Jetzt endlich war es raus, ohne dass ihn Elvira unterbrach. Es ärgerte Henner bereits, dass er ‚bei mir' und nicht ‚bei uns' gesagt hatte. Das musste er umgehend klarstellen, bevor Elvira falsche Schlussfolgerungen zog.

„Das ist ja mal eine Überraschung! Hätte ich dir gar nicht zugetraut! Wo du doch immer so am Rockzipfel deiner seligen Mutter hingst." Sie schnippte ein wenig

Asche von ihrer Zigarette über die Brüstung. Ihr Gesicht war von einer großen Sonnenbrille verdeckt.

„Milena wohnt jetzt bei mir. Und wir wollen morgen ab Nachmittag ein Wiedersehensfest geben. Waren zusammen eine Weile unterwegs." Henner freute sich über sein neu gewonnenes Selbstbewusstsein.

„Das glaube ich jetzt nicht! Dass ausgerechnet du noch eine abgekriegt hast!" Elviras meckerndes Lachen war erneut in der ganzen Straße zu hören.

Henner hätte sich nun ärgern müssen, aber er wusste, wie das dumme Geschwätz von Elvira einzuordnen war. „Wenn du sie kennenlernen willst, komm doch morgen einfach mal vorbei", rief Henner nach oben.

Er wunderte sich die ganze Zeit schon, dass die Worre-Net-Mine noch nicht aufgetaucht war. Doch nein, die war ja sicher mit Ruth beschäftigt.

„Das lasse ich mir nicht entgehen. Ich hoffe, es kommen auch noch ein paar andere Männer, die noch nicht unter der Haube sind."

Henner nickte beflissen hoch.

„Da bin ich ja beruhigt." Elvira holte mit einer weiten Armbewegung aus. „Hast du die Psychopathen hier auch alle eingeladen?"

„War nicht zu vermeiden, bin gerade dabei", sagte Henner, so leise er konnte. Er hoffte, dass keiner der Kandidaten mithörte.

„Na, das wird ja eine geile Party. Da muss ich mir doch glatt ein besonderes Outfit überlegen", lachte Elvira fast schon hysterisch vor Vorfreude. Sie streckte ihren Oberkörper und zeigte Henner noch einmal ihre voluminöse Oberweite, bevor sie winkend hinter der Balkontür verschwand.

Henner blieb noch eine Weile wie angewurzelt stehen. Was hatte er sich da nur angetan?! Er versuchte, sich mit dem Gedanken zu beruhigen, dass sie immerhin nicht gleich ganz nackt auftauchten würde. Was sollte Milena nur denken, wo sie hier hingeraten war! Er war sich im Moment nicht ganz im Klaren, ob der Schweiß, der ihm aus allen Poren kroch, aus Angst oder vom langen Stehen in der prallen Sonne kam. Er musste unbedingt etwas trinken, bevor er die zwei letzten Nachbarn einlud. Zum Glück gab es am Dorfbrunnen am Backhaus immer frisches kühles Wasser. Er ging mit großen Schritten darauf zu. Schöpfte mit beiden Händen das kühle Nass und schüttete sich zunächst zwei, drei Ladungen über seinen erhitzten Kopf. Erst dann trank er gierig, direkt aus dem Strahl, der aus dem gusseisernen Hahn heraus plätscherte. Sofort fühlte er sich besser. Die Straße war immer noch wie ausgestorben. Kein Wunder bei der Hitze, dachte Henner.

Langsam ging er zu dem Haus von Erich. Den Ernsten Ernst wollte er sich bis zum Schluss aufheben. Er blickte auf seine Uhr. Ihm blieb noch ein Weilchen, bis Mo kommen würde. Wenn mit Erich und Ernst alles glatt lief, könnte er sich vielleicht noch eine Stunde aufs Ohr hauen. Die Einladungen seiner unmittelbaren Nachbarn waren und blieben kräftezehrend.

Er wandte sich dem heruntergekommenen Anwesen von Erich zu, das gleich neben der Sparkasse lag. Ebenso wie das Haus von Motze, war es alles andere als ein Aushängeschild im Ort.

Erich hauste hier schon ewig allein. An der der Straße zugewandten Seite hatte er irgendwann einmal halbherzig versucht zu renovieren. Es aber nie so richtig zu Ende gebracht. Zur Sparkasse hin fielen dagegen die vergilbten Fassadenplatten von der Außenwand. Ein an das Haus angrenzendes Nebengebäude stand kurz vor dem Einsturz. Erich nahm es scheinbar gelassen. Er lebte, wie die meisten seiner Nachbarn, in seiner eigenen Welt. Die Dorfbewohner nannten ihn gerne: Vorne-er-hinten-ich. Wokeness hatte sich eben noch nicht überall durchgesetzt. Und Henner selbst kannte das Wort natürlich auch nicht. Erich gefiel es, sich in Gesellschaft von Gleichgeschlechtlichen aufzuhalten. Am allerliebsten waren ihm junge Männer, die sich noch nicht ganz festgelegt hatten. Er war um die fünfzig, trug meistens eine blaue Arbeitsjacke über schwarzen oder braunen Cordhosen. Sein Gesichtsausdruck besaß etwas Linkisches. Was allerdings auch an dem alten Kassengestell seiner Brille liegen mochte, welches seine großen Augen umrahmte.

Henner suchte vergeblich eine Klingel an der seltsam schiefen Haustür. Es blieb ihm nichts anders übrig, als zu klopfen. Die Tür fing sofort an zu ächzen, so als würde sie jeden Moment aus den Angeln brechen. Henner zog erschrocken seine Hand zurück.

Von drinnen hörte er erst ein schabendes, dann tappendes Geräusch. So, als wenn jemand schnell näher käme.

Henner wich instinktiv einen Schritt zurück. Dann Stille. Stand Erich vielleicht hinter der Tür und lauschte?

Henner rief: „Hallo Erich, bist du zu Hause?"

Stille.

Henner wartete noch einen Moment, unschlüssig, was er davon halten sollte.

Daraufhin entfernte sich wieder das Tappen und Schaben.

Was treibt der da drin bloß, fragte sich Henner. Waren das vielleicht Ratten, die von seinem Klopfen angelockt wurden? Wer wusste schon, ob Erich nicht längst verwest irgendwo in seiner Bruchbude lag? Vermutlich hatte er eine Überdosis seines legendären Selbstgebrannten gesoffen.

Henner stand vor der groben Holztür und wusste nicht, ob er gehen oder warten sollte. Er entschied sich, es noch einmal mit Klopfen zu probieren.

Wieder erst das Schaben, dann das Tappen bis vor die Tür.

Henner ging ganz nah mit dem Kopf ans Türblatt, um besser zu hören, was da drinnen vorging. Sein rechtes Ohr lag gerade dicht an der rauen Holztür, als sie genau in diesem Moment aufgerissen wurde. Henner stürzte unkontrolliert und ohne festen Halt in einen dunklen Flur. Konnte sich gerade noch an Erichs fleckiger Schürze festkrallen, sonst wäre er der Länge nach hingeschlagen.

Der lachte verschmitzt über seinen genialen Schachzug, auf diese Weise Körperkontakt zu bekommen. Er hielt Henner mit einer Hand fest und streichelte ihm mit der anderen Hand sanft über den gebeugten Rücken.

„Mensch, lass mich los", keuchte der.

„Ist ja schon gut. Ich tu dir nichts, keine Angst." Erich ließ los.

Henner stand mittlerweile wieder aufrecht und blickte die unscharfen Konturen seines Gegenübers völlig entgeistert an. Sein Herz setzte für einen Schlag aus.

„Was gaffst du denn so?", fragte Erich entrüstet.

In dem düsteren, unbeleuchteten Flur konnte Henner nur ungenau erkennen, dass Erich außer einer über und

124

über mit roter Flüssigkeit besudelten Lederschürze kein anderes Kleidungsstück trug.

„Bin gerade dabei, Himbeergelee zu kochen. Ist immer eine Riesensauerei, wie du siehst."

„Ach so, dann bin ich ja beruhigt. Für mich sieht das hier eher aus, als hättest du gerade eine Leiche zerstückelt", sagte Henner, als er sich wieder von dem Schrecken erholt hatte. Er lachte vorsichtig.

Erich lachte nicht mit.

„Warum hast du mir denn nicht die Tür geöffnet, wo du mich doch längst gesehen hattest?" Henner war nun langsam verärgert.

Erich strich mit seinen Händen verlegen über die Schürze. „Weiß nicht, hatte in letzter Zeit ein paar Probleme mit den Saububen", antwortete er zögernd.

Henner konnte sich denken, was passiert war. Erich hatte wieder mal Lehrgeld bezahlen müssen wegen seiner Übergriffigkeit. Er konnte einfach nicht die Finger von den jungen Kerlen lassen. Die machten sich einen Spaß mit ihm. Gingen freiwillig mit von der Dorfkneipe zu ihm nach Hause, wenn er sie noch auf einen Absacker einlud. Erich schenkte den Burschen reichlich von seinem Selbstgebrannten ein. Gab auch die eine oder andere hausmacher Mettwurst oder dick mit Leberwurst bestrichenes Bauernbrot aus. Vegane Schmankerl hatte er nicht zu bieten. Die hätten wohl auch weniger Abnehmer gefunden. Die Kerle griffen, angetrunken wie sie waren, herzhaft zu. Dafür legte Erich bei dem einen oder anderen für ein paar Sekunden die Hand auf den Oberschenkel. Obwohl er sich nie mehr erlaubte, war ihm das schon ein paarmal gar nicht gut bekommen. Dann verschwand er für eine Weile von der Bildfläche. Verschanzte sich in seiner

Bruchbude. Keiner wusste genau, was er dort den ganzen Tag über trieb. Die Kneipe, in der er sonst Stammgast war, mied er dann vorübergehend. Bis er eines Tages wieder auftauchte und alles von vorne losging.

Jeder im Ort wusste, dass er homosexuell war. Obwohl er junge Männer bevorzugte, achtete er peinlich darauf, dass sie nicht zu jung waren. Dafür hatte er viel zu viel Angst.

„Aha, also Erich, weswegen ich eigentlich hier bin: Ich wollte dich gerne zu unserem Wiedersehensfest morgen einladen. Gibt genug zu trinken und jede Menge leckere Sachen zu essen." Henner wusste, dass Erich kein Kostverächter war.

„Weiß nicht, da kommen bestimmt auch die Saububen", brummte Erich und schüttelte den Kopf.

„Da mach dir mal keine Sorgen. Es sind genug Kumpels von Mo da, die schon aufpassen werden, dass nichts aus dem Ruder läuft."

„Scheint ja eine Art Dorffest zu werden, oder?"

„Es sieht alles danach aus. Das kannst du dir nicht entgehen lassen, glaub mir", bestätigte Henner und wusste, dass Erich kommen würde.

„Na, dann sag ich mal vielen Dank für die Einladung. Ich habe da eine Maxiflasche Aufgesetzten. Mit Kirschen. Der müsste eigentlich soweit sein. Den können wir ja zu vorgerückter Stunde mal verköstigen."

Henner nickte nur erschöpft. Eigentlich wollte er sagen: Besser nicht. Aber das getraute er sich nicht. Stattdessen erklärte er: „Ich freue mich. So, jetzt muss ich aber los. Hab noch allerhand zu erledigen."

Erich hielt Henner am Arm fest. „Weil du es bist, bringe ich auch noch zur Feier des Tages ein paar

Gläser Leberwurst mit. Sozusagen als Gastgeschenk für dich persönlich." Er tätschelte Henners linken Oberarm gerade so lange, dass der sich nicht beschwerte.

Von irgendwo drinnen aus der Küche roch es plötzlich angebrannt.

„Verfluchter Mist, der Gelee", schrie Erich und verschwand im dunklen Flur.

Henner nutzte die Gelegenheit und verließ rasch das Haus. Draußen vor der Tür blendete ihn grelles Sonnenlicht. Zum wiederholten Mal an diesem Tag atmete er ein paarmal kräftig ein und aus.

Nun stand ihm nur noch der Ernste Ernst bevor. So langsam nagte das schlechte Gewissen an Henner, dass er Milena mit der ganzen Arbeit so lange allein ließ. Er überlegte kurz, ob er die Einladung von Ernst auf morgen Vormittag verschieben sollte. Aber wer wusste schon, ob er dann noch Zeit dazu bekäme. Denn Ernst war alles andere als ein einfacher Nachbar. Vielleicht nicht ganz so unberechenbar wie Motze, aber durchaus nicht ohne, wenn es ums Anzeigen wegen Lärmbelästigung ging. Außerdem wäre er verärgert, würde ihm heute zu Ohren kommen, dass die anderen eingeladen waren, er aber glauben musste, nicht dabei zu sein. Obwohl er dazu eigentlich gar keine Lust hatte. Es ging ums Prinzip. Also musste Milena noch eine Weile ohne Henner zurechtkommen.

Der ging mit raschen Schritten auf das einzige gepflegte Haus in der Straße zu. Eines musste man Ernst lassen: Sein Anwesen hielt er in Ordnung. Es stach richtig heraus aus dem morbiden Charme, welchen die anderen Häuser verströmten. Das Dach war mit teurem Naturschiefer gedeckt, das Fachwerk im Obergeschoss deutlich hervorgehoben und die alten

Eichenbalken ordentlich mit roter Farbe gestrichen. Teilweise sogar mit geschnitzten Ornamenten und Inschriften versehen. Die Gardinen hinter den Fenstern waren sauber, der Hof mit teurem Verbundsteinpflaster ausgelegt und die Eingangstür, farblich mit dem Fachwerk abgestimmt, aus massivem Eichenholz.

Wie die meisten in der Straße lebte Ernst alleine. Das war aber nicht immer so gewesen. Seine Frau war vor ein paar Jahren an einem Schlaganfall gestorben. Was ihn noch ernster werden ließ, als er ohnehin schon gewesen war.

Henner hielt den Daumen auf den Klingelknopf. Wie schon bei den anderen Nachbarn fing sein Herz wieder schneller an zu schlagen. Was würde ihn diesmal erwarten?

Zu seiner Überraschung öffnete sich die Tür bereits nach dem ersten Klingeln. Ernst lugte ernst wie immer durch den Türspalt. Er war Mitte fünfzig, mit leichtem Bauchansatz und schütterem grauen Haar, ansonsten aber vom Äußeren her gepflegt. Sein Blick wirkte, oberflächlich gesehen, angespannt. So als müsste er gleich ein schwieriges Problem lösen. Sah man genauer hin, kam eine beinahe melancholische Traurigkeit zum Vorschein.

„Ach Henner, du bist es. Wirst auch nicht jünger", sagte Ernst zur Begrüßung mit monotoner Stimme.

Was sollte der darauf antworten? Er sah, dass Ernst selbst im Haus glänzende Lackschuhe zu einer auf Falte gebügelten schwarzen Hose trug. Darüber ein weißes Hemd und ein ebenfalls schwarzes Sakko. Fehlte nur noch der Schlips und er hätte gerade von einer Beerdigung kommen können.

„Hm, störe ich dich gerade? Bist du auf dem Sprung zu einer Beerdigung?", fragte Henner, dem nichts Besseres einfiel.

Ernst antwortete, wie zu erwarten, nicht darauf. Er blieb einfach im Türrahmen stehen und schwieg. Er fragte noch nicht einmal nach, was der Mensch, der vor ihm stand, von ihm wollte.

Henner räusperte sich, bevor er wieder das Wort ergriff: „Also, ich bin hier, weil ich dich für morgen Nachmittag zu einer Feier bei uns einladen möchte." Jetzt war es raus.

Ernst schwieg immer noch beharrlich.

Henner wartete eigentlich nur noch darauf, dass er ihm die Tür vor der Nase zuschlug. Er musste daran denken, was der Alte Fritz mal zu ihm gesagt hatte: ‚Als Gott das Lachen erfunden hat, muss Ernst gerade auf dem Klo mit Montezumas Rache gesessen haben.'. Fast hätte Henner laut losgelacht. Das machte bei Ernst aber keinen Sinn. Soweit er sich erinnern konnte, hatte er Ernst noch nie lachen gesehen. Das Gefühl der Freude musste ihm schon bei der Geburt als irgendein Defekt im Gehirn gefehlt haben. Viele, vor allem Jugendliche, hatten schon Wetten abgeschlossen. Wer konnte Ernst zum Lachen bringen? Gewonnen hatte noch keiner.

„Ich bin nicht so der große Alleinunterhalter und Witzereißer, wie du weißt." Endlich brach Ernst sein Schweigen.

„Das geht schon in Ordnung. Komm einfach so, wie du bist." Henner verschwieg diesmal bewusst, dass voraussichtlich alle anderen Nachbarn kämen. Einige davon würden Ernst nicht in Ruhe lassen. Versuchen, ihn aus der Reserve zu locken, damit er endlich mal herzhaft lachte. Im schlimmsten Fall würde Ernst einfach aufstehen und kommentarlos nach Hause gehen.

„Da wird bestimmt viel gelacht. Du kennst mich ja, das ist nicht so mein Ding." Ernst holte ein blütenweißes Stofftaschentuch aus der rechten Jackentasche und putzte sich damit die Nase.

„Das kann sein. Aber da wird bestimmt auch das eine oder andere ernste Gespräch geführt. Die Frauen von der Frauenhilfe kommen übrigens auch." Henner hoffte inständig, dass er Ernst endlich überzeugt hatte zu kommen.

„Na ja, ich werde es mir mal überlegen. Versprechen kann ich selbstverständlich nichts. Du weißt ja, samstags ist immer so viel zu tun. Der Hof und die Straße müssen gekehrt werden. Das Unkraut aus den Fugen gerupft, der Rasen im Garten gemäht und das Mähgut zum Wertstoffhof gebracht werden. Und wenn ich dann endlich draußen fertig bin, steht der große Hausputz an. Danach ist dann noch die große Wäsche angesagt. Und zum Schluss muss ich mich selbst noch baden. Da bin ich dann meistens schon so müde, dass ich in der Badewanne einschlafe."

Henner fühlte sich allein durchs Zuhören wie erschlagen von dem Programm, welches Ernst sich an einem herrlichen Sommertag antat. „Vielleicht kannst du dich ja danach noch auf ein Bier und ein Steak mit Kartoffelsalat aufraffen. Nach so einem harten Arbeitstag hast du doch bestimmt ordentlich Hunger."

Ernst schwieg wieder. Sein Wortvorrat schien erschöpft. Es gab nichts mehr zu sagen.

Henner nickte kurz und ging schließlich.

Ernst schloss die Haustür hinter ihm.

Ein paar Minuten später betrat Henner völlig erschöpft die Küche, in der Milena gerade einen Kaffee gekocht hatte. Müde und von den vielen schwierigen Einladungen noch ganz wirr im Kopf, ließ er sich auf die Eckbank fallen.

Milena setzte sich zu ihm und legte ihren Kopf auf seine Schulter. Sie blieben eine Weile so sitzen. Henner nahm Milenas Hand und streichelte sie sanft. Beinahe wäre er eingeschlafen. Wie durch einen Schleier vernahm er Milenas Stimme.

„Auch müde?"

„Ja", hauchte er.

„Lass uns mal einen Moment hinlegen. Ein bisschen Zeit haben wir noch bis Mo kommt."

„Gute Idee. Wenn du nichts dagegen hast, bleibe ich gleich hier auf der Eckbank liegen."

„Ist gut, ich lege mich draußen in die Sonne", sagte Milena und stand auf.

Henner begab sich in die Waagerechte. Er schaute Milena nach, als sie nach draußen ging. Noch ehe sie die Tür hinter sich geschlossen hatte, war er eingeschlafen.

Unterstützung naht

Mo kam am Nachmittag gegen vier Uhr auf den Hof gefahren. Dann betrat er, wie immer, ohne zu klingeln, Henners Haus. Er fand ihn rücklings mit offenem Mund schnarchend auf der Eckbank liegend vor.

Mo zückte sein Smartphone und schoss breit grinsend ein Foto.

Wo Milena bloß steckte, fragte er sich. Den Sechser-Zug Licher Pils, den er noch unter einem Arm geklemmt hielt, stellte er auf den Küchentisch. Er fummelte eine Flasche aus der Verpackung und öffnete sie mit einem Einwegfeuerzeug.

Henner schlief immer noch tief und fest.

Muss ein sehr anstrengender Tag für ihn gewesen sein, dachte Mo. Er steckte sich eine Marlboro an und blickte auf den friedlich schlafenden Henner. Nach dem ersten tiefen Zug schaute er auf seine Uhr. Sanft blies er Henner den Rauch seiner Zigarette über den Brustkorb in Richtung Gesicht.

Henners Schnarchton, der bislang wie ein gleichmäßiges Sägen klang, ging in eine Art Fehlzündung mit Aussetzern über. Er endete in einem Hustenanfall, der ihn wach werden ließ. Verwirrt von dem Geruch schlug er die Augen auf.

„Na, hast wohl einen harten Tag hinter dir?“, bemerkte Mo.

„Das kannst du laut sagen! Lauter Verrückte um mich herum.“

Mo zog die Augenbrauen nach oben.

„Milena und du natürlich ausgenommen“, beeilte sich Henner zu erklären.

„Wo steckt eigentlich Milena?“

„Ist draußen im Garten und sonnt sich“, antwortete Henner. „Wahrscheinlich ist sie aber auch eingeschlafen“, fügte er dann hinzu und streckte sich gähnend. Er stand auf und schüttete sich ein Glas Wasser aus der Leitung ein, welches er in einem langen Zug leer trank.

„Und? Läuft alles von eurer Seite aus nach Plan für die Big Party morgen?“, fragte Mo nach. Er war bereits bei seinem zweiten Licher angelangt.

132

„Na ja, kann ich dir nicht so genau sagen. Erst war ich einkaufen, aber Milena meinte dann, sie hätte noch einiges vergessen aufzuschreiben und ich müsste noch mal los."

Mo kicherte.

„Bei der Aktion habe ich schon einige Leute eingeladen und, um ehrlich zu sein, gleich zu Anfang den Überblick darüber verloren, wer was mitbringt und wer noch Bescheid gibt."

Mo grinste wissend.

„Und eben durfte ich die Runde in der Nachbarschaft drehen. Ich habe eine halbe Ewigkeit damit verbracht, meine lieben Nachbarn davon zu überzeugen, dass sie sich morgen nicht wie sonst in ihren Häusern verschanzen, sondern hier bei uns vorbeischauen."

„Das kann ja heiter werden, wenn die alle tatsächlich kommen!", bemerkte Mo.

„Ja, aber wenn sie nicht selbst dabei sind, maulen sie, wenn wir am Abend laute Musik machen. Das weißt du."

Mo nickte.

„Und wie läuft es bei dir so mit den Vorbereitungen für morgen?", fragte Henner immer noch leicht benommen nach.

„Alles im grünen Bereich. Morgen früh so ab zehn Uhr rücken wir an. Das Wetter soll weiterhin so phantastisch bleiben. Brauchen also nicht improvisieren. Kann im Prinzip alles wie geplant draußen im Garten und eventuell noch im Hof stattfinden." Mo unterbrach seine Ausführungen, weil er sich eine neue Marlboro ansteckte. Er zog genüsslich daran und sagte dann: „Ach übrigens, ich habe zwei Dixiklos organisiert. Willst ja sicher nicht, dass dir jeder in den Garten pinkelt oder die Klos im Haus einsaut.

„Wenn ich dich nicht hätte, Mo! An was du alles denkst!", freute sich Henner. Er wäre Mo am liebsten um den Hals gefallen.

„Das mit deiner angeblich kleinen Wiedersehensfeier hat sich zu einem Fest in der Größenordnung der Dorfkirmes entwickelt. Gut, der eine oder andere Nachbar kann zwischendurch, wenn es pressieren sollte, mal kurz nach Hause verschwinden. Aber so wie ich die kenne, stehen die lieber Schlange, nur um nichts zu verpassen. Auch wenn sie zehnmal jetzt so tun, als ob sie keine Lust auf die Party hätten." Mo fing an zu husten, weil er wieder lachen musste.

„Und sonst mit dem Grillen, Trinken und der Musik? Geht das alles klar? Soll ich noch irgendwas besorgen?", fragte Henner und sah auf seine Uhr.

„Alles am Laufen. Wie liest man immer so schön überflüssig: Für Essen und Trinken ist bestens gesorgt. Und um die Mucke kümmert sich Jürgen, den kennst du ja. Da brennt nichts an. Das sage ich dir." Mo legte beruhigend eine Hand auf Henners Schulter.

„Wie machen wir das denn mit der Abrechnung von allem? Ich kann dir aktuell nicht mehr genau sagen, wie viele Leute jetzt tatsächlich kommen werden."

„Da mach dir mal keinen Kopf! Das Trinken übernehmen wir komplett. Da hab ich mit meinen Jungs schon drüber gesprochen. Beim Essen machen wir es einfach so, dass alle, die eine offizielle Einladung erhalten haben, nichts bezahlen. Wer sonst noch so auftaucht muss, wie auf der Kirmes an der Pommesbude, ganz normal seinen Geldbeutel

134

aufmachen, wenn er was essen will. Wen du alles eingeladen hast, wirst du doch noch wissen, oder?"

Henners Gesicht wurde puterrot. „Da bin ich mir, ehrlich gesagt, nicht mehr so ganz sicher", antwortete er verlegen. Nach einem kurzen Seufzer zuckte er zusammen: „Äh, was meinst du denn eigentlich mit: ‚Wer sonst noch so auftaucht'? Meinst du, da kommt Hinz und Kunz?" Henner klang alarmiert.

Mo winkte ab. „Das kriegen wir schon hin. Und wer uneingeladen auftaucht, hat eh nichts zu melden." Er griff bereits nach der dritten Flasche Licher, als Milena mit leicht gerötetem Gesicht die Küche betrat.

„Hallo Mo! Schön, dass du da bist! Reichst du mir auch rasch eine Flasche?", bat sie.

Draußen im Flur klingelte das Telefon.

Henner erschrak. Ging dann aber rasch hinaus, um den Anruf entgegenzunehmen.

„Gibt wohl morgen ein großes Fest", bemerkte Milena.

„Davon kannst du ausgehen", erwiderte Mo.

„Meinst du, Essen und Trinken für die ganzen Leute reicht?", fragte Milena ernsthaft besorgt nach.

„Wenn nicht noch eine Hundertschaft der Polizei anrückt, würde ich sagen: kein Problem", antwortete Mo und trank sein Licher leer.

„Wird nicht einfach für mich. Ich kenne noch niemand wirklich vom Dorf."

„Sieh es als einmalige Chance, auf einen Schlag quasi das ganze Dorf kennenzulernen." Mo blickte auf seine Uhr. „Muss bald los. Hab noch hier und da ein bisschen was zu erledigen", lachte er mit einem leicht fatalistischen Gesichtsausdruck.

„Du, Mo, vielen Dank noch mal für deine Unterstützung gestern. Ohne deine fantastischen Ideen und dein Organisationstalent würde hier nichts laufen." Milena drückte Mo einen Kuss auf seine Wange, die mittlerweile wieder ordentlich stoppelig war. „Und ohne deinen Mut auch nicht."

Mo winkte ab. Er wich ausnahmsweise nicht aus. Ob es an den Bieren lag, die er bereits intus hatte, oder einfach an der Tatsache, dass er Milena bereits ins Herz geschlossen hatte, blieb sein Geheimnis.

„Du lädst doch bitte auch die Helfer von gestern Abend ein, ja? Ich weiß ja gar nicht, wer das war. Ich möchte sie kennenlernen. Henner und ich wollen uns auch bedanken!"

Mo schüttelte den Kopf. „Lass mal. Es ist ganz gut, wenn ihr beiden nicht wisst, wer es war. Schließlich war die Aktion ja nicht ganz astrein."

„Aber wie können wir uns dann bedanken?"

„Na, sie werden schon bei eurem Fest dabei sein, eingeladen habe ich sie. Aber ihr müsst ja nicht wissen, wer genau bei der gestrigen Aktion dabei war."

Milena schüttelte lachend den Kopf. „Du bist der verrückteste Typ, den ich kenne, Mo. Na gut. Aber ich bitte dich, dass du dich extra in unserem Namen ganz herzlich bedankst. Und wenn wir irgendetwas tun können ..."

„Schon klar. Mach dir keine Sorgen, Milena!"

Henner kam zurück in die Küche mit einem Zettel in der Hand. „Das war die Gertrud von der Frauenhilfe. Sie hat mir mitgeteilt, was sie und die Frauen vom Förderverein Backhaus morgen alles mitbringen", erklärte er und reichte Milena den Zettel.

Die überflog rasch das vollgekritzelte Papier. „Oh, das ist sehr gut. Die geben sich richtig Mühe. Weiß gar nicht, wie wir das wiedergutmachen sollen." Milena legte den Zettel auf den Küchentisch.

„So ihr zwei. Es ist alles am Laufen. Wir sehen uns morgen früh, so gegen zehn Uhr, plus minus eine halbe Stunde." Mo boxte Henner leicht gegen die Brust und nickte Milena kurz zu. Dann verließ er die Küche.

„So, ich glaube, es ist Zeit, dass ich uns was zu essen mache", beschloss Milena in resolutem Tonfall. Sie ging zum Kühlschrank und schaute hinein.

„Soll ich dir helfen?", fragte Henner, mittlerweile schon gewohnheitsmäßig, nach.

„Nein, lass mal. Ich habe ja Nudelsalat schon gemacht. Ich mache einfach Würstchen warm. Geht schnell."

„Wenn du nichts dagegen hast, verschwinde ich noch mal ganz kurz nach unten."

„Geh schon, ich rufe dich dann, wenn Essen ist fertig."

Unten in seinem kühlen Reich kam sich Henner vor, als wäre die Zeit stehen geblieben. Die Welt drehte sich für eine Weile nicht weiter. Er ging einmal um den großen Tisch herum und besah sich seine aktuelle Figur, ohne sie anzustrahlen. Ein wenig Wehmut überkam ihn bei ihrem Anblick. Er hoffte, dass es bald etwas ruhiger werden würde. Damit er endlich mal wieder mit seinen eigenen Händen ungestört so ein ähnlich herrliches Gebilde entstehen lassen könnte.

Kurz darauf rief Milena: „Essen ist fertig, kommst du?"

„Bin schon unterwegs", rief er zurück. Leise schloss er mit einem letzten Blick sein Atelier und ging nach oben.

Während des Essens schrieb Milena einen weiteren Einkaufszettel für Henner, den er morgen früh noch abarbeiten musste. Beide aßen zwei Portionen Nudelsalat und jeweils zwei Würstchen.

Henner berichtete ihr mit leichtem Unbehagen von den schwierigen Fällen in seiner Nachbarschaft, die er zur Feier eingeladen hatte. Er versuchte, Milena ein wenig vorzubereiten auf eventuelle Schwierigkeiten, die es mit dem einen oder anderen geben könnte.

Sie hörte ihm aufmerksam zu, ohne ihn zu unterbrechen.

Erst als Henner alle Macken und Schrullen des ganzen Panoptikums aufzählte, fing sie an zu lachen. „Na, ihr seid ein verrücktes Dorf! Gibt es auch langweilige Menschen hier?"

Henner zuckte mit den Schultern. „Ich weiß nicht. Ich kenne es ja nicht anders. Seine Nachbarn kann man sich sowieso nicht aussuchen." Schnell fügte er hinzu: „Aber wenn es dir zu blöd hier wird, hauen wir einfach wieder ab. Vielleicht doch nach Polen, in deine Heimat?"

„Jetzt geben wir erst mal morgen das große Fest. Ich lerne bestimmt viele neue Leute kennen, egal ob schwierig oder nett. Dann sehen wir weiter."

Henner nickte zufrieden.

„Übrigens: Mo will uns nicht verraten, wer uns gestern geholfen hat. Aber die Männer sind morgen auch bei den Gästen dabei. Er bedankt sich nochmals in unserem Namen und wir stellen keine Fragen."

Kurz schaute Henner verständnislos. Dann nickte er wissend.

„Heute wir sollten sehr früh schlafen gehen. Aber wollen wir uns vorher noch kurz draußen in den Garten setzen? War ein anstrengender Tag. Ich trinke noch ein Glas Wein und du erzählst mir noch ein paar Geschichten von deinen komischen Nachbarn", schlug Milena vor.

Sie setzten sich draußen auf die Bank unter einen Mirabellenbaum, dessen Früchte anfingen, reif zu werden. Henner genoss den frischen Orangenduft von Milenas Parfum. Es war noch angenehm warm und ruhig. Noch. Die Ruhe vor dem Sturm. Sie blieben bis zum Einbruch der Dunkelheit draußen sitzen. Besprachen noch das eine oder andere für die morgige Feier. Milena trank eine halbe Flasche Rotwein, Henner trank ebenfalls rot, allerdings seinen gewohnten Traubensaft.

Es war zwar noch recht früh am Abend, aber sie gingen, aus gegebenem Anlass, zeitig zu Bett.

Die letzten Vorbereitungen laufen

Am Samstagmorgen wurden sie von den ersten Sonnenstrahlen, die ins Schlafzimmer schienen, geweckt.

Milena stand vor Henner auf und ging duschen.

Henner genoss es, noch eine Weile liegen bleiben zu können. Er verschränkte die Arme hinter dem Kopf. Versuchte, so lange wie möglich an nichts zu denken. Das ging natürlich nicht lange gut. Er war schließlich kein indischer Guru, dessen Lebensinhalt jahrelange

Meditation war. Der bevorstehende Tag nahm sofort seine Gedanken in Beschlag. Ihm fiel ein, dass er einmal in irgendeinem Lied gehört hatte, wie eine Frauenstimme im Intro sagte: ‚Ein schöner Tag. Wenn er zu Ende geht, ist nichts mehr, wie es war.'. Henner spürte sein Herz klopfen. Er konnte nur hoffen, dass diese Vorhersage nicht zutraf.

Milena kehrte, in ein großes Badehandtuch gehüllt, gut gelaunt zurück ins Schlafzimmer. Ihre lockigen Haare glänzten vor Nässe, als die Strahlen der Sonne sie trafen. „Na du Faulpelz, raus aus den Federn! Glaube, gibt noch viel zu tun heute." Sie trat näher ans Bett heran und schüttelte ihre nasse Lockenpracht über Henners Kopf.

Der versuchte noch rasch, unter die Bettdecke abzutauchen, was ihm aber nicht rechtzeitig gelang. „Warte, wenn ich dich kriege, dann ..." Er sprach nicht weiter, sondern sprang mit einem Satz aus dem Bett.

Milena begann zu kichern. Sie rannte auf ihre Seite des Bettes.

Henner versuchte, sie zu packen, aber sie war schneller. Sprang auf das Bett und hüpfte auf Henners Seite wieder runter. Er gab auf. Drohte ihr aber noch halbherzig mit dem rechten Zeigefinger. „Für heute hast du gewonnen. Aber beim nächsten Mal gebe ich mich nicht so einfach geschlagen", kündigte er lachend an und verschwand im Badezimmer.

„Ich mache schon mal Frühstück", rief Milena ihm nach.

Während des Frühstücks, es gab mal wieder für Henner sein geliebtes Leberwurstbrot, reichte Milena ihm einen Zettel mit allem, was er noch beim Edeka einkaufen sollte. Sie selbst löffelte eine Schale Müsli mit einer geschnittenen Banane darin. So deftiges Essen am Morgen war nichts für sie.

Bevor Henner das Haus verließ, ermahnte sie ihn, dass er sich diesmal nicht so lange aufhalten sollte.

Er versprach es.

Im Edeka war am Samstagmorgen erwartungsgemäß die Hölle los.

Henner traf natürlich wieder Hinz und Kunz aus dem Ort. Zu seinem Glück hatte es sich längst herumgesprochen, dass bei ihm heute eine Megafeier steigen würde.

Wie konnte es auch anders sein, lief ihm ausgerechnet der ‚Gipfel der Belanglosigkeiten‘ über den Weg. Leider hatte Helga, so hieß die Frau, ihn bereits entdeckt und steuerte auf ihn zu.

Henner schaute rasch auf seine Armbanduhr. Tat so, als hätte er nicht viel Zeit. Doch er hatte keine Chance.

„Hallo Henner, gut dass ich dich treffe. Das mit deiner Mutter tut mir wirklich sehr leid.“ Helga wischte sich eine imaginäre Träne aus dem Augenwinkel.

„Helga, bitte sei mir nicht böse, ich bin ziemlich in Eile. Beim nächsten Mal habe ich mehr Zeit“, unterbrach er sie.

„Ach, das macht doch nichts. Ich habe mir gerade einen Einkaufswagen geholt. Wenn ich mich nicht verzählt habe, war es der 36ste in der festgehängten Reihe. Die Räder von meinem laufen so schön gleichmäßig. Fast von alleine. Ich muss gar nicht so arg nachhelfen beim Schieben. Vielleicht mache ich mir nachher eine Markierung an den Wagen, damit ich ihn beim nächsten Mal wiederfinde. Aber eigentlich kaufe ich ja lieber beim Rewe ein. Da finde ich die Spargelcremesuppe, die ich am liebsten mag, schneller.

141

Ist da auch zehn Cent billiger die Packung. Wie heißt die Marke noch mal schnell? Ich komme nicht drauf. Also sowas! Das passiert mir in letzter Zeit öfters. Also dass ich nicht auf Namen komme. Kürzlich ist mir doch tatsächlich nicht der Name des Cousins meines Mannes eingefallen. Also sowas! Vielleicht kennst du den auch? Das ist der, der kürzlich nach Berlin gezogen ist. Der mit den blonden Locken. Der hat früher hinten am Ortsausgang gewohnt. Weißt du, dort wo immer die vielen Gartenzwerge im Vorgarten stehen. Also sowas! Jetzt komme ich doch schon wieder nicht auf seinen Namen. Irgendwas mit G. Günter? Gerhard? Nee, beides nicht. Also sowas! Wobei: Die Gartenzwerge stehen da jetzt nicht mehr im Vorgarten. Das Haus wurde ja verkauft damals, als der G..., also sowas, ich komme doch einfach nicht auf den Namen. Also da stehen die Gartenzwerge jetzt nicht mehr. Die haben aber einen Fahrradschuppen vor das Haus gebaut. Also, hast du sowas schon mal gehört?! Fahrradschuppen. Die Fahrräder kann man doch in den normalen Schuppen stellen. Joachim! Jetzt fällt es mir wieder ein! Joachim heißt er, der Günter. Also der, von dem ich dachte, er würde mit G anfangen. Der Günter, also der ... jetzt komme ich doch schon wieder nicht drauf ...“

Henners Ohren fingen an zu brummen. Sein Blick wurde starr und er fürchtete, ins Koma zu fallen. Schnell schüttelte er sich und unterbrach den Wortschwall, den der ‚Gipfel der Belanglosigkeiten‘ gerade von sich gab: „Helga, ich muss jetzt wirklich los.“ Henner blickte noch einmal auf seine Uhr und tat so, als würde er zu Tode erschrecken. „Oh Gott, was? Schon so spät?“

„Joachim! Joachim heißt er. Jetzt fällt es mir wieder ein", lachte Helga, ohne auf seinen Hinweis einzugehen.

„Ich muss, Helga", wiederholte Henner und setzte sich in Bewegung.

„Ja, ja, wo doch heute die große Feier bei euch ist und du schon so viele Leute eingeladen hast. Da kommt es doch auf ein paar mehr oder weniger nicht an, oder?"

„Da hast du recht." Henner schob seinen Einkaufswagen, so rasch er konnte, in den Supermarkt hinein.

Der ‚Gipfel der Belanglosigkeiten' hatte sich soeben selbst eingeladen. Da ihr ohnehin kaum jemand länger als ein paar Sekunden zuhören wollte, würde sie solange völlig belangloses Zeug reden, bis sie ihr Geschwätz selbst nicht mehr ertragen konnte. Die Wahrscheinlichkeit, dass sie an den Falschen geriet, war allerdings sehr hoch. Diejenige Person würde ihr mit deutlichen Worten oder unter Androhung von Schlägen zu verstehen geben, dass sie ihr belangloses Mundwerk halten sollte.

Henner hatte nie verstanden, warum seine selige Mutter mit dem ‚Gipfel der Belanglosigkeiten' so gut gekonnt hatte. Vielleicht hatte sie ihr leid getan, weil ihr Leben so belanglos und langweilig war, dass sie tatsächlich nichts Interessantes oder Persönliches zu sagen hatte.

Henner blickte sich um und sah, wie Helga bereits ihr nächstes Opfer verbal eingesponnen hatte. Eine erbarmungswürdige Kundin, die Henner noch nie gesehen hatte, war in ihre Fänge geraten. Henner schnappte noch das Wort ‚Spargelcremesuppe' auf, bevor er schnell um die Ecke in den nächsten Gang verschwand. Dort schnaufte er erst einmal tüchtig durch.

Nach dem gestrigen Suchspiel in den langen Gängen des Marktes ging Henner die Sache heute deutlich zielstrebiger an. Er sprach gleich die erstbeste Mitarbeiterin im Markt an und bat sie, ihm zu helfen. Sie blieb tatsächlich bei ihm, bis er alles, was auf dem Zettel stand, durchgestrichen hatte.

An der Theke beim Bäcker stellte er sich geduldig in die übliche Schlange. Er wartete, bis er dran war und holte dann seine am Vortag bestellten Backwaren und noch dreißig Brötchen zusätzlich ab. Draußen lud er alles auf den Hänger seines Rollers und fuhr noch rasch zum Metzger.

Dort war zu so früher Stunde noch nicht viel los. Er nahm von der netten Bedienung zwei große Plastiktüten entgegen, bezahlte und verließ den kleinen Laden. Die Sonne wärmte bereits recht ordentlich. Es versprach, ein heißer Spätsommertag zu werden.

Auf dem Heimweg kam er an der Bank vom Alten Fritz vorbei. Der blies genüsslich einen Rauchring in die morgendliche Luft.

Henner grüßte ihn mit erhobener rechter Hand.

Fritz rief ihm hinterher: „Bis später, ich glühe schon mal vor." Mit einer ausholenden Handbewegung deutete er auf den sich auflösenden Rauchring.

Henner schleppte die Taschen mit den Lebensmitteln zu Milena in die Küche.

Diese trug eine karierte Schürze von der seligen Else, die Haare hatte sie mit einem bunten Tuch hochgebunden.

Überall standen Töpfe, Pfannen und Plastikschüsseln in verschiedenen Farben und Größen herum.

144

Henner stellte die schweren Taschen vorsichtig auf der Eckbank ab, weil sonst kein freier Platz mehr war.

Milena nickte ihm nur kurz lächelnd zu. Sie war eindeutig in ihrem Element.

Wahrscheinlich würden bald die ganzen Frauen auftauchen, um ihre versprochenen Salate, den Streuselkuchen und diverse andere leckere Beilagen vorbeizubringen. Wie das im Dorf so üblich war, würden sie Milena ihre Hilfe anbieten. Natürlich war eine gehörige Portion Neugierde dabei, weil sie alle sehr gespannt auf Henners Freundin waren.

„Wenn du mich nicht brauchst, mache ich mich draußen nützlich. Mo wird bestimmt gleich mit seiner Truppe anrücken", sagte Henner.

„Geh nur, ich komme klar. Ich hoffe, du hast nichts vergessen. Denn dann musst du noch mal los." Milena rührte mit einem Holzschaber wild in einer Pfanne herum.

Pünktlich um zehn Uhr war es soweit: Mo rückte mit seiner Mannschaft an. Die bestand aus einem halben Dutzend tatkräftiger Kerle.

Henner kannte einige von ihnen von seinen Besuchen bei Mo. Sie waren ein eingespieltes Team. Jeder Handgriff saß. Es wurde kaum ein Wort gesprochen. Sie machten sowas hier schließlich nicht zum ersten Mal.

Henner begrüßte die Truppe und fragte Mo, was er helfen könnte. Der teilte ihn zum Aufstellen der Garnituren im Obstgarten ein.

Henner schloss sich zwei großgewachsenen und breitschultrigen Typen an, die beide kurz ‚hallo' zu ihm sagten und sich ansonsten nicht stören ließen.

Mo gab nur hier und da ein paar Anweisungen, wo die Dixiklos, die gerade antransportiert wurden, stehen mussten, wie und wohin die Garnituren zu stellen waren und wo sich für den Beamer und die Boxen der beste Platz befand. Zwischendurch sprach er kurz mit Jan, einem seiner engsten Kumpels. Der kümmerte sich um die diversen Strom- und Wasseranschlüsse. Mo selbst rangierte seinen Smoker vor die Scheune. Er hängte ihn ab und prüfte, ob der große Hänger, auf dem er thronte, auch stabil stand.

Henner wurde wieder ganz anders beim Gedanken daran, dass möglicherweise so viele Leute kommen würden.

Als hätte Mo Henners zweifelnde Gedanken erraten, stand er plötzlich neben ihm. „Wenn die Sitzgelegenheiten nicht reichen sollten, dann müssen sich die restlichen Gäste halt auf die Wiese unter die Obstbäume setzen. Ist ja trocken und warm."

„Da kommen ja vielleicht mehr Leute als auf der Kirmes!" Henner fuhr sich hektisch mit den Fingern durch die Haare.

„Bleib ganz geschmeidig, wir stemmen das schon", versicherte Mo und legte Henner beruhigend eine Hand auf den Arm.

Henner sah aus dem Augenwinkel, wie die Worre-Net-Mine bereits jetzt in den Hof einbog. War ja klar: Sie stolperte über ein Stromkabel, welches erst provisorisch verlegt war. Beinahe wäre sie der Länge nach hingeschlagen.

Dicht gefolgt war sie von Ruth, die demonstrativ mit den Augen rollte.

Jan, der gerade eine weitere Kabeltrommel ausrollen wollte, hielt sie im letzten Moment am Arm fest.

Gar nicht auszudenken, wenn ausgerechnet die Neugierde in Person das Ereignis des Jahres wegen eines Oberschenkelhalsbruchs nicht mitbekommen könnte! Was wollte sie denn eigentlich jetzt schon hier?

„Ach Gottchen, ach Gottchen, was ein Glück, dass ich net gefallen bin, worre-net. Danke, dass du mich festgehalten hast, worre-net." Sie tätschelte dem rothaarigen Jan liebevoll den Arm.

Der ließ sie einen Augenblick gewähren. „Ich muss dann mal weiter machen, Oma", sagte er schließlich und fing an, das Kabel von der Trommel in Richtung Garten zu ziehen.

Henner, der die Szene beobachtet hatte, nutzte die Gelegenheit, um die Worre-Net-Mine höflich zu bitten, nach Hause zu gehen. „Ist gerade noch ein wenig gefährlich hier", sagte er ihr. „Hallo Tante Ruth", begrüßte er seine Verwandte aus Kanada, die sich missmutig umschaute und kein Wort sagte.

Henner nahm die Worre-Net-Mine am Arm und versuchte, sie sanft in Richtung ihres Hauses zu lenken.

Die ging, noch geschockt von ihrem Beinahe-Sturz, anstandslos mit. „Ich komme dann später noch mal vorbei. worre-net", sagte sie, bevor sie tatsächlich in die richtige Richtung weiterlief.

Ruth trottete hinter ihr her.

„Das kann noch dauern. Kommt besser, wenn alles soweit fertig ist", rief Henner den beiden nach.

Er dachte sich, dass sich die Worre-Net-Mine, sobald sie drin war, sofort auf ein dickes Kissen im Küchenfenster stützen würde, damit sie auch ja nichts verpasste. Doch Henner konnte sich andererseits beim besten Willen nicht vorstellen, dass Ruth sich als zweite Fensterguckerin danebenstellen würde. Er musste schmunzeln bei der Vorstellung. Doch nun sollte er sich zusammenreißen. Schließlich konnte er nicht die ganze Orga-Verantwortung seinem Kumpel Mo überlassen. Auch wenn der eine solche Aktion wie heute nicht nur mit größtem Vergnügen, sondern auch ganz locker und gelassen erledigte.

Nach knapp zwei Stunden war Mos Truppe tatsächlich so gut wie fertig. Die Dixiklos standen auf dem Bürgersteig zwischen Henners Haus und dem Haus der Worre-Net-Mine. Die Garnituren lugten in Reih und Glied unter den Obstbäumen hervor. Am hinteren Ende des Gartens standen die großen schwarzen Boxen. Links und rechts, ein paar Meter davor, auf einem Campingtisch, der Beamer nebst Anschlüssen. Mo hatte den Smoker noch nicht aktiviert. Der Licher Kühlwagen parkte rechts am Eingang des Gartens neben der Scheune. Die beiden kräftigen Kerle, die Henner schließlich beim Aufstellen der Garnituren geholfen hatten, schafften noch die letzten Bierkästen in die Kühlung.

Mo steckte sich zufrieden eine Marlboro an. Er ging zu Henner, der gerade wieder den Hof betrat. „Nur zur Info: Es gibt nur Flaschenbier. Die Zapfanlage wäre kein Problem gewesen. Macht aber zu viel Aufwand wegen der Gläser und dem Spülen und so weiter. Kann auch nicht so viel zu Bruch gehen mit den Flaschen."

Mo blickte zum Hintereingang, wo Milena gerade, wie eine geübte Kellnerin, ein großes Tablett mit Wurst- und Käsebrötchen auf einer Hand hielt. Sie stellte es auf einen Tisch im Hof ab, auf dem Mos Jungs ein paar Werkzeuge abgelegt hatten. Sie grüßte alle, die sie antraf, mit einem freundlichen: „Hallo, hab euch mal was zur

Stärkung gebracht. Bin gleich wieder da, muss nur noch Kaffee holen."

Die meisten Kumpels von Mo hatte sie noch nie getroffen. Sie wurde ausnahmslos mit wohlwollenden Blicken gemustert. Jan hob demonstrativ seinen rechten Daumen in Henners Richtung.

Der grinste etwas verlegen zurück.

Milena kam mit einer großen Pumpkanne Kaffee in der einen Hand und einem Weidenkorb in der anderen zurück. Darin befanden sich ein Dutzend Tassen, eine Packung Milch und eine Dose Zucker. Mos Kumpels hatten sich bereits um den Tisch versammelt. Mo selbst räumte rasch das Werkzeug vom Tisch.

„Greift zu", forderte Milena die Männer auf.

Die nahmen ihr Angebot dankbar an.

Henner wartete, bis sich alle bedient hatten. Erst dann griff er nach einer dick mit Leberwurst bestrichenen Brötchenhälfte. Er drückte die runde Taste der großen Pumpkanne ein paarmal nach unten, bis sich die Tasse mit Kaffee füllte.

Ein paar von Mos Leuten verzichteten auf den Kaffee und tranken stattdessen ihr erstes Licher Pils aus der Flasche.

„Na Henner, was habe ich dir gesagt? Läuft doch alles wie am Schnürchen. Das Wetter ist nicht zu toppen. Von uns aus kann es losgehen." Mo lachte zufrieden und köpfte sich ebenfalls ein Licher. „Prost Jungs, gut gemacht", lobte er seine Truppe.

„Also, bevor ich es vergesse, möchte ich, äh, also möchten selbstverständlich wir uns schon mal vorab ganz besonders herzlich bei euch und vor allem bei dir, Mo, bedanken. Ich weiß gar nicht, wie ich das jemals wieder gutmachen soll." Henner räusperte sich, so als wollte er noch etwas Wichtiges sagen. Doch seine kurze Ansprache war beendet.

„Haben wir gern gemacht. Und außerdem war schon längst wieder mal eine richtige Sause fällig, nicht wahr Jungs?", fragte Mo in die Runde.

Ein einstimmiges „Jawoll Chef" kam als Antwort.

Das schien das Stichwort für Kellergeister Juniors Auftritt zu sein. Vielleicht lag es an der stündlich steigenden Temperatur, die ihm bereits zusetzte. Er sah aus, als wäre er entweder gerade aus dem Bett gefallen oder als hätte er den ganzen Vormittag über körperlich gearbeitet. Sein schwammiges Gesicht war, abgesehen von der beinahe violetten Trinkernase, von roten Flecken übersät. So als hätte er einen allergischen Ausschlag. Er trug wie immer Bügelfaltenhosen in beige, ein helles Hemd und eine schwarze Lederweste. Eines musste man ihm lassen: Auf seine äußere Etikette achtete er noch immer. Auch wenn seine Kleidung so gar nicht zu der Hitze des Tages passten wollte.

Auf der Schubkarre, die er vor sich her schob, standen zwei Kästen Oettinger Pils.

„Na KGJ, bist aber zeitig dran heute", sprach Mo ihn mit der Abkürzung seines Namens an.

„Du weißt doch, früher Vogel fängt den Wurm", konterte der auf seine spezielle Art.

„Du hast wohl Angst, dass bei der Hitze heute dein Flüssigkeitshaushalt aus dem Gleichgewicht kommt." Mo deutete mit einer Hand auf die beiden Bierkästen.

Ein paar von seinen Kumpels fingen an zu lachen.

„Von der Seite her habe ich das noch gar nicht betrachtet." Kellergeister Junior stellte die Schubkarre vorsichtig ab.

150

„Sieht so aus, als hättest du Bedenken, dass unsere Vorräte nicht ausreichen." Mo deutete auf den Kühlwagen.

„Darf ich vielleicht mein Bier dort unterstellen?", fragte KGJ vorsichtig.

„Franz, schaust du mal nach, ob die zwei Kästen noch reinpassen?"

Ein schlaksiger Typ in kurzen Engelbert-Strauss-Shorts und schwarzem T-Shirt setzte sich in Bewegung. Er blickte kurz in den Wagen hinein und hob dann einen Daumen in die Höhe.

„Dann wollen mir mal nicht so sein. Dass du mir ja nicht vorher an das gute Licher gehst! Erst wenn die Feier so richtig ins Rollen kommt und du dann noch was trinken kannst, was ich angesichts deines kleinen Vorrats hier bezweifle, darfst du dich bedienen. Vorher nicht." Er hob spaßeshalber drohend den Zeigefinger.

„Wann fängt denn das Fest an?", fragte Kellergeister nach. Er wischte sich mit dem Hemdsärmel den Schweiß von der Stirn.

„Keine Ahnung, heute Nachmittag irgendwann", antwortete Mo und hob die Schultern. Er blickte zu Henner.

Der hatte bereits das erste Mal schlucken müssen, als Kellergeister Junior den Hof mit seinem Vorglühpensum betreten hatte.

„Äh, ich denke, so gegen drei wird es mit Kaffee und Kuchen beginnen. Schätze ich mal so grob." Henner sah KGJ nach, der sich in Richtung Kühlwagen in Bewegung setzte. Kaffee und Kuchen interessierten ihn nicht.

„Störe bloß niemanden oder steh hier im Weg rum", rief ihm Mo im Befehlston nach.

„Keine Sorge. Ich such mir, wenn es recht ist, ein lauschiges Plätzchen hinten im Garten. Trinke das eine oder andere Bierchen und lasse Gott einen guten Mann sein." Kellergeister Junior grinste, indem er gequält die Mundwinkel nach oben zog. Er stemmte die zwei Kästen Oettinger in den Kühlwagen. Nicht ohne vorher drei Flaschen herauszunehmen, mit denen er in aller Ruhe in den Obstgarten ging.

Mo, Henner und noch ein paar andere schüttelten synchron die Köpfe.

„Da machst du nichts. Mal sehen, wie lange der durchhält. Wenn der in dem Tempo jetzt schon anfängt! Henner, achte bitte ab und zu drauf, dass der den Kühlwagen auch wieder zumacht. Sonst können wir heute Abend pisswarmes Bier trinken." Mo trottete zu seinem Smoker.

Henner ging ihm hinterher. Es würde nicht das Einzige sein, auf das er heute aufpassen musste. Bei dem Gedanken daran, was sonst noch passieren konnte, bekam er plötzlich, wie eine Frau in den Wechseljahren, eine unkontrollierbare Hitzewallung.

Zu allem Ungemach sah er draußen vor dem Hofeingang die beiden schlimmsten Tratschtanten des Dorfes zusammenstehen. Die Münchhausen und die Worre-Net-Mine tuschelten über irgendetwas, was er nicht verstehen konnte. Wahrscheinlich fragten sie sich, was das Ganze hier kosten würde. Und würden zu dem Schluss kommen, dass Henner lustig die Erbschaft der seligen Else verprasste.

Doch wo war Ruth, fragte sich Henner und blickte sich suchend um. Er konnte sie nirgends entdecken. So wie er die Münchhausen kannte, dichtete sie noch irgendein faustdickes Gerücht hinzu, welches hinten und vorne nicht stimmte. Hauptsache, der neueste Tratsch und Klatsch verbreitete sich so rasch wie möglich im Ort.

Henners Hitzewallung hielt an, als er den ‚Gipfel der Belanglosigkeiten' auf die beiden zugehen sah. Sie schwenkte wie immer ihr uraltes schwarzes Handtäschchen am linken Arm hin und her. Es war genauso belanglos wie das, was sie von sich gab.

Henner stellte sich neben Mo, der gerade dabei war, mit beiden Händen eine schwere Eisenklappe an seinem Smoker zu öffnen. Das Gerät, das auf einem Hänger stand, sah aus wie eine etwas zu klein geratene Dampflok mit Schornstein. Oder andersherum: Ein Teil sah aus wie eine etwas zu lang geratene Speismaschine, an der eine Art Holzofen mit seitlichem Schornstein hing.

Mo konnte, wenn er wollte, Vorträge darüber halten, wie sein markanter Eigenbau funktionierte. Henner warf einen Blick an der geöffneten Klappe vorbei, während Mo sie mit einem Haken fixierte. In dem Garraum lagen mehrere horizontal angeordnete Gitterroste übereinander.

„Na, da passen schon ein paar Kilo Fleisch drauf, was?", flachste Mo.

„Wow, das sieht ja fast so aus wie im Backhaus, wenn die vom Dorfladen Brot backen", sagte Henner beeindruckt. Er trat noch einen Schritt näher ran, um besser in das Herzstück des Smokers schauen zu können.

„Mit dem kleinen Unterschied, dass dort gebacken und bei mir gegart oder geräuchert wird. Obwohl, bei entsprechender Temperatur kannst du mit dem Teil auch backen." Mo bog den Haken zur Seite und schloss die Klappe wieder.

„Für was ist denn die kleine Tür da auf der Seite?", fragte Henner interessiert nach.

„Damit ich während des Garens Holz nachlegen kann, ohne die schwere Klappe öffnen zu müssen." Mo öffnete die Tür, damit Henner in die Brennkammer schauen konnte.

„Und für was braucht das Gerät einen Schornstein?"

„Das ist zu kompliziert zu erklären. Irgendwo muss der Rauch, der hier drin rum wabert, ja raus", antwortete Mo und schloss die kleine seitliche Tür wieder.

„Und das Eimerchen, das da unter der Trommel hängt?" Henner deutete mit ausgestrecktem rechten Zeigefinger drauf.

„Na rate mal, für was das gut ist?" Mo grinste ihn an, während er eine Marlboro ansteckte.

„Ich schätze mal, da drin kühlst du deine Fläschchen Licher, während du grillst."

Mo lachte auf. „Nicht schlecht, aber leider daneben. Da läuft der ganze Schmodder von Fett rein, der beim Garen von Schweinebauch und Co. ausgeschieden wird."

Jan trat neben Mo. „Wir sind dann soweit fertig. Wann wirfst du das gute Stück an?", fragte er und klopfte auf die große Stahltrommel.

„Mal sehen, wahrscheinlich wenn hier das Kaffeekränzchen abgehalten wird. Das müsste reichen, bis die Ersten Hunger auf was Handfestes haben."

„Okay, dann hauen wir jetzt erst mal ab. Wir sehen uns." Jan hob die Hand zum Abschied.

Mo nickte ihm kurz bestätigend zu.

„Brauchst du Hilfe beim Anfeuern?", fragte Henner nach.

„Nö, aber du kannst mir, wenn du willst, helfen, das Holz zum Feuern vom Hänger, der draußen auf der Straße steht, zum Smoker zu tragen", antwortete Mo und ging bereits los.

Henner folgte ihm.

Auf der Straße sahen die beiden, wie eine kleine Prozession von meist älteren Frauen, schwer beladen mit Schüsseln, Töpfen und Kuchenblechen, zum Hauseingang steuerte.

„Schau mal, da kommen schon die Beilagen!" Mo stieß Henner sanft in die Rippen.

Die Frauen von der Frauenhilfe, angeführt von Gertrud, der Vorsitzenden, grüßten kurz mit einem freundlichen „Hallo".

Henner grüßte artig zurück.

„Wir bringen die versprochenen Salate, Kuchen und noch ein paar andere Kleinigkeiten."

Wie auf Kommando hoben alle Frauen ihre Mitbringsel in die Höhe.

Milena öffnete mit einem breiten Lächeln im Gesicht die Haustür.

„Das finde ich ja toll! Kommt doch alle erst mal rein."

Die Frauen ließen sich nicht lange bitten und verschwanden im Gänsemarsch im Hausflur.

„Mo, meinst du, im Kühlwagen ist eventuell noch Platz, um ein paar von den Salaten bis heute Abend kühl zu stellen?", fragte Henner besorgt. „Einen Teil wird Milena sicher im Kühlschrank unterbringen. Aber der ist für solche Mengen nicht ausreichend dimensioniert."

„Wow, an was du alles denkst, Henner! Ich bin beeindruckt. So kenne ich dich ja gar nicht. Ich muss Milena unbedingt fragen, was sie mit dir gemacht hat. Die Frau kann zaubern."

Henner wurde rot.

„Dürfte kein Problem sein, das mit den Salaten", kam Mo auf Henners Frage zurück. „Für solche Fälle habe ich extra einen Wagen mit eingebauten Regalböden geordert. Die Bierkästen stehen unten. Das Essen und sonstiges, was Kühlung braucht, steht oben auf den Holzregalen. Genial, nicht?"

Henner nickte. „Ich bin gleich wieder da. Sage Milena nur kurz Bescheid."

„Seh zu, dass die Sachen in die Kühlung kommen! Die paar Scheite Holz schaffe ich schon alleine rein." Mo begann, sich eine Ladung fein säuberlich geschnittenes, absolut trockenes Buchenholz auf beide Arme zu schichten und zum Smoker zu tragen.

Henner kam mit Gertrud im Schlepptau durch den Hinterausgang aus dem Haus. Die beiden trugen bereits die ersten Schüsseln mit Kartoffel- und Nudelsalat zum Kühlwagen. Zwei weitere Frauen, ebenfalls schwer beladen, folgten ihnen.

Vorne an der Haustür klingelte es erneut. Die Frauen vom Dorfladen, angeführt von Mildred, waren an der Reihe. Sie trugen mehrere Bleche mit Henners geliebtem Streuselkuchen und anderen leckeren Hefekuchen. Wieder begrüßte Milena die Neuankömmlinge freundlich. Die Kuchen konnten unten im Keller im Vorratsraum abgestellt werden.

Henner, der vom Kühlwagen zurückkam, hörte drinnen ein mehrstimmiges Geschnatter. Scheinbar sprachen alle Frauen durcheinander. Da hielt er sich besser raus. Er ging zu Mos Hänger und nahm die letzten Holzscheite raus.

Mo nahm sie ihm am Smoker ab und stapelte sie unter die große Gartrommel. „So, das war es fürs Erste. Alles weitere später. Du hast doch alles im Griff, oder?", fragte er Henner, der sich da gar nicht so sicher war.

„Ich denke schon. Scheint ja alles perfekt zu laufen, wie man sieht und hört", erwiderte er aber trotzdem.

„Na denn. Wirf ab und zu mal einen Blick auf KGJ! Dass der keine Dummheiten macht!"

„Geht in Ordnung, bis später."

Mittlerweile war es kurz vor 13 Uhr. Die Regale im Kühlwagen füllten sich langsam. Frau Helfrich brachte den versprochenen Kartoffelsalat. Sie richtete Henner aus, dass der Pfarrer sich freute, kommen zu dürfen. Es kamen noch weitere Frauen aus dem Dorf vorbei und brachten meist leckere Kuchen, noch mehr Salate sowie den einen oder anderen Nachtisch.

Bei manchen Leuten fragte sich Henner, wer die wohl eingeladen hatte. Was letztendlich auch egal war. Hauptsache, das Essen reichte für alle, die da heute auftauchen würden. Erst gegen 13.30 Uhr ebbte so langsam der private Cateringservice ab.

Henner brauchte dringend eine Pause. Sein Hemd war durchgeschwitzt vom vielen Hin- und Herlaufen. Erschöpft ließ er sich auf eine Bank fallen. Im Garten standen überall bereits die Tische, auf denen am Nachmittag die Kuchen und der Kaffee ihren Platz finden würden, sowie später die vielen Salate und anderen Sachen aus dem Kühlwagen.

Milena trat abgekämpft mit wirrem Haarschopf aus dem Hintereingang. In einer Hand trug sie eine Karaffe mit Traubensaft, in der anderen zwei Gläser. Ihre Schürze hatte sie abgelegt. Unter ihren Achseln waren dunkle Schweißflecken zu sehen. „Ich glaube, wir brauchen eine kleine Pause, bevor es losgeht." Sie stellte die Karaffe auf den Tisch und goss zwei Gläser voll. Eines davon reichte sie Henner. Der trank es gierig in einem Zug leer und goss sich sofort nach.

„Das tut gut", schnaufte er und sah, wie Kellergeister Junior wieder mal in Richtung Kühlwagen ging. War da schon ein leichtes Wanken im Schritt dabei oder täuschte er sich?

„Meinst du, wenn keiner mehr was bringt, ob wir noch mal kurz die Beine hochlegen können?", fragte Henner vorsichtig. Er wusste nicht, wie weit Milena mit ihren Vorbereitungen war.

„Es kann immer noch jemand was bringen. Aber wenn hier draußen soweit alles in Ordnung ist, gehen wir mal rein. Wir sollten auch duschen."

„Ich hoffe nur, dass alles gutgeht. Und dass es nicht zu viel für dich ist!", sagte Henner und meinte eigentlich sich selbst. Er legte behutsam seine rechte Hand auf Milenas nackten Arm.

„Das erste hoffe ich auch. Ist nicht zu viel. Bin schwere Arbeit gewohnt. Macht mir Spaß heute, viele neue Leute kennenzulernen."

„Gut, dann haue ich mich mal für einen Moment drinnen aufs Sofa und gehe dann ins Bad." Henner nahm sein leeres Glas und verschwand im Haus.

Milena folgte ihm kurz darauf und ging direkt nach oben.

Henner fand nicht die Ruhe, die er brauchte. Zu viele Gedanken wegen der bevorstehenden Feier kreisten in seinem Kopf wild durcheinander. Offene, unbeantwortete Fragen kamen und gingen. Wird das Essen überhaupt reichen? Was passiert, wenn die Polizei kommt, weil es Ärger gegeben hat? Werden sich die schwierigen Nachbarn halbwegs gesittet benehmen? Oder kommt es zu Übergriffen? Henner schwirrte der verschwitzte Kopf. Mühsam erhob er sich vom Sofa, auf dem er noch nicht lange lag. Er blieb einen Moment unschlüssig im Wohnzimmer stehen. Blickte auf den röhrenden Hirschen an der Wand. Das Bild weckte die Erinnerung an seine selige Mutter. Was sie wohl von dem bevorstehenden Fest gehalten hätte? Zu ihren Lebzeiten wäre es nie dazu gekommen, so viel war klar. Fremde Menschen kamen in solchen Scharen weder zu ihr ins Haus noch in den Garten.

Draußen an der Tür klingelte es. Henner war fast erleichtert, aus seinen sorgenvollen Gedanken gerissen zu werden. Bestimmt brachte wieder jemand etwas Leckeres für die Feier vorbei, dachte er. „Ich geh schon", rief er daher nach oben und schlurfte zur Haustür.

Doch er sollte sich irren. Denn als er die Tür öffnete, sah er sich zwei mit langen Röcken und hochgeschlossenen Blusen bekleideten junge Frauen gegenüber. Sie lächelten ihn freundlich an.

Henner überlegte, ob er die beiden, die gepflegte lange Haare trugen, von irgendwoher kannte.

„Entschuldigen Sie die Störung, aber wir haben von Ihren Nachbarn erfahren, dass hier heute ein großes Fest stattfinden soll", sagte die Frau, welche einen blauen Rock trug.

159

Henner sah sie mit einem fragenden Blick an.

„Keine Angst, wir wollen Ihnen nichts verkaufen. Wir möchten nur mit Ihnen über Gott reden", erklärte die andere und hielt Henner den ‚Wachturm' vor die Nase. Ihr Rock war schwarz und in ihren silberfarbenen Haarspangen spiegelte sich die Sonne.

Henner wollte nicht unhöflich werden, aber dafür hatte er nun wirklich keine Zeit.

„Wir wollen nicht lange um den heißen Brei herumreden. Sie haben sicher noch eine Menge zu tun. Da wahrscheinlich sehr viele Leute aus dem Dorf zu Ihrem Fest kommen werden, haben wir uns gefragt, ob wir vielleicht mal kurz vorbeischauen dürften. Dann müssten wir nicht von Haus zu Haus gehen. Selbstverständlich nur, wenn Sie damit einverstanden sind." Die Frau mit dem blauen Rock sah ihre Kollegin an, welche eifrig zustimmend nickte.

Henner blieb sprachlos. Was sollte er dazu sagen?

„Wir versprechen Ihnen, dass wir keinen Vortrag halten. Wir bleiben diskret im Hintergrund. Nur wenn es sich ergeben sollte, werden wir das eine oder andere Gespräch führen. Es wäre sehr nett, wenn Sie uns den kleinen Gefallen gewähren würden."

Diesmal nickte die Frau mit dem blauen Rock als Zeichen der Zustimmung zu dem, was ihre Begleiterin sagte.

Normalerweise bekamen die beiden keine so lange freie Redezeit an den Haustüren. Wenn ihnen überhaupt geöffnet wurde.

Henner fühlte sich überrumpelt. Da er sie nicht von Anfang an abgewimmelt hatte, glaubte er nun, keine andere Wahl mehr zu haben, als den beiden hübschen Frauen ihren Wunsch zu erfüllen. Auf zwei, wenn auch etwas unpassend gekleidete Frauen, die auch noch sehr gepflegt und seriös daher kamen, würde es nun auch nicht mehr ankommen.

„Also gut, wenn Sie mir versprechen, keinen von meinen Gästen zu bekehren, können Sie gerne nachher zum Kaffeetrinken vorbei kommen." Henner konnte einfach nicht nein sagen. Daran musste er dringend arbeiten.

„Vielen Dank", antworteten die beiden synchron. Sie schenkten Henner noch ein breites Lächeln, drehten sich um und gingen beschwingt davon.

Henner raufte sich die Haare. Auf was hatte er sich da gerade wieder in seiner grenzenlosen Gutmütigkeit eingelassen?!

Von oben hörte er Milena rufen: „Hat noch jemand was gebracht?"

Oh nein, was würde Milena dazu sagen, wenn sie nachher mitbekäme, dass die beiden Ladys auf sein Konto gingen! Übersehen konnte man die beiden nicht, wenn sie sich unters Volk mischten. Zwischen Motze und Co. fielen sie auf wie bunte Hunde.

„Äh, nein, das waren zwei nette Frauen, die gefragt haben, ob sie nachher mal auf einen Sprung vorbeischauen dürfen", rief Henner beinahe wahrheitsgemäß zurück. Dann fiel ihm gleich siedend heiß das nächste Problem ein: Was, wenn die Worre-Net-Mine oder die Münchhausen die beiden ausfragen würden? Und das würden sie ganz sicher. Dann ginge ruckzuck im ganzen Dorf das Gerücht um, dass Henner jetzt zu den Zeugen Jehovas übergelaufen wäre. Oh nein!

„Du kannst duschen kommen. Bin fertig", rief Milena jetzt.

Henner stieg die Treppe zum Bad nach oben. Er konnte nur hoffen, dass Milena nicht nachfragen würde, was es mit den beiden Frauen auf sich hatte.

„Kennst du die Frauen? Sind die auch aus dem Dorf?", kam prompt die Frage.

„Na ja, eigentlich nicht. Sie sind von den Zeugen Jehovas. Sind aber sehr nett", schob Henner rasch hinterher.

„Und was wollten die von dir?", fragte Milena misstrauisch nach. Sie trug einen weiten knielangen Baumwollrock, eine hochgeschlossene weiße Bluse. Ihr Haar hatte sie züchtig zu einem Dutt hochgesteckt. So anständig gekleidet kannte er sie gar nicht. Zumal bei diesen Temperaturen!

„Ach, die haben bloß höflich gefragt, ob sie nachher mal kurz vorbei schauen dürfen. Wo doch ohnehin das halbe Dorf zu uns kommt. Da hätten sie sich viele Wege und Klinkenputzen gespart."

„Was wollen sie putzen?", wollte Milena verdutzt wissen.

„Das sagt man so. Klinke. Also Türklinke. Griff an der Tür." Henner machte eine entsprechende Handbewegung.

Milena blickte weiter verständnislos.

„Also putzen soll bedeuten, viele Türgriffe anfassen. Ist wie ein Sprichwort. Sie wollen nicht überall an jede Tür gehen, also sie wollen es sich sparen, Klinken zu putzen."

Milena nickte zögerlich. „Aha." Sie beschloss, sich nicht weiter den Kopf über Klinken und Putzen zu zerbrechen.

Henner blickte derweil weiter verwundert auf Milenas ordentliches Outfit.

„Muss beim ersten Mal einen guten Eindruck auf Leute vom Dorf machen. Du weißt ja, wird viel geredet", erklärte Milena, die Henners Blick richtig deuten konnte. „Aber sag mal, das ist jetzt nicht dein Ernst, dass du ausgerechnet die Zeugen Jehovas eingeladen hast?" Milena nestelte an ihrem Rock, in dem sie sich nicht wohlzufühlen schien, herum.

„Ich werde sie beim Pfarrer Schultheiß platzieren, wenn sie kommen. Wie ich den kenne, ist er einer der ersten Gäste. Die haben sich bestimmt viel zu sagen." Henner drückte sich an Milena vorbei ins Bad. „Oder auch nicht", ergänzte er und schloss schnell die Tür hinter sich.

„Zieh auch was Ordentliches an", rief Milena hinter ihm her. Ihre Stimme klang nicht gerade freundlich.

Die kalte Dusche tat Henner gut. Sofort fühlte er sich frischer. Wird schon alles gut gehen, redete er sich ein, als er, nur mit einem Badehandtuch bekleidet, rüber ins Schlafzimmer wechselte. Ein Blick in den Schrank ließ ihm keine große Auswahl. Über die frischen Unterhosen zog er dem Wetter angepasst ein paar beige kurze Shorts und ein hellblaues T-Shirt. Auf Strümpfe verzichtete er, als er in seine offenen Sandalen stieg.

Von draußen hörte er Stimmen. Milena schien mit jemandem zu reden.

Die kurze Pause war eindeutig beendet.

Es geht los

Es war gerade mal 14.30 Uhr, da tauchte, wie konnte es anders sein, die Worre-Net-Mine mit der Münchhausen im Schlepptau auf. Ausgerechnet die beiden schlimmsten Tratschtanten waren die ersten Gäste! Heute galt es, bloß nichts zu verpassen.

Henner ging gerade die Treppe zum Erdgeschoss runter, da hörte er bereits die vertraute Stimme der Worre-Net-Mine: „Ei, wir dachten, wir kommen ein bisschen früher, um unsere Hilfe anzubieten, worre-net."

Die Münchhausen nickte eifrig.

Die Worre-Net-Mine überreichte feierlich, wie einen gewonnenen Pokal, Milena zwei Gläser Quittengelee, einen Laib Bauernbrot und Eier. „Ich habe auch noch ein paar Eier hart gekocht, falls ihr Schnittchen machen wollt. Dann kannst du oben ein paar Scheiben drauf legen. Das sieht immer appetitlich aus", erklärte sie.

„Vielen Dank, das mit der Hilfe ist sehr nett, aber es ist alles soweit vorbereitet. Der Kaffee läuft bereits durch. Die Frauen von der Frauenhilfe und vom Dorfladen sind so freundlich und betreuen die Kuchentheke." Milena wusste nicht so recht, was sie mit dem Quittengelee und dem Brot anfangen sollte. Sie stellte alles erst mal auf einem der noch leeren Tische ab.

„Ach, so ist das! Da kann man nichts machen", sagte diesmal die Münchhausen und schien froh zu sein, nicht helfen zu müssen. Sie trug ein hochgeschlossenes knielanges Kleid, das sie wahrscheinlich nur zu besonderen Anlässen anzog. Ihr standen jetzt schon die Schweißperlen auf der Stirn.

Henner war mittlerweile draußen angekommen. Er musste sich zusammenreißen, um nicht das Gesicht zu verziehen. „Na, wo habt Ihr denn die Tante Ruth gelassen?", fragte er, war aber insgeheim froh, dass der

164

notorisch schlecht gelaunte Besuch aus Kanada scheinbar auf eine Stippvisite verzichtete.

Die Worre-Net-Mine schien einen Moment lang überlegen zu müssen. „Die wollte sich noch ausruhen", sagte sie dann kurz und knapp.

Henner nickte verständnisvoll. Irgendwie klang das nach einer Ausrede, aber er hatte nun wirklich keine Lust, sich um die Befindlichkeiten seiner bislang so gut wie unbekannten Tante vom anderen Ende der Welt zu sorgen.

„Da fällt mir gerade ein, was Sie tun können", merkte Milena auf. „Wenn Sie wollen, können Sie unserem allerersten Gast da hinten ein wenig Gesellschaft leisten. Freut sich bestimmt." Sie deutete mit einer weit ausholenden Armbewegung in den hinteren Teil des Gartens.

Kellergeister Junior saß friedlich mit weit von sich gestreckten Beinen unter einem Apfelbaum und genoss gerade einen großen Schluck Bier.

„Was? Wir sollen uns zu dem Suffkopp setzen? Das meinst du doch net im Ernst, Mädchen, worre-net?!" Die Worre-Net-Mine schüttelte vehement ihre wirren grauen Haare.

„Das könnt ihr uns net antun. Wer weiß, was der in seinem besoffenen Kopp mit uns anstellt", ereiferte sich die Münchhausen.

„Ihr habt doch bestimmt noch genug leere Einmachgläser daheim. Wie wäre es, wenn Ihr die holt, mit Wasser füllt, im Garten ein paar Blumen pflückt und die Gläser dann auf die Tische verteilt?", schlug Henner vor, um die Situation zu entschärfen.

Milena warf ihm einen anerkennenden Blick zu. Die beiden Frauen sahen Henner, der die verfahrene Situation gerettet hatte, dankbar an.

„Ei Henner, das ist eine prima Idee! So ein paar frische Blumen auf den Tischen machen sich bestimmt net schlecht, worre-net."

Die Münchhausen nickte zustimmend, konnte sich aber nicht verkneifen hinzuzufügen: „Dass du an so etwas denkst, Henner! Das hätte ich eher von deiner Freundin erwartet."

„Ihr könnt euch ruhig Zeit lassen damit, nicht wahr Milena?", ignorierte Henner den Einwurf und legte eine Hand auf ihren Arm.

„Das dauert bestimmt nicht lang. Waltraud, hast du noch Einmachgläser?", fragte die Worre-Net-Mine.

Henner war kurz verwirrt. Ach so, die Münchhausen hieß Waltraud mit Vornamen. Wieder was gelernt.

„Ach was! Ich nehme meine Kristallglasvasen. Ich habe doch damals zur Konfirmation so schöne geschenkt bekommen", antwortete die Münchhausen, die sich schon halb zum Gehen abgewandt hatte.

Die Worre-Net-Mine guckte beleidigt. „Angeberin", murmelte sie vor sich hin. „Als ob ich nur Einmachgläser und keine ordentlichen Vasen hätte!" Sie wandte sich ebenfalls zum Gehen.

Henner und Milena schauten sich alarmiert an. Das ging ja gut los! Wenn die erste wertvolle Konfirmationserinnerung in Scherben auf dem Hof lag, war Ärger garantiert.

Henner fasste sich an den Kopf. „Was für ein Kindergarten!"

„Die sind wir aber erst mal los", sagte Milena.

„Das glaubst auch nur du. Schneller als wir beide gucken können, sind die wieder hier mit ihren blöden Vasen und streiten sich, wer von ihnen die wertvollste hat. Aber schade eigentlich, dass die beiden dein großzügiges Angebot nicht angenommen haben." Er deutete in Richtung Kellergeister Junior, der verzweifelt versuchte aufzustehen.

„Wäre bestimmt ein interessantes Aufeinandertreffen geworden." Milena knuffte Henner in die Seite und lachte.

„Das glaube ich auch. Bin gespannt, was heute noch so alles passiert."

Milena blickte auf ihre schmale Armbanduhr. „Oh, ich glaube, geht gleich los. Kannst du mir helfen mit den Kaffeekannen? Die müssen wir füllen und auf die Tische stellen."

„Ja natürlich. Ich bin gespannt, wer als Nächstes auftaucht", antwortete Henner und folgte Milena ins Haus.

Gerade als Henner die erste große Pumpkanne mit Kaffee nach draußen trug, kam das MHK, das mobile Hilfskommando, angeführt von Gertrud, um die Hausecke gebogen. Ihr folgten im Gänsemarsch noch mehrere Frauen der Frauenhilfe. Jede von ihnen trug eine weitere große Kanne Kaffee. Alle Frauen hatten sich bunt karierte Schürzen umgebunden. Es bestand kein Zweifel: Sie würden Milena unter die Arme greifen.

Diese begrüßte die Frauen erneut herzlich. Nahm Gertrud die Kanne Kaffee ab und stellte sie auf einen der Tische.

Die Frauen musterten Milena mit einem wohlwollenden Blick. Sie trug mittlerweile ebenfalls eine Schürze.

Henner fühlte sich, im Angesicht der überwältigenden Hilfsbereitschaft, ein wenig überflüssig. Zumal sich auch noch beinahe zeitgleich die Frauen vom Dorfladen in die Schar der Helfer eingereiht hatten.

Die allerletzten Vorbereitungen für das bevorstehende Kaffeetrinken liefen an. Manche der Frauen schnitten emsig Blechkuchen vor. Andere packten Pakete mit Papptellern aus der Plastikfolie. Scheinbar hatten sich die Frauen darauf verständigt, den Aufwand zu minimieren. Das Besteck war zum Glück nicht aus Plastik, stellte Henner zufrieden fest. Er hasste den Billigkram, der beim ersten festeren Zustechen auseinanderbrach. Beim Anblick seines geliebten Streuselkuchens musste er schwer an sich halten. Es machte sich bestimmt nicht so gut, wenn bereits bevor die ersten Gäste an die Tische traten, ein paar Stücke fehlten.

Milena balancierte wie eine geübte Kellnerin ihren selbst gebackenen Nusskuchen an ihm vorbei.

Henner drehte sich um und sah, dass sowohl die Worre-Net-Mine als auch die Münchhausen wieder da waren. Selbstredend hatte auch die Worre-Net-Mine Vasen anstelle von Einmachgläsern mitgebracht. Darin steckten bereits ein paar Blüten, die sie wahrscheinlich im heimischen Garten gepflückt hatte. Auch die Münchhausen hatte sich bereits daheim mit Blumen eingedeckt. Sie suchten für ihre Vasenschätze die schönsten Plätze auf den Tischen und beobachteten sich dabei argwöhnisch.

Henner schüttelte den Kopf. Die hässlichen Dinger hätte Milena wahrscheinlich schon zum Altglas gegeben, ging es ihm durch den Kopf. Aber was wusste er schon!

Vielleicht waren sie wirklich etwas wert. Die beiden schienen auf jeden Fall mächtig stolz auf ihre jeweiligen Exemplare zu sein.

Beide blickten immer wieder hektisch zu den Frauen am Kuchenbuffet. Zu gerne hätten sie mitbekommen, über was die gerade miteinander scherzten.

Henner hörte Gertrud in die Runde der Frauen fragen: „So, fehlt noch was?"

Da niemand antwortete, schien alles in Ordnung zu sein.

„Es kann losgehen", rief Milena in die Runde. Dann griff sie sich plötzlich an die Stirn. „Moment noch! Beinahe hätte ich vergessen: Henner, holst du bitte Sekt aus Kühlwagen? Gläser hole ich. Ist zur Begrüßung und schon mal vorab als kleines Dankeschön für eure Hilfe." Sie lief, so rasch sie konnte, ins Haus.

Henner begegnete auf dem Weg zum Kühlwagen Kellergeister Junior. „Na, noch fit?", fragte er ihn.

„Klar Mann, alles roger. Wollte nur mal schnell Nachschub holen." Sein Blick begann langsam, glasig zu werden. Das konnte aber auch an der Sonne liegen, die ihn blendete.

Henner sah, dass Kellergeisters Depot schon deutlich abgenommen hatte. Bis zum Abend würde er auf das gute Licher umsteigen müssen.

Henners Blick wiederum trübte sich, als er im Augenwinkel den ‚Gipfel der Belanglosigkeiten' um die Ecke biegen sah. Sie schwenkte wieder ihr uraltes schwarzes Handtäschchen am linken Arm hin und her.

Henner drehte sich rasch weg, damit sie ihn nicht gleich erblickte.

Am Kuchenbuffet traf als erster offizieller Gast Pfarrer Schultheiß nebst Haushälterin ein.

169

Letztere sah ein wenig verlegen unter sich. „Darf ich den noch irgendwo dazu stellen?", fragte sie. Sie hatte noch auf die Schnelle einen Rührkuchen gebacken.

Milena, die mit einem Tablett voller Gläser aufgetaucht war, nickte ihr freundlich zu und bedankte sich.

„Das sieht doch sehr gut aus", meinte Pfarrer Schultheiß, der sich, als hätte er schon sämtliche Kuchen durchprobiert, zufrieden über seinen dicken Bauch strich.

„Heute gibt es genug zu essen. Versprochen. Ich hoffe, Sie bleiben auch zum Abendessen." Milena lächelte ihn schelmisch an.

„Eigentlich muss ich noch meine Predigt fertig schreiben für morgen", erwiderte er, war aber bereits ganz auf die Kuchenauswahl fixiert.

Jeder, der ihm zuhörte, wusste, dass er sie längst geschrieben hatte.

„Lasst uns Prost machen!", rief Milena schnell in die Runde, bevor der Pfarrer sozusagen eigenmächtig das Buffet eröffnete, dachte sie.

Es waren schnell ein paar helfende Hände zur Stelle, um Henner beim Öffnen der Sektflaschen zu helfen. Erleichtert bedankte er sich. Übung hatte er nämlich darin keine.

„Tut mir leid", wir haben nicht so viele Sektgläser", entschuldigte sich Milena, als sie das Prickelwasser in ein buntes Sammelsurium an Gläsern einschenkte.

Henner wunderte sich, dass es im Hause Henschel überhaupt welche gab. Er konnte sich nicht daran erinnern, seine Mutter jemals Sekt trinken gesehen zu haben. Noch nicht einmal zu Silvester.

„Kindchen, warum sagst du denn nichts!?", war die Münchhausen zur Stelle. „Ich hätte doch welche mitgebracht."

„Aus Bleikristall? Von der Konfirmation?", fragte die Worre-Net-Mine bissig.

„Es schmeckt euch hoffentlich auch so", beendete Milena schnell das leidige Thema, reichte die Gläser fröhlich in die Runde.

„Auf euch alle!", traute sich, Henner tatsächlich laut zu rufen.

Alle stimmten fröhlich ein.

„Ach, da sind ja wie üblich die vielen helfenden Hände der Frauenhilfe und des Dorfladens! Wie schön! Der liebe Herrgott wird es euch danken", schleimte der Pfarrer, als er sich, nachdem er seinen Sekt gekippt hatte, wieder seinem ursprünglichen Ziel, der Kuchentheke, zuwandte.

„Was darf es denn sein?", fragte ihn Gertrud als Erste eilfertig.

„Das Kuchenbuffet ist eröffnet", rief Milena schnell.

Hier und da war ein fröhliches Klatschen zu hören!

Der beleibte Pfarrer deutete mit seinen wulstigen Fingern auf den Butterloch- und den Streuselkuchen.

„Kaffee?", fragte Mildred vom Dorfladen.

„Sehr gern, wenn möglich mit drei Würfeln Zucker."

Frau Helfrich drückte sich noch eine Weile bei den Frauen der Frauenhilfe herum. Ihr war es ein wenig peinlich, sich direkt nach dem Pfarrer bedienen zu lassen. Am liebsten hätte sie mit angepackt. Aber da standen schon genug Frauen herum, die nur darauf warteten zu helfen.

Die Worre-Net-Mine und die Münchhausen waren da nicht so zimperlich.

„Ei, was ein Haufen Kuchen! Wer soll den denn alle essen, worre-net?"

„Den ersten guten Abnehmer haben wir ja schon gefunden", flüsterte Gertrud, so dass der Pfarrer es nicht hören konnte.

Die Münchhausen lachte schrill auf. „Die werden nie im Leben all all", setzte sie noch einen drauf. Insgeheim schien sie sich darüber zu freuen.

„Und wenn schon! Die kann man alle einfrieren", zischte Mildred und nahm der Münchhausen damit den Wind aus den Segeln.

„Kannst ja schon mal deinen Teil dazu beitragen, dass nicht so viel übrig bleibt", setzte Gertrud nach.

Ein paar von den Frauen hinter der Kuchentheke kicherten verstohlen.

„Nö, das geht nicht, ich muss auf meine Figur achten." Die Münchhausen strich demonstrativ über ihren Bauch.

„Hast dich ja mächtig in Schale geschmissen! Willst du heute noch nach Gießen ins Staatstheater?", fragte Gertrud spitz.

Nun lachten die Frauen alle.

Bis auf die Münchhausen. Sie lief puterrot an. Wusste aber im Moment nicht, was sie darauf antworten sollte. Stattdessen deutete sie mit dem ausgestreckten Zeigefinger der rechten Hand auf ein kleines Eckstück vom Streuselkuchen. „Kannst du mir das noch mal in der Hälfte durchschneiden bitte?", bat sie eine der Frauen.

„Darf es nicht noch etwas mehr sein?", fragte die Frau mit leicht spöttischem Ton zurück.

172

Die Münchhausen, immer noch rot im Gesicht, schüttelte den Kopf. Wenn sie nicht so unendlich neugierig gewesen wäre, hätte sie spätestens jetzt beleidigt das Fest verlassen.

„Habt ihr meinen Quittengelee vergessen?", mischte sich die Worre-Net-Mine ins Gespräch ein.

„Nö, der passt nur gerade nicht so ganz zu dem Kuchen, oder?", antwortete Mildred.

„Warum? Verstehe ich jetzt net. Der schmeckt doch gut auf einem frischen Bauernbrot, worre-net?" Sie blickte Hilfe suchend zur Münchhausen.

Die hatte sich aber bereits mit ihrem Ministück Streuselkuchen an einen der noch leeren Tische gesetzt.

„Das ist eher was zum Frühstück. So wie ich Euch kenne, schaut Ihr eh morgen früh mal nach dem Rechten. Dann könnt Ihr ja Milena fragen, ob die Übernachtungsgäste was davon wollen." Mildred stieß Gertrud an, welche sich schnell umdrehte.

Sie tat so, als müsste sie sich schnäuzen.

„Na ja, ich hab's ja nur gut gemeint, worre-net", lenkte die Worre-Net-Mine ein. Sie deutete auf mehrere verschiedene Blechkuchen. „Und ein Tässchen Kaffee, schwarz bitte, hätte ich gern auch noch, worre-net."

„Wenn das mal kein ordentlicher Abnehmer ist", flüsterte Gertrud mit vor den Mund gehaltener Hand.

Die meisten der anwesenden Frauen kicherten wieder.

Die Worre-Net-Mine drehte missmutig ab und setzte sich zu der Münchhausen.

Henner sah, wie die beiden miteinander tuschelten. Das verhieß nichts Gutes. Solch eine Demütigung wie vorhin würde die Münchhausen sich nicht einfach so gefallen lassen. Die Worre-Net-Mine auch nicht.

Der ‚Gipfel der Belanglosigkeiten' erzählte gerade jedem, der es nicht hören wollte, vor dem Kuchenbuffet, dass sie neulich drei Pfund Mehl beim Aldi gekauft hatte. Die hatte sie dann in der Speisekammer neben den Zucker vom Edeka gestellt. Der sei besser als der vom Aldi, aber nicht so gut wie der vom Rewe. Da war aber letztens der Bus nicht gekommen, mit dem sie sonst immer fuhr. Und so war sie nach Hause gegangen und hatte im Garten ein paar Laubblätter aufgelesen und in die Biotonne geworfen.

Zum Glück tauchte der Alte Fritz mit seiner Schachtel Zigarren in der einen Hand auf. Er grüßte freundlich. Die guten uralten Zigarren überreichte er feierlich Henner.

Der bedankte sich höflich, ohne zu wissen, was er damit anfangen sollte. Vielleicht kommen sie zu fortgeschrittener Stunde noch zum Einsatz, dachte er, als er sie erst mal im Geräteschuppen zwischenparkte.

Der Alte Fritz ließ sich einen Pappteller bis an den Rand mit Kuchen füllen. Damit steuerte er auf den Tisch von Pfarrer Schultheiß und dessen Haushälterin zu. Zu der Worre-Net-Mine und der Münchhausen würde er sich auf keinen Fall setzen.

Das tat dafür der ‚Gipfel der Belanglosigkeiten' mit einem Stück Streuselkuchen auf dem Teller und einer dampfenden Tasse Kaffee. Von Weitem sah Henner, wie die beiden Tratschtanten vergeblich versuchten, sich unsichtbar zu machen, indem sie sich demonstrativ wegdrehten.

Nach und nach trudelten die Leute aus dem Dorf ein. Und für Henner trat das ein, was er befürchtet hatte: Die Nachricht von dem Fest war im Ort wie ein australisches Buschfeuer verbreitet worden. Sicher waren die Münchhausen und die Worre-Net-Mine nicht unschuldig daran.

Viele der Menschen, die so taten, als würden sie eine Kirmes besuchen, konnte Henner gar nicht richtig einordnen. Was leider nicht anders zu erwarten gewesen war. Am Kuchenbuffet standen die Leute mittlerweile Schlange. Schon bald war ein Großteil der Tische und Bänke besetzt.

Milena begrüßte jeden neuen Gast freundlich per Handschlag. Ihr zumindest schien es zu gefallen.

Von den anderen üblichen Verdächtigen aus der unmittelbaren Nachbarschaft gab sich bislang noch keiner die Ehre. Auch das war zu erwarten gewesen. Die würden, wenn überhaupt, erst kommen, wenn das Tageslicht schwand.

Mitten im geschäftigen Treiben an den Tischen und rund um die Kuchentheke hatte Henner die beiden jungen Frauen der Zeugen Jehovas zunächst tatsächlich gar nicht bemerkt. Sie trugen beide, wie Vertreterinnen, schwarze Aktentaschen aus Leder bei sich.

Henner musste zum ersten Mal steuernd eingreifen. Er wartete, bis die beiden Frauen sich ihren Kuchen und Kaffee abgeholt hatten. Dann geleitete er sie höflich zu den noch freien Plätzen am Tisch vom Pfarrer. Beinahe hätte er sie reflexartig gebeten, bei der Worre-Net-Mine und der Münchhausen Platz zu nehmen. Die beiden saßen nämlich mittlerweile wieder allein an einem Tisch. Der ‚Gipfel der Belanglosigkeiten‘ verzapfte derweil irgendwo anders größtmöglichen Nonsens.

Doch rechtzeitig bremste er sich, denn damit hätte er nur noch mehr Öl ins Feuer gegossen. Schließlich wollte er nicht, dass die beiden überall herum erzählten, er sei bei den Zeugen Jehovas. Und dass er die beiden Frauen eingeladen hätte, damit sie bei der Gelegenheit das halbe Dorf bekehren konnten. Nicht auszudenken! Das Sommerfest als verdeckte Missionierungsaktion! Man würde es Milena in die Schuhe schieben und Mo würde auch in Zukunft von der Seite angeschaut werden. Henner wurde heiß und kalt, wie zu dem Zeitpunkt, als die beiden vor seiner Tür gestanden hatten und er es wieder nicht fertig brachte, sich durchzusetzen. Das hatte er jetzt davon!

Da, wo die beiden züchtig gekleideten Frauen, die so gar nicht zu den meist sommerlich lässig gekleideten Leuten aus dem Dorf passten, jetzt Platz nahmen, gab es sicher schon genügend Gesprächsstoff.

Henner musste schmunzeln, als er sah, wie der feiste Pfarrer die beiden attraktiven Frauen, die er nicht kannte, mit interessiertem Blick von oben nach unten musterte.

Manche der Gäste, die in der Nähe saßen, fragten sich bestimmt, wer die beiden Frauen waren. Es würde sicher keine fünf Minuten dauern, bis die Münchhausen die ersten an den Haaren herbeigezogenen Gerüchte streute. War letztendlich auch egal, so lange sich die beiden Frauen an ihre versprochene Abmachung, niemanden zu bekehren, hielten.

Henner musste sich sputen, wenn er noch ein oder zwei Stück von seinem geliebten Streuselkuchen abbekommen wollte. Zu seinem Glück war der den meisten Gästen zu trocken. Er ließ sich von Gertrud zwei große Stücke aus der Mitte, ohne Rand, auf einen Pappteller legen.

Den Kaffeepott reichte ihm Milena. „Na, alles in Ordnung?", fragte sie und schenkte ihm ein breites Lächeln.

„Soweit ich das noch überschauen kann, ja."

„Sind dann doch ein paar Leute mehr geworden, ja?"

„Das kannst du laut sagen! Meinst du, der Kuchen reicht?", fragte Henner besorgt.

„Wenn nicht noch Leute aus Nachbardorf kommen, denke ich schon. Gibt nur so viel, wie da ist und basta." Das war eine klare Ansage. „Von deinen verrückten Nachbarn ist noch keiner da, oder?"

„Die kommen alle erst später, denke ich. Aber keine Angst, die lassen sich das Spektakel hier nicht entgehen." Henner nahm einen ersten Schluck im Stehen aus seiner Kaffeetasse. Er sah sich um. An einem der hinteren Tische bemerkte er, wie ihm jemand zuwinkte. „Bis später. Ich geh mal zu meinen ehemaligen Schulkameraden. Die haben sich auch selbst eingeladen", erklärte er Milena. Er steuerte mit dem Pappteller und der Tasse in der Hand an einigen Leuten, die er nur vom Sehen her kannte, vorbei.

Mo war mittlerweile ebenfalls aufgetaucht. Er grüßte den einen oder anderen der Gäste. Steuerte dann, ohne Kaffee und Kuchen, direkt zu seinem Smoker. Es wurde Zeit, dass er das Höllengerät anwarf. Vorher checkte er mit einem kurzen prüfenden Blick das Innere des Kühlwagens, um zu sehen, ob noch alles in Ordnung war.

Ein Gast von weiter weg

Draußen auf der Straße fuhr ein blau-weißer VW-Bus älteren Baujahrs vor. Ein baumlanger Typ mit Dreitagebart und dunkelblonden Rastalocken stieg aus dem Gefährt. Er trug verwaschene schwarze kurze Jeans mit Fransen und ein weißes T-Shirt mit blauer Aufschrift ‚Release‘. Er blickte auf sein Smartphone und steuerte dann auf Henners Anwesen zu. Es war Sven, der sichtlich überrascht war von den vielen gut gelaunten Menschen, die an den Tischen saßen und sich lautstark unterhielten oder miteinander lachten. Er brauchte eine Weile, bis er Henner in der Menge entdeckte.

Der war gerade mit Michael, einem alten Schulkameraden in ein Gespräch über den Sinn und Unsinn der modernen Handys vertieft.

„Hallo Henner, ich hoffe, ich störe dich nicht“, rief Sven und lachte mit strahlend weißen Zähnen.

„Nein, überhaupt gar nicht. Warte, ich komme!“, antwortete Henner freudig überrascht. Bevor er aufsprang, sagte er zu Michael, dass sie ihr Gespräch später fortsetzen könnten. Er müsse jetzt erst mal einen weit angereisten Gast begrüßen.

Die Männer an dem Tisch musterten den riesigen Typ argwöhnisch.

„Mann, das freut mich, dass du gekommen bist!“ Henner schüttelte Sven so lange die Hand, bis es ihm selbst schon fast weh tat.

„Mich auch. Bin froh, dass es geklappt hat.“

„Hast du schon was gegessen? Komm mit, bevor die Platten geputzt sind.“

178

Sven ließ sich widerstandslos durch die Reihen der Gäste ziehen.

„Kann ich mein Auto da draußen auf der Straße stehen lassen?", fragte er Henner, als sie am Kuchenbuffet angekommen waren. Die Vorräte waren bereits deutlich geschrumpft.

„Kein Problem. So lange du willst. Wir sind hier nicht in der Stadt."

„Sind echt viele Leute hier. Scheint eine richtig geile Party zu sein", sagte Sven und deutete auf zwei noch übrig gebliebene Eckstückchen vom Streuselkuchen.

„Kann man wohl sagen! Und das ist erst der Anfang. Warte mal bis heute Abend. Da geht es erst richtig los. Du bleibst doch hoffentlich so lang?"

„Ja gern, ich habe mein Pflichtprogramm schon abgearbeitet, bin extra in aller Frühe gestartet. Ich kann ja später in meinem Bus pennen. Aber sag mal, hast du Geburtstag oder was wird hier gefeiert?" Sven griff nach einem der beiden Streuselkuchenstücke und biss hungrig hinein.

Henner winkte ab und erklärte ihm, dass sich eine kleine Feier verselbstständigt hatte.

„Ist nicht dein Ernst!", lachte Sven.

„Doch, doch", erklärte Henner. „So sind sie halt hier im Dorf. Aber komm du erst mal zur Ruhe. Wenn du soweit bist, sag mir Bescheid. Dann tauchen wir beide mal kurz ab in mein bescheidenes Reich der Künste."

Sven nickte mit vollem Mund. Irgendwie hatte Henner sich verändert, fiel ihm auf. Aber vielleicht täusche ich mich nur, dachte er dann. Schließlich hatte er Henner nur kurz auf dem Campingplatz im Osten gesprochen. Er blickte sich um. Sah, dass im Moment nur bei den beiden Frauen in seinem Alter, welche bei

179

einem älteren, sehr beleibten Mann saßen, noch ein Platz frei war. Irgendwie wirkten die Frauen fehl am Platz. Sven steuerte also zielstrebig besagten Tisch an. Er wunderte sich, dass bei beiden Frauen die Wangen gerötet waren. Wird sicher an der Hitze liegen, dachte er, als er höflich fragte, ob der Platz noch frei wäre.

Pfarrer Schultheiß nickte nur kurz erschöpft und wischte sich mit einem Stofftaschentuch über das rotfleckige Gesicht.

Was Sven nicht wusste, war, dass die drei schon seit geraumer Zeit handfest darüber diskutierten, wessen Glaube der einzig Wahre sei.

In seiner ungezwungenen Art sagte er zu den beiden Frauen: „Ihr seht aus, als wenn ihr auch nicht von hier seid."

Statt der Frauen antwortete Schultheiß für sie: „Gut beobachtet, junger Mann." Dann wandte er sich an die beiden Jüngerinnen: „Woher kommen Sie eigentlich? Direkt von ganz oben, von Jehova?"

„Äh, nö, also ich komme aus Gießen und Mareike aus Lich", antwortete die Frau mit dem blauen Rock schlagfertig.

Sven begriff noch nicht so recht, um was es hier ging.

Schultheiß bemerkte das. „Entschuldigung, darf ich mich vorstellen? Ich bin Pfarrer Schultheiß. Und das da ist ein Großteil meiner Gemeinde." Er zeigte mit seiner wulstigen Hand in Richtung der anderen Tische.

„Ich heiße Svenja. Wir sind sozusagen von der Konkurrenz", fuhr die Blauberockte fort und versuchte ein Lächeln in Richtung Sven.

„Aha, jetzt verstehe ich." Sven ging ein Licht auf.

„Ich hab den beiden schon erklärt, dass hier nichts für sie zu holen ist. Das wäre ja noch mal schöner, dass mir heute meine Schäfchen abspenstig gemacht werden! Kommen ohnehin nicht mehr viele in das Haus Gottes", motzte Schultheiß.

„Und, haben Sie sich schon mal gefragt, woran das liegen könnte?", fragte Svenja spitz.

„Das hatten wir doch eben schon. Ich kann Henner nicht vorschreiben, wen er zu seiner Feier einlädt oder nicht. Aber ich kann Ihnen nur raten, wenn Sie brav Ihren Kuchen aufgegessen und Ihren Kaffee getrunken haben, lieber das Fest rechtzeitig zu verlassen." Der Pfarrer wusste auch nicht, was in ihn gefahren war. Das klang wahrlich nicht nach einem Akt der Nächstenliebe. Und schließlich war dies auch nicht sein Fest. Doch er dachte tatsächlich auch ein bisschen an die beiden. Er kannte nämlich seine Pappenheimer. Spätestens wenn die ersten ihr Licher intus hatten, konnte es traumatisch für die zwei viel zu hübschen Jüngerinnen werden.

„Warum? Wollen Sie uns drohen?", fragte diesmal Mareike scharf.

„Um Gottes willen, wo käme ich als Glaubensmensch denn hin?! Ich habe das nur gesagt, um Sie zu schützen. Henners Nachbarn sind, soweit ich das überblicken kann, noch nicht da. Um es mal vorsichtig auszudrücken: Die halten alle nicht viel von Sekten." Der Pfarrer holte ein riesiges weißes Stofftaschentuch aus seiner Hosentasche. Er wischte sich damit breitflächig den Schweiß von Gesicht und Nacken.

„Sorry, ich muss dann mal weiter. Henner wartet bestimmt schon auf mich", sagte Sven genervt und stand auf. Im Weggehen hörte er noch, wie Mareike oder Svenja sagte: „Wir sind eine Glaubensgemeinschaft und keine Sekte."

Sven blickte sich suchend nach Henner um. Er konnte ihn nicht entdecken. Dafür erkannte er an einem der Tische seine Freundin Milena bei einigen älteren Frauen sitzen. Sie sah verändert aus. Fast schon so anständig gekleidet wie die beiden Zeuginnen Jehovas.

Hoffentlich ist sie nicht auch bei den seltsamen Leuten, dachte Sven, als er auf ihren Tisch zusteuerte.

„Hallo Milena, kennst du mich noch?", fragte er mit einem schiefen Grinsen.

„Ja, klar. Heute bist du ja gar nicht nackt", antwortete Milena lachend. Sie bereute sofort ihre vorschnelle Antwort.

Die Frauen vom Dorfladen warfen sich verwunderte Blicke zu.

Milena winkte aufgeregt mit beiden Händen hin und her. „Oh, das ist nicht so, wie ihr denkt. Sven haben Henner und ich auf unserer Reise durch den Osten kennengelernt. Und da waren wir an einem See …"

„Ist schon gut, Milena. Du musst dich nicht vor uns rechtfertigen!" Gertrud legte beruhigend eine Hand auf Milenas Arm.

Die merkte, wie ihr die Schamesröte ins Gesicht stieg. „Ist euch auch so warm?", versuchte sie, die peinliche Situation zu entspannen.

„Ja, die Hitze macht einem ganz schön zu schaffen heute", erwiderte eine Frau Anfang sechzig mit gefärbten blonden Haaren und wedelte demonstrativ mit der Hand.

Milena hatte sich mittlerweile wieder so weit im Griff, dass sie zu Sven sagen konnte, dass sie sich freute, ihn wiederzusehen.

Er stand eine Weile unschlüssig am Tisch der Frauen. Wusste nicht mehr, was er noch sagen sollte. „Äh, ich geh dann mal Henner suchen. Wir sehen uns bestimmt später noch", sagte er und war froh, auch diesen Tisch verlassen zu können. War scheinbar nicht ganz einfach, in Hessen Anschluss zu finden, dachte er.

Milena nickte ihm zu.

Sven hielt also erneut Ausschau nach Henner. Er sah zwei Frauen, welche verschwörerisch miteinander zu tuscheln schienen. Ein Teil der älteren Gäste war gerade dabei, das Fest zu verlassen. Sven sah, wie ein paar Frauen mit Schürzen die Reste der leer geputzten Kuchenbleche vom Buffettisch räumten.

Halbzeit

Weiter vorne, Richtung Scheune, roch es nach Rauch und heißem Fett. Dort entdeckte Sven auch Henner, der neben einem Typ in einem grauen Overall stand.

Die Spätnachmittagssonne gab noch mal alles. Manch einer der Männer hielt eine Flasche Licher in der Hand.

Sven steuerte auf das seltsame schwarze Gefährt zu, aus dem, wie aus einer alten Dampflok, weißer Rauch aufstieg.

Milena und die Frauen vom Dorfladen gönnten sich, nachdem der Hauptandrang abflaute, eine Pause. Eine kleine Abordnung der Frauen reichte aus, um mit dem Abräumen der leeren Kaffeekannen, Kuchenbleche und dem Entsorgen der Pappteller zu beginnen.

Milena und Mildred vom Dorfladen saßen bei einem gekühlten Glas Sekt nebeneinander und unterhielten sich angeregt. Mildred fragte vorsichtig nach, was Milena bislang so gemacht habe. Diese erzählte ihr eine abgekürzte Variante von ihrer Arbeit als Pflegekraft. Die

Geschichte mit dem Geld ließ sie selbstverständlich weg.

Mildred und die anderen Frauen aus dem Dorfladen hörten interessiert zu.

Als Milena erwähnte, dass sie nicht mehr in der Altenpflege arbeiten wollte, fragte Mildred, was sie denn jetzt vorhätte.

Ihr Traum eines eigenen Cafés in ihrer Heimat sei leider geplatzt, berichtete Milena. Aber das sei eine längere Geschichte.

Mildred tauschte einen prüfenden Blick mit ihren Arbeitskolleginnen aus.

Diese nickten zustimmend.

„Sag mal Milena, hättest du denn Lust, im Dorfladen mit auszuhelfen?", fragte sie vorsichtig. „Natürlich muss ich das vorher mit dem Vorstand des Fördervereins abstimmen. Aber soweit ich das beurteilen kann, dürfte das kein Problem sein."

Milena war zunächst sprachlos. Gleich bei der erstbesten Gelegenheit bot man ihr einen Job an! Das war fantastisch! Ohne weiter darüber nachzudenken, sagte sie zu. Sie freue sich schon riesig auf die gemeinsame Zusammenarbeit.

Mildred erklärte ihr, dass möglicherweise sogar eine Festanstellung daraus werden könnte. Sie suchten nämlich schon seit geraumer Zeit jemanden, der den Dorfladen nebst Café sozusagen hauptamtlich schmeißen könnte. Sie alle hier wären immer nur stundenweise dort, da sie entweder noch anderweitig berufstätig seien und oder sich um Kinder und Familie kümmern müssten. Mildred versprach Milena, wenn sie denn wolle, sich für sie einzusetzen.

Milena fiel nichts Besseres ein, als Mildred vor lauter Dank um den Hals zu fallen. Darauf mussten sie erst einmal anstoßen.

Ein kurzer ohrenbetäubender Krach aus den großen Boxen im Garten ließ alle anwesenden Gäste vor Schreck zusammenfahren. Eine Flasche Licher fiel klirrend zu Boden.

Jürgen, Mos Musikbeauftragter, hob entschuldigend die Hände in die Luft. Einem ersten Soundcheck der Musikanlage schien noch die Feinabstimmung zu fehlen.

Einen besseren Startschuss für seinen Auftritt konnte sich Schwabbel gar nicht vorstellen. Der Geruch von fettem Essen hatte ihn angelockt wie einen Luchs, der seine Beute aus fünfhundert Metern Entfernung roch. Sein spärliches Outfit machte heute seinem Namen alle Ehre. Wegen der Rettungsringe, welche sich gefährlich über den Bund wölbten, war die kurze Hose fast nicht zu erkennen. Sein voluminöses grünes T-Shirt, das nicht ausreichte, um seinen riesigen Bauch zu bedecken, sah aus, als hätte er es gerade aus einem Swimmingpool gezogen. Die paar Haare, die er noch besaß, lagen wie angeklebt auf dem viel zu kleinen Kopf. Er watschelte durch die Tischreihen, ohne jemanden zu grüßen. Sein Interesse galt, nach einem kurzen Seitenblick auf das leere Kuchenbuffet, einzig und allein dem Smoker. Dort kamen eindeutig die Gerüche her, die ihn anzogen wie eine Motte das Licht.

„Du bist viel zu früh. Ich hab gerade erst aufgelegt. Dauert noch." Mo sah belustigt auf seine Armbanduhr. „Mindestens noch zwei Stunden, vielleicht auch drei. So genau weiß man das nicht bei dem guten Stück hier. Das führt nämlich so eine Art Eigenleben, das sogar ich nur bedingt beeinflussen kann." Er steckte sich genüsslich eine Marlboro an.

„Das ist nicht dein Ernst! Und was esse ich dann so lang?", fragte Schwabbel entsetzt nach.

„Keine Ahnung. Kannst ja mal drinnen fragen, ob die noch ein paar Eckkneistchen vom Kuchen übrig haben."

„Ei mein Bub, wenn du es gar nicht mehr aushalten kannst: Ich hätte da noch zwei Gläser Quittengelee mit frischem Bauernbrot anzubieten, worre-net", bot die Worre-Net-Mine mitleidig an.

Schwabbel verzog angewidert das Gesicht.

Henner, der bislang nichts gesagt hatte, meldete sich zu Wort: „Ich kann ja mal drinnen nachfragen, ob sie dir vielleicht schon mal vorab zwei oder drei Leberwurstbrote schmieren."

„Das würdest du für mich tun?"

„Warum nicht? Ich will ja nicht verantwortlich sein, wenn du mir hier verhungerst."

Ein paar der Gäste an den nächststehenden Tischen, die mitgehört hatten, fingen an zu lachen.

„Henner, das lässt du sein. Ich kenne den Fresssack lange genug. Wenn du dem den kleinen Finger reichst, dann nimmt der nicht nur die ganze Hand, sondern beide." Mo blies genervt den Rauch seiner Zigarette zu dem Rauch, der noch immer aus dem Smoker aufstieg.

Henner wollte gerade etwas erwidern, als Mo ihm ins Wort fiel: „Vergiss es. Der frisst dir deine Leberwurstvorräte so schnell weg, so rasch kann der Metzger Werner keine neue Wurst machen."

„Wenn das so ist! Hast du nicht noch was zu Hause? Oder vielleicht bestellst du dir schon mal ein paar

Döner so vorab", schlug Henner Schwabbel als Alternative vor.

„Der hat doch nichts drauf. Frisst sich überall durch, wo er was zu essen riecht", hörte er von irgendwo jemanden rufen.

Henner fiel ein, dass unten im Vorratskeller noch ein Presskopf hing. Der stammte noch von den Einkäufen seiner seligen Mutter. Die hatte sowas von Zeit zu Zeit ganz gerne gegessen. Er selbst nicht. „Warte mal einen Moment. Ich hab was für dich für den ersten schweren Hunger. Bin gleich wieder da."

Sven, der die ganze Zeit neben Henner gestanden hatte, trat rasch zur Seite. Er fragte sich langsam ernsthaft, wo er hier hingeraten war.

Mo musterte den großen Kerl in den ausgefransten Hosen von der Seite. „Wo kommst du denn her? Du bist doch nicht von daheim", fragte er ihn misstrauisch.

Sven verstand nur noch Bahnhof. „Nö, ich komme aus Leipzig. Kenne Henner von seiner Tour durch den Osten. Er hat mich eingeladen vorbeizukommen, wenn ich wieder in Frankfurt zu tun habe. Nun war es soweit, hat prima gepasst, weil es mehr oder weniger auf dem Weg liegt." Sven blickte auf den deutlich kleineren Mo hinunter.

„So so, und was willst du von Henner?" Mo trank einen Schluck aus einer Flasche Licher.

„Ich studiere Kunst. Und ich hab von Henner gehört, dass er auch in Sachen Kunst unterwegs ist." Sven schielte verstohlen auf Mos Flasche Bier. Er verspürte schon seit geraumer Zeit einen großen Durst.

Mo bemerkte das, verschwand kurz zum Kühlwagen. Kam mit zwei Flaschen gut gekühltem Licher zurück. Er köpfte eine davon mit seinem Feuerzeug und reichte

187

sie Sven. „Sollst ja schließlich nicht dehydrieren hier bei uns. Prost."

„Äh, ja dann mal prost", bedankte sich Sven.

Mo kratzte sich nachdenklich an seinem stacheligen Kinn. „So so, da wusste ich ja gar nichts von, dass unser guter Henner in Kunst macht. Hat er doch glatt für sich behalten, der Gute."

Sven hob nur die Schultern.

In diesem Moment kam Henner mit einem riesigen Presssack im Naturdarm zurück.

Schwabbel leckte sich bei dem Anblick gierig mit der Zunge über den Mund.

„Das ist nicht dein Ernst!", ging Mo dazwischen. „Das sind doch gut und gern fünf Kilo!"

„Kann sein. Ich esse sowas nicht so gerne", meinte Henner kleinlaut. Er reichte Schwabbel den Presskopf.

Der hielt ihn triumphierend wie einen Handball in seinen fleischigen Händen.

Mo schüttelte angewidert den Kopf. „Mann, zisch bloß ab damit, nach hinten zu deinem Kumpel KGJ. Brauchst keine Angst zu haben, dass der dir was wegfrisst. Der ernährt sich nur flüssig."

Mo schaute nach hinten in den Garten. Er sah den Alten Fritz, der neben dem mittlerweile liegenden Kellergeister Junior auf einer Bank saß. Er paffte genüsslich Rauchringe in die Luft.

„Ich glaube, Mick, du kannst schon mal seine Schubkarre in Startposition bringen. Der macht nicht mehr lang", rief Mo einem seiner Kumpel zu.

Schwabbel zog mit seiner Presssack-Errungenschaft ab. Am Tisch von der Worre-Net-Mine und der Münchhausen hielt er kurzatmig an. „Steht das Angebot noch mit Eurem frischen Bauernbrot?"

188

„Freilich, kannst gleich den ganzen Laib mitnehmen", antwortete die Worre-Net-Mine, froh, dass sich doch noch ein Abnehmer für ihr Gastgeschenk gefunden hatte.

Schwabbel wartete, bis Henner das Brot geholt hatte. Er klemmte sich den Laib unter die vor Schweiß triefende Achsel und gesellte sich in aller Ruhe zu KGJ und dem Alten Fritz.

„Na, der ist hoffentlich eine Weile beschäftigt. Den müssen wir scharf im Auge behalten, wenn wir den Smoker öffnen", sagte Mo und überprüfte, ob er noch Holz nachlegen musste.

Ab in den Keller

„Sven, wenn du willst, zeige ich dir meine kleine bescheidene Auswahl." Henner musste dringend mal für ein paar Minuten dem ganzen Trubel entfliehen.

„Nichts lieber als das", antwortete Sven. Er trank mit einem Schluck die Flasche Licher leer. Stellte sie auf den nächstbesten Tisch und folgte Henner zum Haus. Beim Hintereingang fragte er ihn, ob die Leute hier alle so seltsam wären.

Henner antwortete eher kryptisch auf die Frage: „Nein, nicht alle, nur die meisten. Wobei: Die richtig Seltsamen hast du noch gar nicht kennengelernt."

Sven sah ihn mit einem fragenden Blick an.

„Na ja, manche sind auch ganz nett und so. So sind die Menschen in unserem Dorf halt", ergänzte Henner, als sie im Flur waren.

Sven wusste nicht, was er dazu sagen sollte.

„Und der Typ mit dem grauen Overall bei dem komischen Gefährt da draußen? Der scheint wohl der Chef vom Ort hier zu sein."

Henner drehte sich abrupt zu Sven um. „Das ist mein bester Kumpel Mo. Die meisten hören halt auf ihn, weil er die meisten Leute vom Dorf kennt." Er wollte noch ergänzen, dass er ohne ihn niemals diese Riesenfeier gestemmt hätte. Ließ es dann aber mit einem Schulterzucken sein.

Sven behielt seine Gedanken lieber für sich. Er wollte es sich mit niemand hier verscherzen. Wer wusste, was das sonst noch für ein Ende nehmen würde! Er folgte, den Kopf einziehend, Henner hinab in den angenehm kühlen Keller.

„Wow!", war das Erste, was Sven von sich gab, als er Henners Reich betrat.

Der ging einmal um den Tisch herum, auf dem immer noch seine Figur stand. Er drückte auf den Schalter eines Kabels und sein Werk begann, sich langsam zu drehen.

Sven staunte mit offenem Mund über das, was er hier zu sehen bekam. „Nicht schlecht. Nein, falsch. Das sieht ja richtig rattenscharf aus mit dem Lichtspiel in der Drehung." Er schien beeindruckt.

Henner spürte einen gewissen Stolz. „Na ja, ich weiß nicht, ob sowas irgendjemand gefallen könnte." Er hob ein Stück verbogenes Eisen vom Tisch und legte es in eines der Regale.

„Da bin ich mir sicher, dass das Teil da auf jeden Fall jemand gefallen wird", erklärte Sven und deutete auf die sich drehende Metallfigur.

„Meinst du wirklich, dass man so zusammengeschusterten Schrott verkaufen kann?", fragte Henner verlegen.

„Ich bin zwar nur ein Kunststudent im zwölften Semester, aber ich kann erkennen, dass deine Objekte hier ein gewaltiges Potential haben."

„Du verarscht mich doch nicht, oder?"

„Auf keinen Fall. Das ist mein bitterster Ernst." Sven kreuzte seine beiden muskulösen Arme über der Brust. Er ging langsam um den Tisch herum, um sich das sanft drehende Kunstwerk aus einem anderen Blickwinkel anzuschauen. „Hast du noch mehr davon, so in der Art?", wollte er von Henner wissen.

„Ja, hier in den Regalen hinter dir, mehr als genug." Er deutete mit der ausgestreckten Hand darauf. Sven drehte sich um und ging näher an das nächste Regal heran. „Darf ich?", fragte er.

„Ja klar."

Sven zog vorsichtig ein seltsam verdrehtes Objekt heraus, das mit viel Fantasie an einen menschlichen Körper erinnerte. Er drehte das etwa einen halben Meter große Gebilde aus verrostetem Eisen in seinen Händen. „Haben die auch Namen?"

„Äh, nö, daran habe ich noch gar nicht gedacht", antwortete Henner verwirrt.

„Kann ich dir nur zu raten. Mit dem richtigen Titel werden bestimmte sinnliche Assoziationen geweckt." Sven legte das Kunstwerk wieder vorsichtig ins Regal.

Henner verstand nur Bahnhof. Er traute sich allerdings nicht zu fragen, was Sven mit Assoziationen meinte. Das Wort musste er unbedingt später, wenn er dazu käme, im Lexikon nachschlagen. Und dann redete Sven auch noch von ‚sinnlich'! Henner ging ebenfalls zum Regal und nahm nacheinander seine fertigen Arbeiten heraus. Er stellte oder legte eine nach der anderen auf den großen Arbeitstisch.

Sven half ihm dabei. „Darf ich ein paar Fotos davon machen?", fragte er, als sich alle kleineren Objekte auf dem Tisch und die größeren davor befanden.

„Ja klar, so viel du willst", antwortete Henner und trat einen Schritt zur Seite.

Sven ließ sich Zeit beim Fotografieren. Sein Smartphone blitzte unzählige Male auf.

Henner erkannte, dass Sven das nicht zum ersten Mal machte.

Als er fertig war, fragte er Henner, ob er etwas dagegen hätte, wenn er eines der Werke mit nach Leipzig nähme. Er würde es gerne den Leuten aus der Galerie, mit der er zusammenarbeitete, zeigen. Fotos wären zwar gut, aber lange nicht so gut wie das Original. Sven bemerkte allerdings Henners zweifelnden Blick. „Keine Angst. Ich verspreche dir, das geht alles seinen geregelten Gang. Ich werde nicht mit deiner Arbeit durchbrennen. Wenn du ganz sicher sein willst, kann ich dir auch ein paar Zeilen als Quittung schreiben."

Henner schaltete den Drehmechanismus aus. Die Figur drehte sich noch kurz nach, bevor sie mit einem kleinen Ruck stehen blieb. „Wenn du Chancen siehst, dass jemand etwas kaufen will ..." Henner machte eine vage Handbewegung.

„Natürlich kann ich dir nichts garantieren. Aber ich bin mir ziemlich sicher, dass bestimmte Leute Interesse an deinen Arbeiten zeigen werden. Alles Weitere wird sich ergeben. Glaub mir, so hat das bei mir auch angefangen. Wenn du einmal einen Fuß in der Tür der verrückten Kunstwelt hast, dann musst du wie am

Fließband liefern. Vorausgesetzt, du willst das überhaupt." Sven steckte sein Smartphone in eine der hinteren Gesäßtaschen.

Henner wurde es ganz anders bei dem Gedanken, dass er hier unten vielleicht schon bald im Akkord schuften sollte. „Von mir aus such dir eine aus. Das mit der Quittung lass mal."

Sven ging ein paarmal langsam um den Tisch herum. Nahm das eine oder andere Teil in die Hand. Begutachtete es von allen Seiten, legte es wieder auf den Tisch. Schließlich entschied er sich für die bizarre Figur, welche auf der Drehplatte stand. „Wenn du nichts dagegen hast, nehme ich das Wahnsinnsteil mit." Er deutete auf das Objekt, das sich zwar nicht mehr drehte, aber immer noch von einem indirekten Licht angestrahlt wurde.

„Klar", nickte Henner.

„Jetzt fällt mir was ein", sagte Sven. „Ich schicke dir per WhatsApp das Foto, das ich von diesem Werk hier bei dir im Keller gemacht habe. Dann ist es der Beweis, dass es von dir stammt."

„Äh …", Henner verstand nicht ganz.

„Oder lieber per eMail?", bot Sven alternativ an.

„Äh … vielleicht klärst du das mit meiner Freundin Milena?", schlug Henner mit rotem Gesicht vor.

„Alles klar. Ich kläre das mit Milena, bevor ich abhaue", versprach Sven.

„Eine Bitte hätte ich aber", sagte Henner. „Lass uns das gute Stück morgen früh oder heute Nacht in dein Auto laden. Ich möchte nicht, dass die Leute das mitbekommen."

Sven stutzte. Und bekam prompt ein schlechtes Gewissen. Arbeitete Henner heimlich? In diesem schrägen Dorf durchaus verständlich. Hoffentlich hatte er sich nicht verplappert, als er ausgerechnet Henners bestem Kumpel von dessen offensichtlich heimlichem Schaffen erzählt hatte. „Du Henner, bitte sei mir nicht böse. Ich habe deinem Kumpel gesagt, dass du in Kunst machst. Er hat mich ausgefragt, woher ich komme und was ich mit dir zu tun habe. Tut mir wirklich leid. Ich wusste nicht, dass du heimlich arbeitest."

Henner stutzte. Was würde Mo jetzt von ihm denken, fragte er sich. Dass er ausgerechnet ihm etwas verheimlichte! Doch dann entspannte er sich. „Na ja, dass ich hier im Keller herumwerkele, weiß Mo natürlich. Und es hat ihn nie interessiert. Dass es sich wirklich um Kunst handelt, was ich hier mache, habe ich ja selbst bis eben nicht geglaubt. Also alles gut." Henner nahm sich allerdings fest vor, Mo gleich nach der Feier auf das Thema anzusprechen.

Von oben hörten die beiden johlendes Gelächter und lautstarkes Händeklatschen.

„Ich glaube, ich sollte mich langsam wieder oben blicken lassen. Bevor da was aus dem Ruder läuft." Henner ging zur Tür.

Sven blieb noch einen Moment stehen, um einen letzten Blick auf Henners Atelier zu werfen. „Ich werde meine bescheidenen Beziehungen spielen lassen, sobald ich zurück in Leipzig bin. Das verspreche ich dir. Willkommen in der Welt der Kunst." Er reichte Henner feierlich die Hand.

Der ergriff sie und schüttelte sie länger als nötig. „Danke schon mal für deine Hilfe. Ist das nicht üblich, dass derjenige, der was verkauft, Prozente bekommt?", wollte er wissen, als er die Kellertür hinter sich schloss.

Sven lachte laut. „Ja, aber das läuft eh alles über die Galerien."

So intensive Gedanken hatte sich Henner noch nicht darüber gemacht.

Sven ahnte, was Henner gerade dachte. „In den meisten angesagten Galerien sind zwischen vierzig und fünfzig Prozent normal", erklärte er.

„Was, so viel nehmen die?", fragte Henner entsetzt nach.

„Ja, das ist leider üblich. Schließlich haben sie die Kontakte und die Möglichkeit, auszustellen. Oder wüsstest du selbst, an wen du deine Arbeiten verkaufen könntest, und würdest du hier eine Galerie eröffnen können?", antwortete Sven.

Henner schüttelte den Kopf. Natürlich nicht.

„War angenehm kühl und ruhig hier unten", ergänzte Sven, als sie die Treppe nach oben ins Erdgeschoss nahmen.

Henner war noch in Gedanken. Das, was Sven ihm da gerade erklärt hatte, musste er, sobald er dazu kam, noch mal in aller Ruhe überdenken.

Plötzlich blieb Sven stehen. „Das Wichtigste habe ich ja ganz vergessen!", rief er und schlug sich mit der Flachen Hand an die Stirn.

Henner blieb ebenfalls stehen und sah ihn fragend an.

„Du brauchst unbedingt eine Vita!"

„Eine was?"

„Naja, eine Art Lebenslauf."

Henner runzelte die Stirn. Das war ja wie früher, als er sich um seine Lehrstelle beworben hatte.

Sven grinste. „Keinen Lebenslauf an sich, sondern einen künstlerischen Lebenslauf. Was du alles so gemacht hast und was du mit deiner Kunst bewirken willst. Und du als Person, also als Künstler, musst dich auch verkaufen. Das ist genauso wichtig wie das, was du an Kunst machst. Die Leute wollen wissen, wer Henner ist und warum er Kunst macht."

Henner brach der Schweiß aus. So hatte er sich das nicht vorgestellt.

Sven bemerkte, dass Henner sich überaus unwohl fühlte. Das Thema passte auch hier nicht auf die Kellertreppe. Und schließlich wollte er seinem neuen Freund kein Kopfzerbrechen bereiten. Heute war ein großer Tag für ihn, an dem er mit seinen Gästen Spaß haben sollte. Daher sagte er beruhigend: „Halb so wild. Ich helfe dir. Gar kein Thema. Außerdem kannst du einen auf geheimnisvoller Künstler machen, der sich ganz im Hintergrund hält. Aber das klären wir in Ruhe. Jetzt solltest du erst mal ordentlich feiern!"

Oben angekommen, empfing die beiden wieder die Wärme der bereits tief stehenden Nachmittagssonne.

Das rhythmische Klatschen galt KGJ, der gerade sturzbetrunken von Mick auf seiner eigenen Schubkarre durch ein Spalier von Gästen über den Hof gefahren wurde. Er hob abwechselnd den linken und den rechten Arm, wie einst Queen Elisabeth, wenn sie vor dem Buckingham-Palast Tausende von Schaulustigen grüßte. Ihm schien sein Abgang zu gefallen. Bis zum Licher Pils im Kühlwagen war er nicht mehr vorgedrungen. War wohl der Hitze des Tages geschuldet.

Mick, dem Schweißbäche links und rechts den Schläfen hinunter rannen, hielt am Hofende kurz an.

KGJ nutzte die Gelegenheit, wenn er schon mal für einen Augenblick im Rampenlicht stand, um laut lallend zu rufen: „Heut ist nicht alle Tage, ich komm wieder, keine Frage." Er wedelte noch einmal kurz mit einer

196

Hand zum Abschied über seinem verschwitzten hochroten Kopf.

Mick hob die Karre samt KGJ wieder an und bog kopfschüttelnd um die Ecke. Begleitet vom Gejohle und Geklatsche der überwiegend männlichen Gäste.

Den sind wir schon mal los für heute, dachte Henner, als er seinen Blick in den Hof und zum Garten richtete.

Pfarrer Schultheiß hatte wohl im wahrsten Sinne des Wortes den Braten gerochen. Er stand neben Mo am Smoker. Wollte wohl der Erste sein, wenn es um das richtige Essen für einen Mann wie ihn ging.

Henner stellte zu seiner Überraschung fest, dass Schwabbel, den er ebenfalls im Dunstkreis der Fettgerüche rund um den Smoker vermutet hatte, nirgends zu sehen war. Stattdessen sah er, dass die beiden hübschen Zeuginnen Jehovas nun doch ausgerechnet bei der Worre-Net-Mine und der Münchhausen am Tisch gelandet waren. Henner schwante nichts Gutes. Wahrscheinlich war das Kind aber schon längst in den Brunnen gefallen und er konnte nichts mehr dagegen tun.

Milena schien gerade in der Küche zu sein. Wahrscheinlich war sie mit den Frauen der Frauenhilfe bereits mit den Vorbereitungen für das Abendessen beschäftigt.

Die Rollatorin, die, wie Henner richtig vermutet hatte, uneingeladen erschienen war, sowie der ‚Gipfel der Belanglosigkeiten‘ standen neben dem verwirrten Rudolf und redeten auf ihn ein.

Der schaute mit leerem Blick in Richtung Obstgarten. Es grenzte an ein Wunder, dass er überhaupt hierher gefunden hatte. Normalerweise vergaß er ständig, dass er etwas vergessen hatte. Aber dafür hörte er noch ausgezeichnet. Und das hatte ihn, wie so viele andere aus dem Dorf, hierher gespült.

Henner musste unwillkürlich grinsen, als er Rudolf in seinen immer gleichen braunen Manchesterhosen, dem karierten Holzfällerhemd und mit ausgeleierten Hosenträgern inmitten der Gäste stehen sah. Von ihm ging keine Gefahr aus. Er konnte einem nur leidtun, weil er die Feier morgen schon wieder vergessen haben würde. Nur noch in seiner eigenen Welt lebte. Wer weiß, ging es Henner durch den Kopf, vielleicht geht es ihm besser als den meisten anderen Menschen. Nicht ständig denken zu müssen, konnte sehr befreiend sein.

Henner fiel ein, wie er Rudolf einmal an der Eisdiele im Nachbardorf getroffen hatte. Er hatte vor ihm an der Theke gestanden. Als er schließlich dran kam und der schwarzhaarige Italiener mit dem bleistiftbreiten Oberlippenbärtchen ihn freundlich fragte, was es sein dürfte, wusste Rudolf nicht mehr, welche Eissorten er haben wollte. Er reihte sich, ohne zu murren, wieder als Letzter in die Reihe der Wartenden ein. Er zählte, während er wartete, ständig irgendwelche imaginären Zahlen an den Fingern einer Hand ab. Beim nächsten Anlauf das gleiche Spiel. Rudolf hatte wieder vergessen, welche Eissorten er bestellen wollte. Mittlerweile fingen schon die ersten, meist jüngeren Besucher der Eisdiele an, über den alten Mann zu lachen.

Henner, der das traurige Schauspiel von seinem Sitzplatz Eis schleckend beobachtet hatte, gab ihm noch einen vergeblichen Anlauf. Dann ergriff er die Initiative. Er bat Rudolf, einen Moment seinen Platz freizuhalten. Was der auch sofort tat.

Henner holte ihm drei Bällchen Eis in der Waffel und überreichte diese Rudolf mit den Worten: „Die sind für dich, dafür, dass du meinen Platz freigehalten hast."

Rudolf schaute freudig auf das Eis, welches er, ohne aufzustehen, in aller Ruhe schleckte. Das mit dem Aufstehen hatte er längst wieder vergessen.

Henner schmunzelte bei der Erinnerung, wurde aber schnell wieder in die Gegenwart geholt. Jetzt entdeckte er endlich Schwabbel, der nicht, wie vermutet, um die Grillgerüche, die der Smoker nach allen Seiten ausstrahlte, herumschlich, sondern in der stabilen Seitenlage unter einem Apfelbaum lag.

Henner wollte schon nachschauen gehen, als ihn ein Kumpel von Mo am Arm festhielt. Er trug ein schwarzes T-Shirt, auf dessen Rückseite in großer weißer Schrift ‚Security – Fireman' stand. „Lass ihn, der hat sich überfressen. Mussten ihn vorhin mal für eine Weile stabilisieren. Der wird schon wieder."

„Meinst du wirklich?", fragte Henner besorgt nach.

„Klar Mann, dein Presssack war für den Fresssack eine Nummer zu heavy", lachte Mos Kumpel meckernd und schlug Henner auf die Schulter, dass es krachte.

Die Frauen vom Dorfladen und der Frauenhilfe traten nacheinander schwer beladen mit Schüsseln, Töpfen und Tellern aus dem Hintereingang. Milena war nicht dabei. Sie hatte derweil begonnen, zum zweiten Mal an diesem Tag die Tische für die Beilagen vorzubereiten.

Mo winkte Henner heran.

Der nahm wahr, dass ein guter Teil der älteren Gäste vom Nachmittag schon nach Hause gegangen war. Dafür standen überall kleinere oder größere Grüppchen von meist jüngeren Dorfbewohnern herum. Fast alle hielten eine Flasche Licher in der Hand oder tranken gerade daraus. Viele davon kannte Henner nur vage vom Sehen. Manch einer grüßte ihn, indem er kurz seine Flasche hob. Andere dagegen beachteten ihn als Gastgeber überhaupt nicht.

Zwischen den Tischen und den Bänken patrouillierten noch weitere Securitykumpels von Mo. Sie zeigten Präsenz, was Henner beruhigte.

„Es kann gleich losgehen. Sagst du Milena Bescheid, dass sie alles aus dem Kühlwagen holen können?", sagte Mo. Er winkte mit einer Hand Bernd herbei. „Schnapp dir mal einen Tisch und einen Stuhl. Kannst gleich anfangen, das Essen zu kassieren. Hol dir noch jemanden, der auf dich aufpasst. Am besten Champion. Man weiß ja nie."

„Wird gemacht, Chef", salutierte Bernd wie ein Soldat vor seinem Vorgesetzten. Er verschwand in der Menge, um nach Champion Ausschau zu halten.

Champion hatte seinen Namen erhalten, als er noch als Amateurboxer versuchte, eine Profikarriere zu starten. Leider fehlte es ihm an der nötigen Selbstdisziplin, was das Essen und vor allem das Trinken anging. Momentan arbeitete er irgendwo in Frankfurt als Türsteher. Sein beeindruckendes bodygebuildetes Äußeres reichte in der Regel aus, damit niemand auf dumme Gedanken kam.

Henner wollte gerade zum Hintereingang gehen, als er im Augenwinkel Ernst erkannte. Der kam, für den Anlass viel zu gut gekleidet, mit einer schwarzen Aktenmappe und einer silberfarbenen Thermoskanne unter dem Arm geklemmt auf ihn zu. Seine tief nach unten gezogenen Mundwinkel verrieten, dass er auch heute mit großer Wahrscheinlichkeit nicht lachen würde.

Wie zu erwarten, fingen sofort einige der Gäste an, zu lachen, als sie Ernst sahen. Er hätte glatt als ein aus der Zeit gefallener Versicherungsvertreter durchgehen können. Nur die Thermoskanne passte nicht so ganz ins Bild.

Ernst senkte den Blick, blieb stehen. Gerade als er sich umdrehen wollte, um wieder nach Hause zu gehen, war Henner bei ihm.

„Das freut mich besonders, Ernst, dass du gekommen bist!" Er hielt ihn sanft am Arm fest, bevor der es sich anders überlegen konnte.

„Ich glaub, das ist nichts für mich. Sind viel zu viele gut gelaunte Menschen hier."

„Ach was! Komm, du hast doch bestimmt nach deinem Programm heute ordentlich Hunger. Komm einfach mit mir. Ich kenne da ein paar Gäste, die sich auch ganz normal unterhalten." Er zog Ernst am Arm, der ihm nur widerwillig folgte.

„Na Ernst, hast du dein Spezialgetränk mitgebracht?", rief ihm jemand aus der Menge zu.

Ernst verzog keine Miene, als mehrere, meist Jugendliche, prustend lachten. Er ließ sich von Henner an den Tisch führen, an dem noch immer die beiden Zeuginnen Jehovas mit der Worre-Net-Mine und der Münchhausen in ein gestenreiches Gespräch vertieft saßen.

Die hübschen Gesichter der beiden jungen Frauen waren errötet. Was von der Hitze oder auch dem Verlauf des Streitgespräches, welches gerade im Gang war, herrühren konnte.

Beim Anblick der Münchhausen sackten die Mundwinkel von Ernst noch mehr nach unten. Aber er setzte sich auf die äußerste Kante der Bank neben die beiden Glaubensfrauen. Er war einfach nur froh, dass man ihn in Ruhe ließ. Vorsichtig, wie einen wertvollen Gegenstand, stellte er seine Thermoskanne auf den Tisch. Die Aktenmappe hatte er bereits wie einen Abstandshalter auf die Bank neben sich und seine Sitznachbarin gelegt.

Das mit dem ,in Ruhe gelassen werden' wird nicht lange gut gehen, dachte Henner, sagte aber laut: „Gibt gleich was zu essen. Lass es dir schmecken. Ich komme später wieder vorbei. Muss mal Milena suchen."

Ernst schaute ihm mit einem trübsinnigen Blick nach.

„Ei, dass ich das noch erleben darf, dich noch mal zu sehen, worre-net." Die Worre-Net-Mine sprach zu Ernst, stieß aber dabei unauffällig die Münchhausen mit dem Ellenbogen an.

Deren Gesicht glühte rot wie der Sonnenuntergang, der gerade im Gange war. Vor Erregung, vor Scham wegen ihrer unablässigen Lügerei oder einfach nur wegen der Hitze und den drei Tassen Bohnenkaffee, die sie getrunken hatte, war unklar.

Ernst nickte nur kurz.

Die Jehovajüngerin, die Ernst am nächsten saß, fragte ihn, ob er ein Kollege sei.

Ernst verstand die Frage nicht.

Die beiden jungen Frauen tuschelten kurz miteinander.

„Ist doch schön, dass wir uns heute alle hier beim Henner treffen, worre-net", bemerkte die Worre-Net-Mine mit aufgesetzter Fröhlichkeit.

Ernst nickte erneut. Sein ernster Blick wanderte zu den jungen Leuten, die überall herumstanden. Er blieb an einem rothaarigen Kerl mit Vollbart hängen. Den kannte er, der hatte ihm mal ein paar kaputte Dachziegel ausgewechselt. Tatsächlich hob der seine Flasche Licher hoch über den Kopf, als Zeichen, dass auch er ihn erkannt hatte.

Ernsts Mundwinkel sanken ein weiteres Stück nach unten. Er blickte nun stur vor sich auf den Tisch.

„Wenn Sie einer von uns sind, können Sie sich ruhig zu erkennen geben. Das ist zwar unser Revier hier. Aber wir glauben nicht, dass wir es schaffen, mit allen Anwesenden ins Gespräch zu kommen." Die junge Frau mit dem blauen Rock, die Svenja hieß, sah Ernst erwartungsvoll an.

„Soll heißen, wir können Verstärkung gebrauchen", ergänzte ihre Kollegin rasch.

Ernst verstand immer noch nicht, was die beiden jungen Dinger von ihm wollten. Glaubten die etwa, er wäre ein Versicherungsvertreter auf der Durchreise? Der bei den vielen Menschen hier ein lukratives Geschäft witterte?

„Äh, ich glaube, hier liegt ein Missverständnis vor", räusperte sich Ernst. Er blickte abwechselnd zu der einen, dann zu der anderen jungen Frau.

„Wieso?", fragten beide gleichzeitig.

„Ich verkaufe nichts, bin nur ein Nachbar von Henner. Er hat mich zu seiner Feier eingeladen."

Die Worre-Net-Mine und die Münchhausen spitzten die Ohren.

„Entschuldigung, ich will nicht indiskret sein. Aber darf ich fragen, warum Sie so gekleidet sind?" Die mit dem schwarzen Rock stützte ihre Ellenbogen auf den Tisch und sah Ernst an.

Diese Frage verstand er noch weniger als die vorherige. Er antwortete nicht.

Die beiden Frauen tuschelten erneut aufgeregt miteinander. Sie schienen Ernst nicht zu glauben. Befürchteten sogar, dass Ernst ein Supervisor war, der überprüfen sollte, ob die beiden ihre Arbeit auch anständig machten.

„Sie sind also nicht bei den Zeugen Jehovas?", fragte schließlich die mit dem blauen Rock geradeheraus.

Die Worre-Net-Mine und die Münchhausen klatschten sich amüsiert auf die Schenkel.

Ernst dagegen blieb ernst. Einzig seine Mundwinkel schoben sich ein klein wenig in die Waagrechte. „Ganz bestimmt nicht", antwortete er und schraubte den Deckel seiner Thermoskanne auf.

Den beiden Frauen stand die Erleichterung in die geröteten Gesichter geschrieben.

Mittlerweile war Milena mit noch einigen Frauen der Frauenhilfe, wie bei einer kleinen Prozession, aus dem Haus getreten. Sie trug ein großes Brett mit geschnittenem Brot vor ihrer Brust.

Henner winkte kurz Sven zu, der bei einer Gruppe junger Leute in seinem Alter stand, und ging zu Milena. „Hallo, lange nicht mehr gesehen, was?", sagte er zum Spaß zu ihr.

„Ja, kann man sagen. Wie läuft es denn so hier?" Milena senkte ihr schwer beladenes Brett etwas ab.

„Alles noch im grünen Bereich. Ach, ich soll dir von Mo ausrichten, dass das Fleisch gleich soweit ist." Henner nahm Milena das Brett mit Brot ab. Er stellte es auf einen der Tische, auf denen schon weitere Brotplatten standen.

„Okay, dann werden wir mal die Sachen aus dem Kühlwagen holen." Sie nahm ihren rechten Arm in die Höhe und schwenkte ihn nach vorne. Die Frauen der Frauenhilfe folgten ihr.

Aus den Lautsprecherboxen hinten im Garten war die Stimme von Jürgen zu hören. „Kurze Ansage: Essen ist gleich soweit. Geladene Gäste sind befreit, alle anderen bezahlen bitte vorne bei Bernd am Smoker. Nach dem Essen lassen wir es krachen. Hier schon mal ein kleiner Vorgeschmack. Judas Priest – live in London."

Einige der Gäste klatschen lautstark. Auf einer riesigen weißen Leinwand erschien das Bild von mehreren langhaarigen Typen, die bis auf den Schlagzeuger und den Sänger allesamt auf ihren E- und Bassgitarren herumschrammelten. Der Lärm war ohrenbetäubend.

Jetzt kam Motzes großer Auftritt. „Macht sofort die Mucke leiser, sonst stehen in zehn Minuten die Bullen auf der Matte." Er hatte doch tatsächlich sein Haus verlassen und sich drohend vor Henners Grundstück aufgebebaut.

Ein Witzbold rief zurück: „Immerhin, dann haben wir ja noch ein paar Minuten."

Mo schrie dazwischen: „Motze, untersteh dich! Wird langsam Zeit, dass du hier mitfeierst."

Jürgen drehte die Musik etwas leiser. Eine Tür flog mit einem gewaltigen Rums zu. Henner kannte das Geräusch nur zu gut. Motze war wieder in seinem Haus verschwunden. Wenn er überhaupt hier aufkreuzen würde, dann nach Einbruch der Dunkelheit. Und garantiert nicht, bevor Elvira ihren Gastauftritt hatte.

Henner blickte in die Runde seiner Gäste. Noch war alles so weit friedlich. Er musste Jürgen in Sachen Lautstärke unbedingt ins Gewissen reden. Als Veranstalter wäre es Henner, der eine Anzeige wegen Ruhestörung kassieren würde.

Mo war gerade dabei, seinen Smoker zu öffnen. Sofort waberte über dem Hof und weite Teile des Gartens der fette Geruch von gegrilltem Fleisch. Schwabbel schlief noch immer den Schlaf der Gerechten.

Henner beobachtete, wie einige Halbstarke zusahen, wie zwei ihrer Kumpels sich im Armdrücken an einem Tisch versuchten. Beide wurden lautstark angefeuert. Ein paar andere Kerle standen um einen Nagelklotz herum. Einer schlug gerade mit der spitzen Seite eines Dachdeckerhammers auf einen Nagel ein. Ein paar Jugendliche warfen nacheinander Pfeile auf eine Dartscheibe, die an einem der Bäume weiter hinten hing.

Die paar Mädchen aus dem Dorf, die sich getraut hatten zu kommen, hockten zusammen an einem Tisch. Fast alle klimperten mehr oder weniger gelangweilt auf ihren Smartphones herum. Kommunikation von Angesicht zu Angesicht schien ein Fremdwort für sie zu sein.

Der Alte Fritz saß noch auf der Bank und blies Rauchringe in die Luft.

Sven schien Anschluss gefunden zu haben. Er stand immer noch mit einer Bierflasche in der Hand in der Gruppe junger Leute und unterhielt sich angeregt.

Nach und nach reihten sich die Gäste in die Smoker-Schlange ein. Die Sonne war mittlerweile untergegangen. Henner sah Rudolf bei der Rollatorin sitzen. Er würde ihm helfen müssen, etwas zu essen zu bekommen, bevor er es wieder vergaß. Die Rollatorin konnte er dann gleich mitversorgen.

Henners Blick fiel Richtung Straße. Erich bog gerade mit einem großen Weidenkorb im Arm um die Hausecke. Der hat das Essen gerochen, dachte Henner und ging auf ihn zu, um ihn zu begrüßen. Erich trug kurze beige Hosen, darüber ein ärmelloses hellblaues T-Shirt. Seine dünnen behaarten Beine besaßen die Bräune eines Kalkeimers. Er blickte sich nach allen Seiten hektisch um, bevor er den Hof betrat.

„Freut mich, dass du gekommen bist", begrüßte ihn Henner.

„Sind die Saububen aus dem Oberdorf auch schon da?", fragte Erich sichtlich nervös.

„Soweit ich das überblicken kann, noch nicht. Keine Sorge, Mos Kumpels passen auf dich auf, das verspreche ich dir."

Erich nahm den Weidenkorb vom Arm und hielt ihn Henner hin. „Wie versprochen."

„Oh, danke! Du kommst gerade richtig. Gibt Essen." Henner nahm Erich den Korb ab. Die Maxiflasche mit dem Aufgesetzten ragte heraus. Ein Blick in die Tiefen des Korbs verriet Henner, dass Erich auch an die erwähnten Gläser mit Leberwurst gedacht hatte. Den Aufgesetzten bringe ich mal besser in Sicherheit, dachte Henner. Die Einmachgläser mit Leberwurst besser auch, bevor sie gleich hinüber sind. „Ich bringe mal die Sachen hier weg. Wir sehen uns später. Ernst ist auch schon da. Sitzt da hinten irgendwo." Henner deutete

207

vage in die Richtung. Mit einem unguten Gefühl ließ er Erich auf dem Hof stehen. Den würden sie, genauso wie Ernst, nicht in Ruhe lassen. Die Frage war nur, wie lang es gutgehen würde.

Im Weggehen hörte er bereits den ersten Hinweis: „Ah, Vorne-er-hinten-ich gibt sich die Ehre!" Damit konnte Erich noch leben. Solche Sprüche war er gewohnt.

Vorne am Kassentisch gab es ein kleines Gerangel. Champion ging sofort dazwischen. Henner hörte auf dem Weg ins Haus, wie er einem schlaksigen Typ in kurzen Jeans und mit tätowiertem Oberkörper eine klare Ansage machte: „Entweder du zahlst oder du verschwindest."

„Okay, okay alles gut. Hab gedacht, ich wäre eingeladen."

„Das Denken überlässt du besser den Pferden, die haben einen größeren Kopf als du."

Der schlaksige Typ griff in seine Gesäßtasche und fischte seinen Geldbeutel heraus.

Champion blieb neben dem Kassierer mit verschränkten Armen vor der Brust stehen. Das war eine eindeutige Warnung für etwaige Trittbrettfahrer.

Henner brachte den Aufgesetzten vorläufig in Mutters altem Wohnzimmerschrank in Sicherheit. Bei dem Blick auf die Gläser mit Leberwurst überkam ihn das schlechte Gewissen. Er stand eine Weile unentschlossen in dem alten Zimmer. Von draußen drang Gelächter und wildes Stimmengewirr herein. Er dachte kurz an seine selige Mutter. Ob sie mit allem, was hier heute noch abgehen würde, wohl einverstanden gewesen wäre? Sicher nicht mit allem, aber mit manchem, versuchte Henner sich zu beruhigen. Er

208

entschied sich, nicht so eigensinnig zu sein. Nahm nur zwei der Gläser und stellte sie ebenfalls in den Wohnzimmerschrank. So als eiserne Reserve für die nächsten Tage. Die übrigen würden den Abend nicht überleben, da war er sich sicher. Henner trat rasch wieder nach draußen.

Milena stand mit einer Reihe anderer Frauen hinter den Tischen mit Salaten, verschiedenen Dips, geschnittenem Brot und diversen anderen leckeren Beilagen. Sie reichten Teller, Bestecke und Servietten an die Gäste.

Henner winkte ihr zu.

Milena warf ihm eine Kusshand zurück.

Ernst stand mit seiner Aktenmappe und der Thermoskanne unter dem Arm in der Essensschlange. Seinen Kopf hielt er gesenkt, so als wollte er nicht erkannt werden.

Henner versuchte, Rudolf ausfindig zu machen. Der stand neben einer der großen Boxen im Garten und starrte sie interessiert an. Jemand rief ihm zu: „Pass auf, Rudolf, da kommt gleich der schwarze Sensenmann raus und nimmt dich mit auf deine letzte Reise!"

Die üblichen Lacher ließen nicht lange auf sich warten.

Rudolf erschrak und taumelte rückwärts. Um ein Haar wäre über einen der am Boden liegenden Kabelstränge gestolpert.

Doch Henner war bereits bei ihm und fing ihn auf.

„Komm Rudolf, lass uns was essen gehen."

„Gute Idee", erwiderte der.

Henner hielt ihn am Arm fest und reihte sich in die Schlange ein. Die Rollatorin konnte er nirgends mehr entdecken. Vielleicht war sie längst nach Hause gegangen. Rudolf nach ihr zu fragen war sinnlos.

Die meisten der anwesenden Gäste saßen mittlerweile an den Tischen und genossen Steaks und Co. aus Mos Smoker. Manche aßen im Stehen. Im Hintergrund lief ein anderes Heavy-Metal-Konzert auf der Leinwand. Mittlerweile brannten im Garten bunte Lampions, die in den Obstbäumen hingen und dem Ganzen den Anschein eines Sommerfestes in südlichen Gefilden gaben. An der Mauer zu Worre-Net-Mines Anwesen hingen Lichterketten wie an Weihnachten. Über Mos Smoker warf ein starker Standscheinwerfer ein grelles Licht. Im Hof brannten die Lampen.

Henner wunderte sich schon zum wiederholten Mal an diesem Tag, wer das alles an ihm vorbei organisiert hatte. Ihm gefiel es jedenfalls. Er hoffte nur, dass nichts aus dem Ruder lief.

Gerade hörte er, wie ein ganz Pfiffiger, den er nicht kannte, zu Ernst sagte: „Bitte lächeln." Er hielt seine Handykamera auf Ernst gerichtet.

Der verzog keine Miene.

„Komm, sag doch mal wenigstens ‚Cheese'", versuchte es der Kerl noch einmal vergeblich. „Der Gastgeber hat mich beauftragt, von jedem Gast ein nettes Foto zur Erinnerung zu schießen. Macht sich bestimmt nicht so gut, wenn du so ernst aus der Wäsche schaust."

Vergeblich. Ernst blickte stur geradeaus auf den Rücken seines Vordermannes.

Das war sicher erst der harmlose Anfang, dachte Henner. Kaum hatte er den Gedanken zu Ende gedacht, da machte der Nächste einen Versuch, Ernst zum Lachen zu bringen. Wahrscheinlich hatten die

Jugendlichen längst Wetten abgeschlossen, wer es heute endlich schaffen würde.

„Hör mal Ernst, kennst du den?", hörte Henner einen schmächtigen Typ mit kurzgeschorenen Haaren fragen.

Ernst reagierte nicht.

„Da kommt der Mann spätnachts hochachtungsvoll nach Hause. Er stellt einen Stuhl neben das Bett seiner Frau. Bevor sie noch was sagen kann, fällt er ihr ins Wort: ,Bevor das Theater losgeht, will ich wenigstens in der ersten Reihe sitzen.'." Der Typ fing meckernd an zu lachen.

Ein paar Danebenstehende, die mitgehört hatten, fielen lautstark mit ein.

Nur Ernst nicht. Der schien gar nicht zugehört zu haben.

„Das war wohl nichts", rief jemand von weiter hinten.

„Dann mach's besser, wenn du kannst", rief der Schmächtige zurück.

Henner befürchtete, dass Ernst spätestens nach dem Essen das Fest verlassen würde. Immerhin war er überhaupt gekommen. Vielleicht ließen sie ihn ja in Ruhe, wenn Jürgen die Musik weiter aufdrehte.

„Lieber Henner, ich wollte mich noch mal ganz herzlich bei Ihnen und Ihrer Lebensgefährtin für die Einladung bedanken. Ich wäre gerne noch ein Stündchen geblieben, aber leider ruft die Pflicht. Muss noch an der Predigt für den Gottesdienst arbeiten." Pfarrer Schultheiß reichte Henner seine fleischige Hand. Er schwitzte stark. Unter den Achseln seines Hemdes zeichneten sich deutlich dunkle Schweißflecken ab. Sein hochroter Kopf sprach Bände. Seine Haushälterin, Frau

Helfrich, stand wie eine besorgte Krankenschwester neben ihm. In ihrem Blick lag die Angst davor, dass ihr Arbeitgeber die Nacht nicht unbeschadet überstehen würde.

Henner nickte. „Ich hoffe, das Essen war diesmal ganz zu Ihrer Zufriedenheit".

„Unbedingt. Richten sie Ihrem Freund Mo bitte aus, die Steaks waren exzellent."

„Das werde ich tun. Freut mich, dass Sie es sich einrichten konnten zu kommen." Henner blickte abwechselnd Pfarrer Schultheiß und seine Haushälterin an.

Letztere nickte nur kurz.

„Möge unser allmächtiger Gott auch weiterhin eine schützende Hand über Ihr gelungenes Fest halten." Pfarrer Schultheiß zog seine Hand zurück und wandte sich zum Gehen.

Henners Handflächen waren so feucht, als hätte er sich gerade die Hände gewaschen. Er wischte sich die Innenseiten angewidert an seinen Hosen ab. „Danke noch mal für den Kartoffelsalat und den Kuchen, Frau Helfrich", rief er den beiden hinterher.

„Keine Ursache, das habe ich gerne gemacht. Die Schüssel und die Platte können Sie mir ja bei Gelegenheit zurückbringen. Meinen Namen habe ich auf die Unterseiten geschrieben", antwortete sie und folgte dem Pfarrer.

Ein paar weitere Leute aus dem Dorf verabschiedeten sich ebenfalls.

Milena und ihre fleißigen Helferinnen saßen mittlerweile auch zusammen an einem Tisch und aßen.

Mo wirkte abgekämpft, als Henner zu ihm trat. Sein Overall sah aus, als wäre er damit gerade in den nahen

Bach gefallen. Seine wirren Haare klebten ihm verschwitzt rund um den Kopf. In der rechten Hand hielt er die unvermeidliche Fluppe, in der linken Hand eine gekühlte Flasche Licher. Er trank sie in einem Zug leer und ließ einem gewaltigen Rülpser seinen freien Lauf.

„Den ‚Gipfel der Belanglosigkeiten‘ habe ich gerade sanft, aber sehr bestimmt vom Hof auf die Straße begleitet, Henner. Hab ihr sehr deutlich zu verstehen gegeben, dass ich kein gesteigertes Interesse an ihrem nichtsnutzigen Gewäsch habe. Hab ihr den Tipp gegeben, sie soll es mal bei den Pferden von Müllers auf der Weide probieren. Das sind bestimmt sehr gute und verständnisvolle Zuhörer.“ Mo lachte meckernd.

Henner war erleichtert. „Und, hat doch gereicht für alle, oder?“ Er schlug Mo freundschaftlich auf die Schulter.

„Hab ich dir doch gleich gesagt, dass wir sie alle mit dem guten Stück hier satt bekommen.“ Mo klopfte mit dem Knöchel seines rechten Zeigefingers sanft auf den Deckel des Smokers. „Ein bisschen was ist noch übriggeblieben.“ Er öffnete den nur angelehnten schweren Eisendeckel. „Die paar Steaks könnt ihr euch morgen in der Pfanne noch mal heiß machen“, sagte er und schloss den Deckel wieder.

„Hast du denn überhaupt schon was gegessen?“, fragte Henner besorgt.

„Klar, Mann. Hab mir zwischendurch ein ganz fein geräuchertes Steak zwischen ein Brötchen legen lassen.“

„Soll ich dir morgen helfen, das Gerät sauber zu machen?“ Henner wollte gar nicht daran denken, was es für eine Drecksarbeit war, das ganze Fett zu beseitigen.

„Danke, lass mal. Da habe ich so meine Spezialreinigungsmittel für", antwortete Mo und drückte seine Marlboro in einem Aschenbecher aus, der auf einem kleinen Beistelltisch stand.

„Ich weiß gar nicht, wie ich dir danken soll, Mo! Wie soll ich das jemals wieder gutmachen?"

„Du brauchst gar nichts gutmachen. Außer vielleicht, dass du hin und wieder Milena mit zu mir bringst."

Henner runzelte die Stirn.

Mo lachte. „Keine Angst. Es gefällt mir nur, wie trinkfest sie ist." Diesmal klopfte er Henner kräftig auf die Schulter. Gemeinsam mit Henner schaute er in die Runde der Gäste.

Er erkannte den ernsten Ernst, der tatsächlich noch dageblieben war. Er saß hinten bei dem Alten Fritz und bei Erich auf der Bank. Trank gerade einen Schluck aus dem Becher seiner Thermoskanne. Erich und der Alte Fritz rauchten genüsslich zusammen eine Zigarre. Die Mehrzahl der überwiegend jüngeren Gäste stand immer noch herum und hielt sich an ihren Bierflaschen fest. Der Rest saß verteilt an den Tischen, die nicht mehr alle voll besetzt waren. Die beiden hübschen Zeuginnen Jehovas waren nirgends zu sehen. Dafür hockten die Worre-Net-Mine und die Münchhausen als letzte Abordnung der älteren Generation in scheinbar friedlicher Eintracht zusammen.

Milena und ihre Frauen fingen gerade an, zum zweiten Mal für heute das restliche Essen abzuräumen.

Mos Helfer standen oder saßen verteilt bei den Gästen.

„Da fehlen ja nur noch die ganz schweren Kaliber Motze, Miesepeter und die geile Elvira zum krönenden

Abschluss." Mo schaute in Richtung Motzes verfallener Hütte.

Henners Herz schlug ein paar Takte schneller. Vielleicht tauchten die drei ja gar nicht auf, dachte er. Dann bestand die Chance, dass das Fest ein Fest blieb und nicht im Chaos versank. „Na, ob die überhaupt noch kommen?", orakelte er.

„Egal, jetzt werden wir die Mucke, dein Einverständnis vorausgesetzt, ein paar Dezibel nach oben schrauben." Mo suchte bereits den Blick von Jürgen.

Der bewachte die Anlage nun mit Hilfe von Champion.

„Wenn ihr es nicht übertreibt mit der Lautstärke ...", versuchte Henner leicht besorgt einen Einwand zu äußern.

„Keine Angst. Die Boxen werden in Richtung Ortsausgang gedreht. Der Hauptschall geht dann nach hinten weg." Mo gab Jürgen ein Handzeichen.

Der hielt kurz den Daumen hoch. Sofort erschien eine schier unglaubliche Menschenmenge auf der Leinwand. Dröhnendes Geschrei und Getöse war zu hören. In riesigen goldenen Lettern erschien am oberen Rand der Schriftzug ‚Wacken 2013'. Ein Schwenk der Kamera zeigte nun eine gigantische, noch unbeleuchtete, schwarze Bühne. Im Hintergrund war die tobende Menge der zigtausend Besucher zu hören. Dann plötzlich erschienen auf den beiden Außenseiten grelle Lichtfontänen, die vor dem dunklen Nachthimmel wie abgefeuerte Raketen wirkten. Dann barst förmlich die Bühne in einem wahren Feuerwerk aus Lichtblitzen, die alle durcheinander schossen. Trockeneisnebel stieg auf und tauchte die Bühne in eine gespenstisch wirkende Lichtorgie. Dann war es endlich so weit: Die einzelnen langhaarigen Bandmitglieder der finnischen Symphonic-Metal-Band Nightwish betraten nacheinander die Bühne. Frenetisches, ohrenbetäubendes Kreischen der über achtzigtausend Konzertbesucher begleiteten deren spektakulären Auftritt. Und dann ging der Punk ab. „Yeah, yeah, Mann ist das abgefahren", schrie einer von Henners Gästen. Mehrere geballte Fäuste flogen nach oben. Wieder andere standen von ihren Sitzplätzen auf und schritten in Richtung der Leinwand im Garten. Nur noch wenige Gäste blieben an ihren Tischen sitzen.

Die Worre-Net-Mine schüttelte wie wild ablehnend ihren Kopf. Fast hätte man meinen können, sie wäre unter die Headbanger gegangen.

Henner sah, wie Sven zusammen mit ein paar anderen jungen Typen in der mittlerweile dicht gedrängten Menge vor der Leinwand die Fäuste reckte. Die Sängerin Floor Jansen versuchte gerade, mit ihrer kraftvollen Opernstimme, die harten Bassklänge von dem charismatischen Marko Hietala, dessen blonder Bart fast so lang war wie seine Haare, zu übertönen.

Selbst Henner, der diese rasant schnelle Musik nur von Mos Küche kannte, musste zugeben, dass ihm die Festivalatmosphäre gefiel. Er spürte, wie sich die Haare auf seinen Armen aufstellten. Einen Augenblick noch schaute er der Sängerin zu, welche einen offenen schwarzen Ledermantel trug, unter dem ein eng anliegendes Ledertop ihre Brüste besonders betonte.

Gerade wollte er ins Haus gehen, um Milena seine Hilfe anzubieten, als er glaubte, an der Hausmauer einen dunklen Schatten zu erkennen. Die Stelle war nicht von der nahen Straßenlaterne beleuchtet. Kein Zweifel: Da stand jemand. Henner ging langsam ein paar Schritte auf die dunkle Gestalt zu. Als er näher trat, erkannte er an den grauen Gummistiefeln die verhuschte Gestalt Miesepeters. Er trug ein graues Kapuzenshirt, das sein Gesicht im Schatten der Mauer kaum erkennen ließ.

„Freut mich Fred, dass du es geschafft hast zu kommen", sagte Henner. Er versuchte, seiner Stimme einen aufrichtigen Klang zu verleihen.

„Wer es glaubt, wird selig. Hast bestimmt gehofft, dass ich hier nicht aufkreuze, um nicht die ausgelassene Stimmung zu vermiesen." Miesepeters piepsige Stimme war nur schwer zu hören.

Henner musste ganz nah an ihn herantreten, um ihn zu verstehen. Miesepeter roch, als hätte er gerade einen Klumpen Dung vom Misthaufen seines Nachbarn verschluckt.

„Kannst ruhig mitkommen, du fällst da gar nicht auf. Die glauben gerade fast alle, sie wären auf einem Heavy-Metal-Konzert."

„Ist Motze schon da?"

Henner beschloss, Motzes Ausraster von eben nicht zu erwähnen. Dass der vor dem Haus aufgetaucht war, um sich über die Lautstärke auf dem Fest zu beschweren, zählte ja eigentlich nicht. Schließlich rechneten alle damit, dass er schlussendlich irgendwann doch noch als Gast auftauchen würde. „Nö. Kommt aber bestimmt gleich, spätestens wenn er Elviras Eintreffen mitbekommt", antwortete Henner ausweichend.

Miesepeter schaute skeptisch. „Elvira kommt auch?"

Henner nickte. Er spürte einen kurzen Stich im Herzen. War es die Angst davor, dass die beiden tatsächlich noch aufkreuzten?

„Muss heim, ist eh nichts für mich." Miesepeter stieß sich mit einem Ruck von der Hausmauer ab und ging raschen Schrittes Richtung Straße davon.

„Warte doch, Fred! Soll ich dir Bescheid geben, wenn die beiden da sind?", rief er ihm hinterher.

Doch Miesepeter war bereits hinter der Hausecke verschwunden.

Henner wusste, dass er wiederkommen würde. Ein paar der noch verbliebenen älteren Gäste, darunter Frauen der Frauenhilfe und Frauen aus dem Dorfladen, verabschiedeten sich gerade lautstark im Hof von Milena. Eine nach der anderen umarmte sie herzlich zum Abschied.

Henner freute sich, dass Milena so schnell und so herzlich in die Dorfgemeinschaft aufgenommen wurde.

„Na Henner, hast du dich noch von ein paar Gästen verabschiedet?", fragte ihn Gertrud. Sie hielt ein paar leere Schüsseln mit beiden Händen vor ihrer Kittelschürze.

„Ja, ich, äh nee, ich hab geglaubt, da hätte jemand den Weg nicht gefunden", stotterte Henner. Er wollte nicht zugeben, dass Miesepeter erst nach Motzes und Elviras Erscheinen kommen würde. War sich aber im selben Augenblick bewusst, was für einen Blödsinn er da gerade von sich gegeben hatte.

Ein paar der Frauen lachten im Vorbeigehen.

„Vielen Dank noch mal für alles. Ihr habt uns wirklich sehr geholfen", sagte er daher.

„Das haben wir doch gern gemacht", erklärte Gertrud.

„Deine Freundin ist eine ganz reizende Person. Mit der kann man was anfangen. Schöne Feier noch", sagte

Mildred und hob einen Korb mit Töpfen und Pfannen vom Boden hoch.

Die Frauen, welche die meiste Zeit damit beschäftigt gewesen waren, Essen vorzubereiten, rein und raus zu tragen, abzuwaschen und zu spülen, verließen eine nach der anderen den Hof.

Elvira und die Saububen

Henner wollte noch schnell etwas sagen, aber er wurde von lautem Autohupen abgelenkt. Er ging die paar Schritte bis zur Straße. Sah, dass zwei Cabriolets, mit mehreren jungen Typen darin, vorfuhren. Ein paar von ihnen hoben sich elegant mit Hüftschwung über die Beifahrertüren. Es waren die Saububen aus dem Oberdorf.

Henner ging rasch zurück und teilte Mo aufgeregt mit, dass die Saububen im Anmarsch waren. Mittlerweile waren alle, bis auf die beiden Fahrer, aus den Autos geklettert. Ein paar von ihnen hielten Bierflaschen in den Händen. Ein großer Kerl, Anfang zwanzig, mit rasiertem Schädel und Dreitagebart rief den anderen zu: „Na, dann lasst uns mal nachschauen, was hier für eine feine Party ohne uns abgeht!"

Henner traute sich nicht, die ungebetenen Gäste alleine aufzuhalten. Ging aber ein paar Schritte auf sie zu.

„Ah, da kommt ja schon der Gastgeber, um uns persönlich zu begrüßen" rief ein anderer Typ mit Beanie und Spitzbart.

Henner hörte, wie die Musik abgedreht wurde. Er drehte sich um und sah, wie Mos Truppe, angeführt von Champion, in breiter Front anrückte.

„Was, ist die Party schon vorbei?", rief der Glatzköpfige.

„Für euch schon, bevor sie überhaupt angefangen hat, wenn ihr euch nicht benehmt", antwortete Champion mit seiner furchteinflößenden tiefen Stimme.

„Alles gut, ganz ruhig! Wir haben die geile Mucke gehört. Und da haben wir gedacht, wir schauen mal auf ein Fläschchen Bier oder zwei bei euch vorbei." Der Beanie-Typ versuchte, mit geschmeidiger Stimme zu deeskalieren.

„Kriegen wir mit, dass ihr auch nur für den Bruchteil einer Sekunde aus der Rolle fallt, dann rückt unser MEK aus, Jungs. Und was das bedeutet, wollt ihr euch bestimmt nicht vorstellen, oder?" Mo hatte kurzfristig das Kommando übernommen.

Sofort stellte sich seine Truppe breitbeinig, mit verschränkten Armen vor der Brust, in einer Reihe nebeneinander auf.

„Chef, wir bleiben ganz friedlich, versprochen. Bezahlen auch unser Bier und machen keinen Ärger."

Mo beriet sich kurz mit seinen Leuten. Dann ergriff er wieder das Wort: „Henner, du bist der Gastgeber. Du entscheidest, wer dein Privatgrundstück betritt oder nicht."

Alle Augen waren gespannt auf Henner gerichtet.

Der räusperte sich kurz, bevor er sagte: „Also gut, Jungs, ihr habt ja gehört, was Mo gesagt hat. Das hier soll ein friedliches Sommerfest bleiben. Wenn ihr euch daran haltet, könnt ihr dran teilnehmen." Henner war nicht wirklich wohl bei dem, was er da gerade von sich gab. Wollte aber nicht, dass die Jungs aus dem Oberdorf ihn später auf dem Schirm hatten. Die Truppe ging im Dorf allen mächtig auf die Nerven. Nicht wenige hatten ordentlich Respekt, um nicht zu sagen Angst. Denn gerne ging etwas zu Bruch, wenn die Jungs schlecht gelaunt waren. Respektvollen Umgang mit ihren Mitmenschen kannten sie schon gar nicht, wie zuletzt der Alte Fritz erfahren durfte, den sie mitsamt Bank zum Friedhof geschleppt hatten.

Champion und einige von Mos Kumpeln traten ein paar Schritte zur Seite, um die Saububen vorbeizulassen.

Mo nahm Blickkontakt zu Champion auf. Der nickte kurz.

Die Jungs aus dem Oberdorf gingen artig im Gänsemarsch durch die ihnen geöffnete Schleuse.

Champion hielt den Glatzköpfigen derb am Arm fest, als der ihn passieren wollte.

„Aua, Mensch, spinnst du?", schrie der sofort auf.

„Nur ein kleiner Vorgeschmack. Viel Spaß auch." Champion ließ ihn los.

Der Saubub rieb sich den Oberarm und verschwand in Richtung Garten.

„Was ist denn los? Stromausfall oder was?", hörte Henner jemanden aus dem Garten rufen.

Kurz darauf waren ein paar harte Riffs einer E-Gitarre zu hören.

Täuschte er sich, oder war die Musik nicht mehr so laut wie vorher? Henner wusste, dass es eine reine Vorsichtsmaßnahme von Mo war. Er trat in den Garten. An einer der Kirmesgarnituren saßen die Saububen brav wie Pfadfinder, die darauf warteten, was ihr Anführer ihnen zu sagen hatte. Zwei von ihnen waren gerade dabei, sich und die anderen mit Getränken zu versorgen.

Nicht weit davon entfernt standen Mos Leute wie Personenschützer in gebührendem Abstand rund um den Tisch der Saububen.

Wenn es so bliebe, dachte Henner bei deren Anblick, dann könnte es ja vielleicht ohne größere Probleme ausgehen. Plötzlich spürte er, wie sich ein nackter Arm bei ihm unterhakte.

„Hallo, na, wie läuft es?", hörte er Milenas vertraute Stimme im Ohr. Ihr weicher warmer Körper schmiegte sich an ihn.

Henner lief ein wohliger Schauer über den Rücken. Am liebsten wäre er mit ihr für eine Weile oder den Rest der Nacht im Schlafzimmer verschwunden.

„Momentan gut. Keine besonderen Vorkommnisse", antwortete er wahrheitsgemäß. Doch wie lange noch, dachte er. Kaum war der Gedanke gedacht, schien es auch schon vorbei zu sein mit der Harmonie.

„Da seht mal, da ist doch unser Vorne-er-hinten-ich!" Der Typ, mit dem Beanie hatte als Erster Erich erkannt, der noch immer zwischen dem Alten Fritz und dem ernsten Ernst auf der Ruhebank saß. Henner konnte erkennen, wie Erich zusammenzuckte.

Ein Typ mit kurzen roten Haaren und Brille flüsterte dem Beanieträger etwas ins Ohr.

Henner konnte nur hoffen, dass sie Erich in Ruhe lassen würden. Sollte er etwa Mo vorsorglich schon wieder belästigen? Er beschloss, es vorerst sein zu lassen.

„Und, sind alle deine lieben verrückten Nachbarn gekommen?", hörte er Milena fragen. Sie hielt in der rechten Hand eine halbvolle Flasche Licher. Ihr Haar trug sie mittlerweile offen. Henner stieg der Duft von

Lavendel in die Nase. Sie hat wohl zwischendurch mal schnell geduscht, dachte er.

„Noch nicht alle. Bin selbst gespannt, ob die noch auftauchen." Henner strich Milena sanft über den Arm.

„Ich geh mal vor, bisschen Musik hören, ja?" Sie löste sich von ihm und sah ihn lächelnd an.

„Mensch Milena, klar mach das. Ich weiß gar nicht, wie ich dir für das Ganze hier danken soll!" Henner hielt sie kurz an beiden Oberarmen fest und hauchte ihr einen liebevollen Kuss auf die Stirn. Dann ließ er sie los.

„Ich muss dir danken, dass ich dich kennen gelernt habe. Glaube, es ist das Beste, was mir im Leben passiert ist." Sie stellte sich auf die Zehenspitzen und gab Henner einen leidenschaftlichen Kuss auf den Mund.

Obwohl fast alle wie gebannt dem Konzert zuschauten und zuhörten, hatten drei von Mos Freunden Henners und Milenas Zärtlichkeiten beobachtet. Ein lautes Johlen und Klatschen erklang. Einige Musikfans drehten sich um, um zu sehen, was geschehen war.

Henner und Milena gingen grinsend auseinander.

„Bis später, wir sehen uns." Henners ständige Anspannung, dass alles gut ausgehen würde, fiel für einen Moment von ihm ab, so wie wenn ein Arzt nach seiner Untersuchung zu ihm gesagt hätte: Es ist alles in Ordnung. Kein auffälliger Befund, Herr Henschel, Sie sind kerngesund. Wenn das Glück war, was er gerade erlebte, dann wäre es doch das Beste, wenn er die Zeit anhielte, damit das tolle Gefühl nicht verloren ginge. Er schloss für einen Moment die Augen, um wenigstens den Gedanken daran zu verlängern.

Als er sie wieder öffnete, schloss er sie gleich wieder, weil er nicht glauben konnte, was er da gerade gesehen hatte. Am äußersten Rand seiner Wahrnehmung vernahm er mit geschlossenen Augen Pfiffe und anzügliches Gejohle. Galt das etwa Milena, die nach hinten zu den Gästen getreten war, welche begeistert die Fäuste zu Axel Rudi Pells Gitarrensolo reckten, welches jetzt auf der Leinwand zu sehen und zu hören war?

Notgedrungen öffnete Henner wieder die Augen, um seinen letzten Gedanken zu überprüfen. Tatsächlich hatten es ein paar der Saububen gewagt, hinter Milena her zu pfeifen. Doch eher verhalten und auch nur ganz kurz. Das eigentliche Getöse und Geraune, welches nun einsetzte, galt weder Axel Rudi Pell noch Milena, sondern Elvira. Henner hatte richtig gesehen. Elvira hatte gerade das Grundstück betreten und wie erwartet sofort alle Blicke auf sich gezogen.

Als ob Axel Rudi Pell einen Wink bekommen hätte, nahm er die Finger von den Saiten seiner Gitarre und starrte ins Publikum. Die Musik verstummte mit einem leisen Keyboardnachspiel.

„Je später der Abend, desto erwartungsvoller die Gäste", hauchte Elvira Henner ins Ohr. Wie zur Bestätigung kniff sie ihm kurz in den Po.

„Elvira, schön, dass du es noch geschafft hast", stammelte Henner mit pochendem Herzen. Er vermied es, sie direkt anzusehen. Denn ihr Anblick war für einen normalen Mann nur kurz zu ertragen. Sie trug ein bauchfreies Ledertop, das ihre großen Brüste besonders hervorhob. Darunter einen extrem kurzen Lederminirock, der gerade so eben ihren Po bedeckte. Ihre langen Beine steckten in hautengen Netzstrümpfen und kniehohen Lederstiefeln. Ihre Fingernägel waren

224

passend zum restlichen Ensemble schwarz lackiert. Die ohnehin dunklen Augen mit schwarzem Kajal umrandet. Ihr kalkweiß geschminktes Gesicht bildete dagegen einen geradezu gespenstischen Kontrast. In ihrer wilden Mähne hatte sie eine hell blinkende Lichterkette eingeflochten.

„Was guckst du denn so?! Hast du geglaubt, nur die Schlampe auf der Leinwand kann so ein Outfit tragen?"

Henner runzelte die Stirn.

Ein guter DJ achtete auf die Stimmung seiner Gäste. Davon lebte er. Um Elviras Auftritt den notwendigen musikalischen Rahmen zu geben, lief daher jetzt ein Konzertmitschnitt von ‚My Immortal‘, einem der ruhigen Stücke von Evanescence. Die Sängerin, die sich ebenfalls gerne ganz schwarz kleidete, saß am Klavier.

Henner kannte sich zwar nicht aus, aber dass Elvira ihr schräges Outfit mit dem der stilsicheren Sängerin verglich, war schon gewagt. Er sagte aber nichts.

Alle männlichen Gäste starrten Elvira wie gebannt an. Die Handvoll Mädchen und Frauen tuschelten aufgeregt miteinander. Selbst Milena, die noch in der Nähe der Leinwand stand, stand bei Elviras Anblick der Mund offen.

„Ah, wen haben wir denn da?", rief Elvira und stolzierte in Richtung Garten davon.

Henner ging ihr nach. Er musste Milena beistehen, wenn es zur Konfrontation kam.

„Ach guck mal, die Saububen sind ja auch da. Ihr hockt ja hier wie in der Schule brav auf euren Plätzen. So ist es recht. Um euch Schlappschwänze kümmere ich mich später." Mit einer wegwerfenden Handbewegung und provozierend kreisenden Hüften ging sie weiter.

„Da sind wir aber gespannt!", rief der Typ mit dem Beanie ihr nach.

Ein paar wenige Pfiffe begleiten Elviras Gang zu Milena. „Das wurde auch höchste Zeit, dass wir zwei Hübschen uns endlich mal kennenlernen", sagte Elvira, als sie vor Milena stand.

„Hab schon viel von dir gehört. Du musst Elvira sein. Henners Nachbarin."

Die beiden Frauen sahen einander in die Augen wie zwei Rivalinnen beim Duell. Dann lachten sie plötzlich laut los und umarmten sich herzlich.

Henner atmete erleichtert aus.

„Freut mich für dich und Henner, meine Gute. Hab schon geglaubt, der Henner bleibt stehen für den Samen", scherzte Elvira. „Wenigstens einer, der mal den Absprung geschafft hat. Bei den anderen hier in der Straße ist eh Hopfen und Malz verloren." Elvira drehte sich um und sah, dass Henner dicht neben ihr stand. „Na, hast du Angst, dass ich was aus dem Nähkästchen plaudere?" Elvira strich ihm anzüglich über die Wange.

Milena hörte aufmerksam zu. Sie hatte nun beide Hände in die Hüften gestemmt.

„War nur Spaß, mein Herzchen", lachte Elvira in Milenas Richtung. „Henner ist ein ganz Braver. Der hat nur gemacht, was seine selige Mutter ihm gesagt hat." Sie boxte Henner gegen die Brust. „Hab doch recht, oder?"

Henner blickte vor Scham unter sich. Wusste nicht, wohin mit seinen Händen.

„Ist vorbei. Jetzt ist er bei mir. Oder ich bei ihm. Und er ist gut in allem", erwiderte Milena schnell und hakte sich bei Henner unter.

„So, so, das ist ja interessant. Und ich hab schon gedacht, ihr haltet nur Händchen und so", lachte Elvira laut.

„Stell dir vor, das machen wir auch ab und zu. Und manchmal machen wir halt ein bisschen mehr."

„Keine Angst, ich schnappe ihn dir nicht weg. Henner ist was Besonderes, sowas gibt es nur einmal."

„Das glaube ich dir aufs Wort", sagte Milena und knuffte Henner in die Seite.

„Na, Henner, hat es dir die Sprache verschlagen beim Anblick von zwei außergewöhnlich hübschen Alphafrauen?", wollte Elvira wissen.

Henner sah zuerst Milena an, dann Elvira. „Nö, freut mich, dass ihr zwei euch so gut versteht", antwortete er und versuchte, ein schelmisches Grinsen hinzubekommen.

Beide Frauen fingen an zu lachen.

„Darauf sollten wir doch mal anstoßen", sagte Mo, der zugehört hatte. „Henner, wo hast du denn den Kirschschnaps vom Erich gebunkert?"

„Bin gleich wieder da." Henner verließ mit raschen Schritten den Garten in Richtung Haus.

„Na Mo, alles im Griff, wie immer?", scherzte Elvira.

„Bis jetzt schon. Wenn du keinen Ärger machst", antwortete der und zog an seiner Zigarette.

„Mal sehen, was die Nacht noch so bringt, Süßer." Sie nahm Mo die Zigarette aus der Hand und nahm einen tiefen Zug.

Die schweren Kaliber

Als hätten die beiden auf ihren Einsatz gewartet, tauchten wie aus dem Nichts Motze und Miesepeter auf. Was für ein Gespann! Miesepeter diesmal in kurzen Trainingshosen, wahrscheinlich noch aus seiner Schulzeit, den unvermeidlichen Gummistiefeln und dem grauen Shirt, dessen Kapuze er tief in die Stirn gezogen hatte. Er tippelte, als wären seine Füße zusammen gebunden und setzte sich schließlich hin.

Motze dagegen wirkte wie ein Raubtier, das zu lange in einem viel zu engen Käfig eingesperrt gewesen war. Sein irrer, schmachtender Blick hing an Elvira wie festgeklebt. Schlabberige, durchlöcherte schwarze Jogginghosen hingen wie ein Sack an ihm. Darüber trug er eine speckige braune Lederweste über dem behaarten nackten Oberkörper.

Als er Jürgen erblickte, straffte er sofort seine Muskeln. „Mann, mach die Schwuchtelmusik aus, sonst trete ich dir Löcher in die Boxen, dass eine verlauste Hündin Junge darin werfen kann."

Ein paar Gäste, die es sich trauten, fingen an zu lachen.

„Schnauze, ihr Arschlöcher!", fuhr Motze sie sofort an. Sein Raubtierblick fixierte wieder Elvira. Augenblicklich wurden seine gewohnt grimmigen Züge einen Ticken sanfter. Irgendwo in den hintersten Windungen seines Gehirns musste ein Schalter umgesprungen sein.

„Auf vielfachen Wunsch einer einzelnen Person legen wir jetzt mal wieder einen Gang zu", hörte man Jürgen von Motzes Drohung unbeeindruckt übers Mikro sagen.

Augenblicklich zerrissen dumpfe Bassgitarrenklänge die eben noch beinahe friedliche Stimmung. Auf einer riesigen Bühne prangte, wie in Blut geschrieben, ‚Motörhead‘ von einem grauen Banner.

Sofort flogen wieder die Fäuste einiger Gäste nach oben.

In diesem Moment kam Henner mit der Maxiflasche mit Erichs Aufgesetztem zurück in den Garten. Ihm dröhnten die Ohren von dem infernalischen Krach. Doch sofort dröhnten sie noch mehr. Diesmal war allerdings nicht die Musik die Quelle, sondern eine laute Kakophonie, die eindeutig von Jürgens Mikro stammte. Henner blickt verdattert zum DJ und traute seinen Augen kaum. Da stand Ruth und kämpfte ganz eindeutig mit Jürgen um die Hoheit über das Mikro. Im Publikum wurde es augenblicklich still, nur vereinzelt gab es Lacher.

„Gib mir sofort das Mikrofon!“, hörte man Ruths erboste Stimme, die allerdings durch das Handgemenge arg verzerrt war.

„Kommt gar nicht in Frage. Wer sind Sie überhaupt? Sind Sie noch ganz dicht?“, ereiferte sich Jürgen seinerseits.

Bevor Mo und Henner, der noch die Flasche umklammert hielt, Jürgen zu Hilfe eilen konnten, schien der Kampf beendet zu sein. Zu Ruths Gunsten.

„Schämt ihr euch nicht? Henner, du nichtsnutziger Junge! Mit dir war meine arme Schwester zeitlebens gestraft! Kaum ist deine Mutter nicht mehr auf der Erde, feierst du wilde Orgien. Du solltest dich was schämen! Pfui Teufel!“

Henner wusste nicht, was er sagen sollte. Er stand total verdattert mit seiner Flasche da und war sprachlos.

229

Bevor er zu einer Reaktion fähig war, rief Ruth: „Ich reise ab. Und zwar so schnell wie möglich. Hier bleibe ich keine Minute länger als ich muss. Und du, Mine, kannst dir dein Oma-Nachthemd und deinen blöden selbst gekochten Gelee sonst wohin schmieren." Mit diesen Worten drückte sie Jürgen das Mikro wieder in die Hand und stapfte an Henner vorbei von dannen.

„Hihi", hörte man die Münchhausen glucksen. „Oma-Nachthemd, hihi." Sie stand ziemlich dicht am Mikro.

Vereinzelte Lacher aus dem Publikum folgten.

Ruth erntete einen bitterbösen Blick von der Worre-Net-Mine, die ihr mit hochrotem Kopf hinterher schrie: „Hau endlich ab nach Kanada in den Wald! Vielleicht fressen dich ja die Bären. Dein Ben wird gewusst haben, warum er dich rausgeschmissen hat."

Ruth stoppte mitten im Schritt, verharrte einen Augenblick, drehte sich dann drohend langsam um und ging auf die Worre-Net-Mine zu.

Der wich augenblicklich jede Farbe aus dem Gesicht.

„Hey!", schrie Mo. Er trat zwischen die beiden und drohte Ruth mit dem Zeigefinger. „Für Sie ist jetzt hier Feierabend!" Sein Blick ließ keine Widerrede zu.

Erbost drehte sich Ruth um und stapfte erhobenen Hauptes von dannen.

„Uuund tschüss!", rief Jürgen ins Mikro.

„Tschüüüss!", tönte es fröhlich und mehrstimmig im Chor.

Jürgen ging wieder zu dem über, was er am besten konnte: Er drehte die Lieblingsmusik seiner Zuhörer an. Sofort war die Stimmung wieder so gelöst wie vor dem störenden Auftritt von Ruth.

„Gib mal her das edle Gesöff!", forderte Mo und griff nach der Flasche, die Henner noch immer in der Hand hielt. Er zog den großen Korken heraus und roch dran. „Guter Stoff." Dann füllte er mehrere kleine Schnapsgläschen randvoll. „So, bedient euch bitte!", sagte er und nahm sich selbst ein Gläschen.

Elvira, die den Auftritt amüsiert zur Kenntnis genommen hatte, nahm sich zwei davon und reichte eines an Milena weiter. „Auf angenehme Nachbarschaft, auf Henner und dich und den Rest der verfluchten Bande hier! Jetzt scheint ja endlich Leben ins Haus Henschel gekommen zu sein." Sie stieß mit Milena an, kippte das Gläschen in einem Zug und reichte es sofort wieder Mo.

Der gab ihr ein neues, volles Glas.

„Hui, Mann, der ist gut! Der überlebt die Nacht nicht", sagte Milena und reichte Mo ebenfalls ihr Gläschen.

„Na, Henner, der sieht fast aus wie dein Traubensaft." Mo schlug ihm freundschaftlich auf die Schulter.

Als Elvira sich nach dem dritten Gläschen umdrehte, sah sie Motze auf sich zustürmen. Dicht gefolgt von Miesepeter. Champion war bei Motze, versuchte, ihn zu beruhigen.

„Entschuldigt mich mal kurz, bin gleich wieder bei euch", rief Elvira in die Runde. Sie nahm den heranstürmenden Motze bei der Hand und schleppte ihn hinter sich her.

Er ließ sich widerstandslos von ihr abführen. Kurz darauf verschwanden beide zusammen im Kühlwagen.

Sofort setzte ein mehrstimmiges Gejohle ein.

Miesepeter folgte in einigem Abstand den beiden und machte ein säuerliches Gesicht.

„Da muss erst mal der Dampf aus dem Kessel genommen werden, bevor hier was unkontrolliert durch die Gegend fliegt", schrie Mo in das Gejohle hinein.

Alle, die es gehört hatten, fingen an zu lachen. Der Kühlwagen begann, wie auf Kommando, bedenklich zu wackeln.

Henner ließ wieder mal seinen Blick über den erleuchteten Obstgarten schweifen. Er atmete ein paarmal tief ein und aus. Es hatte etwas abgekühlt, war aber immer noch angenehm warm. Es roch nach verschüttetem Bier, dem Aufgesetzten von Erich, Zigarettenrauch und Schweiß. Henner überprüfte kurz, ob Letzteres von ihm stammte. Was aber eigentlich nicht sein konnte, da er, als er das letzte Mal auf Toilette war, ein Deo unter die Achseln gesprüht hatte. Sowas habe ich früher nie gemacht, dachte er.

Er erblickte Erich, der gerade einen betrunkenen Jugendlichen vor dem Umkippen bewahrte.

Die Worre-Net-Mine und die Münchhausen waren verschwunden. Die Münchhausen machte sich wahrscheinlich zu Hause eifrig Notizen für den Tratsch, den es zu verbreiten galt. Die Worre-Net-Mine ihrerseits würde sicher den Auszug von Ruth überwachen und danach ihre Wunden lecken. Henner war froh, dass die beiden Klatschweiber das Fest verlassen hatten.

Miesepeter schlich wie ein liebestoller Kater um den Kühlwagen herum. Ob ihn Elvira auch ranlassen würde?

Der Alte Fritz fuchtelte wie wild mit seinem Gehstock herum. Wahrscheinlich bekam er langsam Geschmack an der Hardcore-Musik.

Ernst war nicht mehr zu sehen. Der liegt sicher längst mit Ohrstöpseln im Bett und trauert still vor sich hin, dachte Henner.

Rudolf dagegen stand vor der Leinwand und dirigierte mit einem Ast die lautstark mitjohlenden Musikfans.

Schwabbel war auch verschwunden. Henner beschloss, so bald wie möglich in der Küche, der Vorratskammer und dem gerade besetzten Kühlwagen nach ihm Ausschau zu halten. Der brachte es fertig und fraß sich im Laufe der Nacht unbeobachtet durch die Essensreste.

Die Saububen waren im Begriff, die Feier zu verlassen. Sofort postierten sich Mos Leute, angeführt von Champion, in deren Nähe.

„Kommt, lasst uns abhauen. Scheißfeier hier. Ist nichts los", hörte Henner den Glatzköpfigen rufen.

„Mann, lass uns noch bleiben! Hast doch gehört, was Elvira versprochen hat." Ein unscheinbarer Typ mit hochgeschobener Sonnenbrille, weißem T-Shirt und raspelkurzen Haaren blickte fragend in die Runde.

„Bist du bescheuert oder was?! Hast wohl vergessen, wie die Fotze uns genannt hat. Kannst du vergessen, dass du bei der landest. Die spielt in einer anderen Liga wie du Vollidiot." Der Beanietyp hatte ihn derb am Arm gepackt.

„Los jetzt, lass uns die Biege machen. Ich lass mich hier nicht länger wie einen Strafgefangenen behandeln." Der Glatzköpfige sprang auf und ließ demonstrativ seine leere Flasche Licher ins Gras fallen.

„Die hebst du auf und stellst sie, wie es sich gehört, in einen der Leergutkästen da hinten." Champion ging auf ihn zu.

Der Glatzköpfige spuckte vor ihm auf den Rasen.

„Ich zähle bis drei, dann ist die Flasche im Kasten", fauchte Champion ihn an.

„Okay, ist ja schon gut, Mann. Ist mir aus den Händen gerutscht." Er bückte sich, hob die Bierflasche auf und stellte sie in einen noch halb leeren Kasten.

„Siehste, geht doch. Und kommt bloß nicht auf den Gedanken, hier irgendwo Randale zu machen. Wir können nämlich auch anders", drohte Champion den Saububen.

Die drückten sich nacheinander an Champion vorbei und verließen den Garten. Keiner traute sich mehr, etwas zu sagen. Nur draußen auf der Straße war kurz darauf ein Hupkonzert zu hören.

Henner war erleichtert, als er sah, wie die Saububen geschlossen abrückten. Erich hatte es für heute überstanden. Und Mos Leute konnten sich auch endlich etwas entspannen. Von den Gästen, die noch anwesend waren, durfte keine große Gefahr mehr ausgehen. Die meisten kannte Henner vom Sehen her. Die wollten nur ihren Spaß haben und sich mit Anstand betrinken.

Plötzlich purzelte Motze mit hochrotem Kopf, offen stehendem Hosenlatz und wirrem Haarschopf aus dem Kühlwagen. Kurz darauf hielt Elvira ihren Kopf aus dem Wagen. Die Lichterkette in ihren blonden Haaren blinkte nicht mehr. Sie baumelte ihr wie zwei überlange Ohrringe links und rechts am Kopf herunter. Das dick um die Augen aufgetragene Kajal hatte sich in mehreren dünnen Fäden nach unten über ihr Gesicht verteilt. Sie sah aus wie das weibliche Abbild von Alice Cooper. Leicht derangiert, aber noch längst nicht fertig, krümmte sie den rechten Zeigefinger.

Miesepeter verstand das Zeichen sofort. Er stieg doch tatsächlich aus seinen Gummistiefeln und verschwand barfuß im Kühlwagen. Sollte nur einer behaupten, Elvira würde sich nicht um ihre Nachbarn kümmern.

Motze schien wie umgewandelt. Als hätte jemand den Stecker, der für seine Dämonen in der Schaltzentrale zuständig war, gezogen. Und einen anderen Stecker eingesteckt, der nur harmonische Züge an ihm zuließ. Er fing jedenfalls an, sich bei jedem einzelnen Gast wahlweise per Handschlag oder inniger Umarmung zu bedanken. Die Frage war nur für was. Selbst Milena und Henner blieben nicht verschont. Erich allerdings gab er schließlich eine handfeste Ohrfeige, weil der ihn nicht loslassen wollte. Für kurze Zeit blitzte wieder das Böse in ihm auf. Danach trank er drei Aufgesetzte von Erichs Bestem und ließ sich erschöpft neben den Alten Fritz auf die Bank fallen. Von ihm sollte in nächster Zeit keine Gefahr mehr ausgehen, dachte Henner.

Hoffentlich fing Miesepeter nachher nicht an, damit zu prahlen, dass auch er im Kühlwagen gewesen war, ging Henner durch den Kopf. Denn dann könnte die Stimmung doch noch umschlagen. Er wunderte sich ohnehin, das Motze keine Eifersucht zeigte. Wahrscheinlich hatte er eben vor lauter Glückseligkeit Miesepeter gar nicht wahrgenommen.

Von der Straße her war nun ein Automotor zu hören. Wer kommt denn jetzt noch, schoss es Henner alarmiert durch den Kopf.

Mo trat neben ihn. Gemeinsam schauten sie gespannt auf die Straße.

Doch aus dem angekommenen Taxi stieg lediglich der Taxifahrer aus.

Prompt öffnete sich die Tür vom Haus der Worre-Net-Mine. Heraus stolperte Ruth, schwer bepackt.

Der Taxifahrer eilte ihr schnell zu Hilfe und stopfte ihre ganzen Taschen in den Kofferraum.

„Wo will die denn um diese Uhrzeit hin?", wunderte sich Henner.

„Kann dir doch egal sein", sagte Mo. „Hauptsache, sie ist weg."

„Kannst ja in Frankfurt auf der Parkbank schlafen, du dumme Nuss, worre-net!", hörten sie prompt die Worre-Net-Mine aus dem Off geifern.

„Gerne. An der frischen Luft stinkt es wenigstens nicht so nach Mottenkugeln", parierte Ruth und zog mit Schwung die Beifahrertür des Taxis von innen zu.

Woraufhin die Worre-Net-Mine mit einem lauten Knall ihre Haustür zuschlug.

Mo prustete los und verschwand wieder zu seinen Männern.

„Hallo Henner, Mann ist das eine geile Party hier bei euch!", hörte Henner nun Sven sagen, der plötzlich neben ihm stand.

Ihn hatte Henner beinahe vergessen. „Freut mich, dass es dir gefällt."

„Hätte nie gedacht, dass in der Provinz so viele schräge Typen und Frauen rumlaufen." Sven trank einen großen Schluck Bier.

„Da laufen in Leipzig doch bestimmt noch wesentlich mehr von rum", erwiderte Henner.

„Mag sein, aber die kennst du halt nicht alle."

„Das wäre auch nicht auszuhalten", lachte Henner und stellte ein leeres Wasserglas auf einen Tisch.

„Wenn es dir gerade passt, können wir dein Werk in meinen Wagen schaffen. Mir wäre es recht, weil ich leider morgen beizeiten weg muss." Sven setzte die Flasche Licher erneut an die Lippen.

„Okay, dann lass uns das gute Stück mal hochholen", antwortete Henner und setzte sich in Bewegung.

„Sind echt angenehm, die kleinen Flaschen hier. Da verliert man nicht so schnell den Überblick. Warte mal kurz, ich hol mir noch eine davon."

Henner sah, wie Mo und seine Leute um den Tisch mit Erichs Aufgesetztem standen und sich unterhielten. In der Flasche war nur noch ein kleiner Rest.

„Bin wieder da. Kann losgehen", erklärte Sven, mit frischem Biernachschub in der Hand.

„Schade, dass du nicht noch bleiben kannst!", sagte Henner, als sie beide ins Haus gingen.

„Ja, schade", stimmte ihm Sven zu.

„Geh schon mal vor, kennst dich ja aus. Ich muss nur rasch noch was überprüfen." Henner ließ seinen Blick schnell, aber gründlich übers Grundstück schweifen. Von Schwabbel war nichts zu sehen oder zu hören. Erleichtert folgte er daher Sven in den Keller.

Zusammen wickelten sie Henners bizarre Figur in mehrere Lagen Zeitungspapier, bevor sie sie nach oben trugen. Sven hatte sich für solch heikle Transporte extra eine gepolsterte Transportkiste gebaut, damit die Kunstwerke nicht beschädigt wurden.

„Da bin ich mal gespannt, was das Teil für einen Weg nimmt", sprach Henner mit wehmütiger Stimme.

„Auf jeden Fall erst mal nach Leipzig. Alles Weitere geht den Weg der Gerechten", antwortete Sven. Er schloss vorsichtig den Deckel der Transportkiste und verschloss sie mit zwei Klappschlössern.

Zurück im Garten sagte Sven zu Henner: „Du bist mir auch wirklich nicht böse, wenn ich mich morgen früh vom Acker mache?"

„Geht schon in Ordnung. Lass uns in Verbindung bleiben."

„Auf jeden Fall. Sowieso! Ich checke mit Milena die Sache mit dem Foto von deinem Werk und geh noch mal kurz zu den Jungs da vorne. Trinke noch ein Bierchen und werde mich alsbald in meinen Bus verziehen. Wenn ihr wieder mal so eine Wahnsinnsfeier abzieht, musst du mir unbedingt Bescheid sagen."

„Versprochen, kann aber ein Weilchen dauern." Sie umarmten sich kurz.

Henner spürte, wie er langsam müde wurde. Er schaute auf seine Armbanduhr. Es war nach zwei Uhr.

Vor der Leinwand tummelten sich immer noch zwei Dutzend Leute in ausgelassener Stimmung zu harter Rockmusik. Die wenigen von ihnen, die noch in der Lage dazu waren, versuchten sich im Freedance. Sie warfen ihre Köpfe hin und her und ruderten unkontrolliert mit den Armen. Der deutlich größere Rest hielt sich an den Bierflaschen fest. Drei oder vier junge Kerle schliefen bereits friedlich mit dem Kopf auf den Armen an unterschiedlichen Tischen.

Henner verschwand im hinteren Teil des Gartens. Er wollte schauen, ob nicht irgendwo eine Schnapsleiche herumlag.

Miesepeter taumelte als Nächster aus dem Kühlwagen. Er hatte es sehr lange ausgehalten. Er verfehlte im ersten Anlauf seine Gummistiefel und fiel ins Gras. Rappelte sich mühselig hoch. Die kurze

Trainingshose hing hinten weit nach unten und gab den Blick auf seinen weißen Hintern frei. Sein Blick suchte Motze. Als er ihn sah, stolperte er zu ihm und ließ sich neben ihm auf die Bank fallen.

Motze begrüßte ihn freudig, mit einem kräftigen Kuss auf den Mund.

Wenig später verließ Elvira den Kühlwagen. Trotz der angenehmen Temperaturen da drinnen musste es ihr so heiß geworden sein, dass sie ihr Ledertop nicht mehr trug. Sie war ihrem Ruf gefolgt. Vielleicht hatte sie es aber einfach nur, nach den beiden Begegnungen mit Motze und Miesepeter, nicht mehr gefunden. Oder es war im Eifer des Gefechts von einem der beiden zerrissen worden. Zwischen ihrem ebenfalls schwarzen Spitzen-BH, der ihre großen Brüste gerade so bedeckte, lief ein Schweißfaden hindurch. Sie steuerte auf den Tisch mit dem Rest von Erichs Aufgesetztem zu.

Die Blicke von Mos Kumpeln, inklusive ihm selbst, waren alle auf den gleichen Punkt gerichtet.

Elvira schien das nicht zu stören. Im Gegenteil, sie genoss es, so angestarrt zu werden. In ein paar Jahren würde sie nicht mehr die ungeteilte Aufmerksamkeit genießen.

„Ist dir heiß geworden da drin?", fragte Mo.

„Wie man es nimmt. Wollen wir zwei mal nachschauen gehen? Ich glaube, die Kühlung funktioniert nicht mehr so richtig."

Mo fiel die Asche von seiner Marlboro runter ins Gras. „Das bildest du dir bestimmt nur ein", antwortete er. Er kippte noch rasch ein Gläschen.

„Und ich brauche eine kleine Erfrischung zwischendurch." Elvira griff mit beiden Händen nach der Maxiflasche. Zog den Korken mit den Zähnen heraus. Sie hob die Flasche hoch über ihren Kopf und nahm einen gewaltigen Schluck. Dann schüttelte sie sich kurz durch. Alles an ihr schaukelte hin und her. Ihre wilde Frisur mitsamt der derangierten Lichterkette, ihre großen Brüste und ihre Hüften. „Wow, das tat gut. Geh mich mal kurz frisch machen." Leicht schwankend verließ sie die immer noch gaffenden Männer, die ihr alle, das wusste sie, nachschauten, als sie zur Toilette in Henners Haus stolzierte.

Kaum war sie verschwunden, da betraten zwei uniformierte Polizisten das Grundstück.

Champion rief Mo zu: „Komm mal her, gibt was zu klären."

Mo drehte sich um, sah die beiden Polizisten und verdrehte genervt die Augen. Er ging auf sie zu und blieb mit verschränkten Armen vor ihnen stehen. „Seid spät dran, hab viel früher mit euch gerechnet."

Der ältere, bereits grauhaarige der beiden Polizisten ging nicht darauf ein. Der deutlich Jüngere der beiden sah sich interessiert um.

„Gehört Ihnen das Grundstück? Sind Sie Herr Henschel?", wollte der Grauhaarige wissen.

„Nein, ich bin sein Freund und organisiere das hier." Mo nannte seinen Namen.

„Uns ist zu Ohren gekommen, dass sich hier eine weibliche Person widerrechtlich prostituiert. Ach ja, und dann trudelten noch … Moment …" Der Polizist kramte einen kleinen Notizblock aus seiner Jackentasche hervor und blätterte darin. „… sage und schreibe 13 Anrufe wegen nächtlicher Ruhestörung ein." Er steckte seinen Notizblock wieder in die Jackentasche und sah Mo fragend an.

Mo runzelte die Stirn. 13? So viele wohnten doch gar nicht hier! Und die meisten waren selbst hier gewesen. Dann ging ihm ein Licht auf. Laut sagte er: „Muss beides ein Missverständnis sein. Wir sind für jede helfende Hand dankbar, die Bierkisten aus der Kühlung holt. Gab einen gewissen Schwund bei den Temperaturen heute. Da kann es durchaus sein, dass schon mal eine Frau mit angepackt hat." Mo steckte sich eine Zigarette an. Blies den Rauch in Richtung der beiden Polizisten.

„Aha. Von Kühlwagen hatten wir noch gar nichts gesagt", bemerkte der Uniformierte.

Mist, dachte Mo. In nüchternem Zustand wäre ihm dieser Fehler nicht unterlaufen. Seinem Pokerface konnte diese Erkenntnis allerdings nichts anhaben.

„Es gibt mehrere Zeugen, welche behaupten, dass die besagte Frau nicht allein in dem Kühlwagen war." Der jüngere der beiden Polizisten, dessen Uniform wie maßgeschneidert saß, hatte sich in das Gespräch eingeschaltet.

„Was Sie nicht sagen! Natürlich nicht. Es packen ja immer mehrere mit an." Mo trank einen Schluck aus einer Flasche Licher. Er warf, ohne dass die beiden Polizisten es merkten, Champion einen raschen Blick zu.

Der verdrückte sich unauffällig ins Haus.

„Machen Sie keine blöden Scherze. Sonst beenden wir die Sache hier und jetzt sofort." Der Jüngere schien keinen Spaß zu verstehen.

Im Hintergrund waren leise Harfenklänge zu hören. Die meisten Gäste hatten den plötzlichen Musikwechsel beim Anblick der beiden Polizisten verstanden. Nur ein paar nölten genervt herum, was denn der Yogascheiß sollte.

„Die harmonischen Klänge um diese Uhrzeit scheinen nicht allen zu gefallen", bemerkte der Grauhaarige. Er deutete mit einer ausgestreckten Hand in Richtung Garten.

„Das ist wie mit Wein, alles Geschmackssache. Man kann es halt nicht jedem recht machen", antwortete Mo mit Bedauern in der Stimme.

„Sollten wir noch einen Anruf heute Nacht erhalten, gibt es eine Anzeige wegen nächtlicher Ruhestörung. Haben wir uns verstanden?" Der Polizist war mit erhobenem Zeigefinger ganz nah an Mo herangetreten.

Der unterdrückte ein Grinsen. „Ich werde es weitergeben", versprach Mo lächelnd. „Habt ihr gehört?", rief er in den Garten hinein. „Ab sofort gibt es nur noch Kuschelmusik und Klammerblues."

„Ach nee, das ist doch nicht euer Ernst", rief jemand aus der Menge zurück.

Der jüngere der beiden Polizisten inspizierte unterdessen das Innere des Kühlwagens. Kam aber nach kurzer Inaugenscheinnahme wieder heraus. Er hielt mit spitzen Fingern das zerrissene Ledertop von Elvira hoch. „Und was ist das, wenn ich fragen darf? Sieht mir eher nach einer Vergewaltigung als nach freiwilliger Prostitution aus." Er schwang Elviras Oberteil hin und her.

„Keine Ahnung, wie das Teil da reingekommen ist. Hab den Wagen gestern erst übernommen. Muss wohl einer nicht richtig sauber gemacht haben." Mo starrte fasziniert auf das zerfetzte Ledertop. „Wenn ich es mir recht überlege: Das ist ein Grund zur Reklamation. Das ist ja wirklich eine Schweinerei, uns so etwas zu

242

übergeben! Da werde ich Preisminderung einfordern", erklärte er mit immer lauter werdender Stimme. „Besten Dank, dass Sie so gründlich waren, sonst hätten wir das Ding am Ende überhaupt nicht bemerkt! Man rechnet ja schließlich nicht mit sowas!"

„Mann, verarschen Sie mich hier?" Der jüngere Polizist sah zu seinem Kollegen.

Der schüttelte kurz mit dem Kopf und wandte sich zum Gehen.

Schließlich ließ der Jüngere das Corpus Delicti angewidert auf einen der Tische fallen. Er hatte begriffen, dass er nichts ausrichten konnte. Bevor er seinem Kollegen folgte, wandte er sich kurz noch einmal Mo zu. Er tippte ihm auf die Brust und sagte dann: „Dich Witzbold behalte ich im Auge." Dann drehte er sich auf dem Absatz um und ging.

Die beiden stiegen in ihren Polizeiwagen und blieben demonstrativ vor der Hofeinfahrt stehen.

Henner, der gerade herankam, sah Mo mit einem fragenden Blick an.

Der machte eine wegwerfende Handbewegung und ging auf das parkende Auto zu.

Einer von Mos Leuten rief ihm hinterher: „Komm, lass das, das bringt doch nichts!"

Mo winkte über die Schulter ab, ohne sich umzudrehen, und klopfte an die Beifahrerscheibe.

Die wurde heruntergelassen.

Mo beugte sich vor und sprach mit den beiden Beamten. Was er sagte, war nicht zu verstehen.

Kurz darauf fuhr das Seitenfenster wieder hoch. Der Wagen wurde angelassen und rollte langsam davon.

Mo kam, gut gelaunt, mit einer Zigarette im Mundwinkel zurück. „Alles roger, es kann weitergehen." Er blieb bei seinen Leuten stehen.

Henner, der die ganze Szene mit klopfendem Herzen verfolgt hatte, hörte, wie Mo sagte: „Das waren die Saububen, die haben die Bullerei gerufen. Die knöpfen wir uns bei Gelegenheit vor. Ich hab die Sache hier mit den beiden gerade geklärt. Den Älteren kenne ich. Der durfte sich nur vor versammelter Mannschaft und vor dem Kleinen keine Blöße geben. Keine Sorge, die kommen heute Nacht nicht mehr." Er köpfte eine Flasche Licher an der Tischkante und nahm einen großen Schluck.

Sofort setzte wieder rasant schnelle Metal-Musik ein. Allerdings nicht mehr so laut wie vorher.

Henner ging auf Mo zu. „Wo ist eigentlich Schwabbel?"

Mo winkte ab. „Keine Sorge. Meine Männer haben ihn sicher nach Hause gebracht. Wir haben quasi einen Transportservice für unsere zahlreichen hilfsbedürftigen Kandidaten eingerichtet."

„Habe ich gar nicht mitbekommen. War bestimmt kein Spaß", konstatierte Henner.

Mo schüttelte lachend den Kopf. „Bestimmt nicht." Dann fiel ihm ein: „Ach übrigens, aus deinem Briefkasten schaut oben ein Umschlag raus. Ich würde mal schauen, sonst werden es am Ende noch zwei. Bei dem ganzen Volk, welches hier ein- und ausgeht. Könnte ja wichtig sein."

„Ich schaue mal nach", sagte Henner und fummelte den Schlüsselbund, an dem mittlerweile auch der Briefkastenschlüssel baumelte, aus der Hosentasche.

Gemeinsam bummelten die beiden zum Kasten.

Neben dem großen Umschlag, der oben herausragte, befand sich noch ein weiterer kleiner Umschlag. Henner klemmte den großen, der von einer Versicherung stammte, unter den linken Arm. Dann besah er sich stirnrunzelnd den kleinen von beiden Seiten. „Er ist von Ruth", sagte er.

Mo blickte ihm über die Schulter. Dann fing er herzhaft an zu lachen.

„Was ist?", wollte Henner wissen.

„Guck dir mal die Postleitzahl an!", forderte Mo Henner auf.

Der grübelte einen Moment.

„Mensch, Henner!, da ist noch die vierstellige Postleitzahl drauf. Den Brief hat man bei der Post per Hand neu adressieren müssen. Gib mal her, ich will mal auf den Poststempel schauen." Er riss Henner den Brief aus der Hand und hielt ihn so, dass Licht darauf fiel. Und nickte. „Der war natürlich ewig unterwegs."

„Ach so", fiel bei Henner der Groschen. „Und ich hatte mich schon gewundert, warum Ruth immer die Weihnachtskarten nach Weihnachten geschickt hat!"

Mo grölte und schlug sich auf die Oberschenkel, während Henner den Umschlag wieder an sich nahm und ihn ruppig aufriss.

„Lieber Henner, blablabla, komme blabla bei Euch an. Bitte hole mich vom Flughafen in Frankfurt ab. Flug Nummer blablabla", las er vor und ließ dann die sich im Umschlag befindliche Karte sinken.

Mo lachte immer noch. „Mensch Henner, du mit dem Unimog am Flughafen. Ich lache mich scheckig."

„Hat sich ja jetzt erledigt", bemerkte Henner trocken.

„Guck mal hier!" Mo deutete auf einen Scheck, der beilag.

„Das ist das Geld für den Kranz", konstatierte Henner. „Ich weiß gar nicht, ob das bei Urnen so passt", grübelte Henner.

„Kannst du dich später drum kümmern", empfahl Mo.

Henner nickte und gemeinsam gingen sie zurück, wobei Henner die Post zuvor schnell im Haus ablegte.

Milena stand mit ein paar anderen, deutlich jüngeren Frauen inmitten der Menge vor der Leinwand und tanzte ausgelassen.

Elvira kam in Begleitung von Champion zurück. Ein dünnes Jäckchen bedeckte notdürftig ihre pralle Oberweite.

Als Motze sie sah, wollte er aufspringen, wurde aber von Miesepeter zurückgehalten. Er beruhigte sich erstaunlich schnell. Sollte er etwa tatsächlich begriffen haben, dass er keinerlei Recht besaß, eine solche Frau für sich alleine zu beanspruchen? Zumal er ja schon auf seine Kosten gekommen war.

Elvira schnappte sich im Vorbeigehen eine Flasche Licher und stürzte sich in die mittlerweile wieder johlende Menge.

Sofort versuchten mehrere der männlichen Gäste, näher an sie heranzukommen.

Die wenigen Frauen, außer Milena, wandten sich brüskiert von ihr ab.

Henner, der sah, wie sich der Kreis um Elvira immer enger zog, befürchtete, dass es gleich zu Handgreiflichkeiten kommen würde. Aber nichts dergleichen geschah. Es wagte sich keiner so richtig in ihre Nähe. Zu groß war der Respekt vor ihrer Unberechenbarkeit.

Als die fetzigen Klänge von Black Sabbath zu Ende gingen, öffnete sich kurz der Kreis.

Heraus trat Elvira, die vor Schweiß glänzte. Ihr lüsterner Blick schweifte umher und blieb erneut an Mo hängen.

Der stellte seine Flasche Licher auf einen Tisch ab, drückte die Zigarette in einem Aschenbecher aus und drehte sich kommentarlos weg.

Ende gut, alles gut

Oben auf der Leinwand malträtierte Ritchie Blackmore von Rainbow seine Gitarre, als Milena zu Henner trat.

„Und, was meinst du? Sollen wir uns nachher auch mal abkühlen gehen?" Sie hatte ihm ins rechte Ohr geflüstert und kurz am Ohrläppchen geleckt.

„Ich hab eine bessere Idee: Wir ziehen uns still und leise in unsere Gemächer zurück. Fällt niemandem mehr auf, wenn die Gastgeber verschwunden sind. Was meinst du?" Henner hatte ihr ebenfalls verliebt am Ohrläppchen geknabbert.

„Dann lass uns abhauen, bevor die verrückte Frau da drinnen dich auch noch vernascht heute Nacht." Milena deutete auf den erneut wackelnden Kühlwagen.

„Keine Angst. Wenn hier jemand vernascht wird, dann bist du das, und zwar jetzt gleich." Henner zog sie an einer Hand hinter sich her.

Als er sich umdrehte, sah er Mo, der den beiden hinterher grinste.

Henner gab ihm ein Zeichen, indem er mit dem Zeigefinger nach oben deutete. Wir sind dann mal oben, sollte das heißen.

Mo nickte und grinste noch ein bisschen breiter.

Die Feier konnte gut und gerne ohne Milena und ihn zu Ende gehen, war Henner sich sicher. Solange Mos Leute aufpassten, brauchten sie sich keine Sorgen zu machen, wenn sie ihre wohlverdiente Nachtruhe abhielten. So wie Henner Mo kannte, hatte der mindestens zwei von seinen Leuten zur Nachtwache eingeteilt. Und nun fiel ihm ein, dass er das mit seiner Kunst ja noch Mo erklären musste. Aber das konnte bis morgen warten.

Im Obergeschoss angekommen, schlüpften Milena und Henner noch rasch zusammen unter die Dusche, bevor sie, nackt wie sie waren, ins Bett fielen.

Henner merkte, wie eine riesige Last von seinen Schultern glitt. Er spürte die Wärme von Milenas Körper neben ihm.

Das mit dem Vernaschen musste dann doch warten. Stattdessen hielten sie sich beide hundemüde aneinander fest. Kurz bevor sie einschliefen, hörten sie, wie jemand rief: „Mensch, mach die Mucke endlich lauter, sonst rufe ich die Polizei."

„Motze", flüsterte Henner.

Doch Milena war bereits eingeschlafen.

Bevor auch Henner in den wohlverdienten Schlaf abdriftete, dachte er: An diese Feier werden sich die Leute hier noch lange erinnern. Dann mogelte sich noch rasch ein anderer Gedanke dazwischen: Eigentlich könnten Milena und ich nach dem Aufräumen wieder für eine Weile verschwinden, ging ihm durch den Kopf. Doch der Gedanke verschwand genauso schnell, wie er gekommen war. Denn insgeheim wusste Henner, dass sie ihm fehlen würden: Mo, seine verrückten Nachbarn und der Rest des Dorfes.

248

Viel Spaß auch mit dem ersten Band:

Henner Henschel, ewiger Junggeselle, führt ein weltfremdes Leben bei seiner Mutter auf dem Dorf. Als diese plötzlich aus dem Leben gerissen wird und ihm gleichzeitig Henners bester Freund Mo die couragierte polnische Pflegekraft Milena vorstellt, wird alles anders. Und zwar ganz plötzlich. Denn Milena ist auf der Flucht. Zusammen begeben sich die beiden in Henners Unimog auf eine wilde Reise Richtung Polen. Dabei begegnen sie einer Menge Zeitgenossen, die es an Skurrilität mit den Sonderlingen in Henners Heimatdorf durchaus aufnehmen können.

Erschienen 2022
ISBN: 978-3-7568-5594-0